서문문고
8

주홍글씨

N·호손 지음
이 장 환 옮김

차 례

해 설

일찍이 포는 호손(Nathaniel Hawthorne, 1804~64)의 ≪옛이야기(Twice Told Tales)≫(1837)를 논하여 '매우 수준 높은 천재라야 이룰 수 있는 예술의 최고 영역을 차지하는' 작품이라 일컬었다. 호손의 대학동창 롱펠로 역시 '천재의 솜씨'라고 찬사를 아끼지 않았다. 뒤에 ≪주홍글씨(The Scarlet Letter, a Romance)≫(1850)가 발표되자 매슈 아놀드가 높이 평가했고, 1882년엔 존 니콜(John Nichol)이란 글래스고 대학의 영문학 교수가 '오늘날에 있어서 영어로 씌어진 가장 심오하고 대담하고 또한 유달리 이목을 끄는 분석적 로맨스'라고 절찬했었다. 한편 호손의 장례식에 친히 참석했던 에머슨(1803~82)이 클라크의 말이라고 전한 바에 의하면, '호손은 인생의 응달을 누구보다도 정당하게 다루고 인성(人性)이 지닌 죄악성에 동정하여 예수처럼 죄지은 자들의 벗(the friend of sinner)과도 같은 위인이었다.' 한다. 이러한 갖가지 찬사로 미루어 보더라도 인간의 죄악에 대하여 남달리 관심과 동정을 품고 청교도풍의 죄의식을 심리적으로 분석·추구하는 데 범상치 않은 솜씨를 보여 준 대예술가 호손이 미국문학에서 차지하는 위치가 대체 어떠한 것인가를 우리는 쉽사리 짐작하고도 남음이 있을 것이다.

1804년 매사추세츠 주 세일럼에서 태어난 호손은 네 살 때 부친을 여의고 외삼촌 슬하에서 자라났다. 스물 하나에 후일의 대시인인 롱펠로와 대통령을 지낸 플랭클린 피어스와 더불어 보든(Bowdoin) 대학을 마치고 고향인 세일럼으로 되돌아가서, 그후 10여 년 동안 속진세상(俗塵世上)을 멀리하고 흡사 은둔자와도 같이 명상과 독서와 창작에만 골몰하여 침침한 청교도 사회의 과거에 대한 지식을 얻기도 했다. 그러나 청교도주의에 대한 관심에서 완전히 벗어나진 못하면서도 날로 비판적인 경향을 띠게 되었다. 따라서 호손을 가리켜 '청교도주의에 대한 청교도적인 비평가'라고 일컫기도 한다. 그가 청교주의적인 분위기에서 벗어나지 못한 것은 인간의 죄에 대한 관심에서 벗어나지 못했기 때문이다.

후일에 호손이 그 당시의 생활을 회고하여, "세일럼 사람으로서 나의 존재를 아는 자는 스물을 넘지 못했으리라."고 말한 사실로 보아 이곳 생활이 얼마나 비사교적이고 고독한 것이었는가를 짐작할 수 있다. 그는 본바탕이 인생의 유토피아를 불신하는 회의주의자로 인생을 방관하면서, 그러나 날카롭게 비판하고 관찰한 고독인(孤獨人)이었다. 이와 같은 기질이 도리어 문학의 소재를 다루는 데 있어 호손으로 하여금 예술가적 태도를 갖게 했을 것이다.

그가 1828년에 ≪팬쇼(Fanshawe)≫를 자비 출판하고, 1838년에 앞서 말한 단편집 ≪옛이야기(Twice Told Tales)≫를 발표하자, 그 자신이 말한 대로 '미국의 문인 중 가장 무명(無名)한 자'였던 호손에게 비로소 세상과의 접촉의 문이 열리게 되었다. 1839년부터는 보스턴 세관에 근무하다가 1841년엔 '브룩 농장'이란 소위 새마을 건설에 참가했으나 집필에 지장이 적잖아 1천 불의 손해를 본 채 손을 떼었다. 1842년에 약혼녀이던 소피아 피버디(Sophia Peabody)양과 결혼하여 콩코드의 올드 맨스(Old Manes, 에머슨이 자연론을 쓴 목사관)에서 매우 궁핍한 신혼생활을 시작했다. 소피아 부인은 집필에만 의존해서는 생계 유지조차 어려웠던 빈곤 속에서 자신감을 갖지 못하는 호손에게 격려와 비판을 아끼지 않았다. 1846년 단편집 ≪옛 목사관의 이끼(Mosses from an Old Manse)≫를 출판, 같은 해 세일럼 세관에 취직, 1849년 정권이 바뀌는 통에 실직이 되었다. 일터를 잃고 돌아온 호손을 소피아 부인은 "오, 이제 당신은 글을 쓸 수 있게 되었어요."란 격려의 말로 반겼다 한다.

실직 뒤의 빈곤 속에서 씌어진 호손 일대의 역작인 ≪주홍글씨≫는 1850년 4월에 출판되어 처음으로 비평가와 독자들에게서 호평을 받았다. 초판 2천 부는 10일 만에 매진, 그후 2년 동안에 6천 부가 팔렸으나 인세 총액은 고작 4백50불 가량밖에 안 되었다. ≪주홍글씨≫의 원고를 탈고하던 날 밤, 호손은 바다의 물결처럼 설레는 흥분에 사로잡혔다. 소설의 한 부분을 아내에게 읽어 주었더니 아내가 두통을 일으켜 침상에 드는 것을 보고, 그 작품이 성공했음을 깨달았노라고 브리지란 친구에게 편지를 보냈다. 이듬해 또 하나의 단편집 ≪스노우 이미지와 옛이야기(The Snow Ima-ge and Other Twice Told Tales)≫와 ≪7박공의 집(The House the Seven Gables)≫를 각각 출판했다. 대학 동창인 피어스가 대통령에 취임한 덕분에 1853년서부터 1857년까지 리버풀 주재 영사로 근무, 그후 2년간 이탈리아 일대를 여행, 1860년에 다시 콩코드로 돌아왔다. 그 뒤 보양차 피어스와 함께 여행중 뉴햄프셔의 플리머스에서 객사(客死), 콩코드에 묻혔다. 이밖에 그의 주요 작품으로는 다음과 같은 것들이 있다.

≪어린이를 위한 신비한 이야기(A Wonder Book for Girls and Boys)≫(1852), ≪블라이스 데일의 로맨스(The Blithdale Romance)≫(1852), ≪대리석의 목신상(The Marble Faun)≫(1860).

아서 홉슨 퀸(Arthur Hobson Quinn)의 말을 빌리면 호손은 단편이건 장편이건 그가 지극히 사랑하는 뉴잉글랜드 의 과거를 무대(scene)로 삼고 초자연적인 신비의 분위기(atmosphere of the supernatural) 속에 죄악이 인간의 심중에 미치는 영향(effect of sin upon the heart)을 심리적으로 분석하여 다룰 때 그의 참모습을 나타내는 걸작을 내었다 한다. ≪주홍글씨≫로 말하더라도 가혹한 청교도주의의 인습적 도덕이 극심한 17세기의 식민지 뉴잉글랜드를 배경으로 하여,

애정없이 노의사 로저 칠링워드(Roger Chillingwor-th)와 불행한 결혼을 한 여주인공 헤스터 프린(Hester Prynne)이 청교도 사상의 기조가 되어 있는 칼뱅주의를 신봉하는 청년 목사 아서 딤즈데일 (Arthur Dimmesdale)과 불의의 사랑을 맺는 삼각 관계와 이에 대한 청교도 사회의 냉혹 무정한 사회적 제재를 에워싸고 벌어지는 회한과 비애와 절망의 비극이다.

본래 호손은 어떤 주의나 사상, 혹은 사회적·정치적 개혁 따위엔 별로 관심이 없고, 드라마의 소재로서의 죄악에 관심이 많은 작가였다. 《주홍글씨》의 중심 테마 역시 신학상의 문제로서의 죄악이 아니라 '죄의 대가는 죽음'이란 청교도풍의 죄악 의식(죄와 벌)이 주인공의 마음과 생활에 미치는 심리적 영향 및 개인의 죄와, 이에 가혹하고 편협한 형벌을 가하려는 사회와의 관계다.

과거의 오랜 준비 시대의 결정으로 《주홍글씨》는 숙명적인 종국을 향하여 예술적인 태도와 기교로 비극의 줄거리를 무자비할 정도로 이끌어 나가는 희곡적인 구성, 롱펠로가 이른바, '흐르는 물결같이 맑은 스타일, 날카로운 작중 인물의 심리 분석, 주제와 청교도주의적인 배경이 혼연일치되어 조화적인 분위기를 빚어냈다.'는 여러 장점을 지니고 있다.

작중 인물 중 가장 강한 형에 속하는 여주인공 헤스터 프린은 간통죄의 대가를 공공연하게 충분히 치렀을 뿐만 아니라 동네 환자들과 빈민들을 위하여 헌신적으로 적선함으로써 잃었던 자존심을 회복하였고, 목사와의 불의의 사랑에 존엄성조차 갖추었다. 헤스터는 또한 본남편을 무시·저주하고 정부(情夫)에게 본남편의 복수를 피하라고 권하기까지 한다. 여기서 인도주의의 이단자 호손은 가혹한 청교도주의와 개인주의적인 자립정신을 대립시켜 후자에게 동조하고 있다.

《주홍글씨》의 작중 인물이나 그 속에서 벌어지는 사건이 소수이며 행동 범위도 대서양 안(岸)과 근처 원시림 사이의 한줄기 연안지대에 국한되어 있음에도 불구하고 7년간의 참회의 행동이 생생하게 그려져 있음은, 호손의 비상한 테크닉에도 달렸겠으나 그보다도 그 인물들이 위대한 애정과 정서, 증오와 복수의 소산이기에 그처럼 리얼한 인상을 주는 것이다. 즉, 그들이 온갖 장애물을 물리쳐 버리는 애정이나 한 인간이 남에게 저지르는 뿌리 깊은 죄악에 대한 증오나, 결국에는 보람이 없게 된 복수가 빚어낸 인물들이기 때문이다.

《주홍글씨》가 가르치는 위대한 도덕적 교훈은 죄악에 대한 인간의 형벌은 무익하다는 것이다. 솔직히 청교도 사회가 헤스터에게 형벌로 항상 지니고 다니게 했던 '주홍글씨'는 제구실을 하지 못했다. 그녀가 이웃 사람들의 존경과 아울러 자존심을 되찾은 것은 주홍글씨의 덕택이 아니라 그녀 자신의 성격에 말미암은 것이다.

딤즈데일 목사가 제 자신에게 가했던 형벌 역시 아무런 보람이 없었다. 그는 스스로 자기 육체를 학대하고 고백을 가장했으나 끝내 마음의 안정을 얻진 못했다.

한 개인이 타인에게 가하는 제재도 결국은 헛된 일이

었다. 로저 칠링워드는 딤즈데일로 하여금 고백하게 하고 죽음을 당하게 했지만, 그의 죽음과 더불어 그에 대한 복수의 일념으로 불탔던 자기의 삶이 허망한 것으로 느껴졌던 것이다.

　(해설 중 ≪주홍글씨≫에 관한 대목은 주로 A.H. Quinn 저 ≪미국 소설(American Fiction)≫에 의거했다.) 텍스트로는 The Modern Library 판의 ≪주홍글씨≫를 사용했다.

주홍글씨

1. 옥 문

　침침한 빛깔 옷차림에 뾰족탑 모양의 모자를 쓴 텁수룩한 수염의 사나이들 한 패가 머릿수건을 썼거나 맨머리 바람인 여인네들과 뒤섞여 어느 목조건물 앞에 모여 득실거리고 있었다. 그 건물의 육중한 떡갈나무 문짝에는 큼직한 무쇠못이 군데군데 박혀 있었다.

　새로운 식민지 건설자들은 애당초 선덕(善德)과 행복의 낙원으로 그 어떠한 것을 꿈꾸었든 간에, 건설 초기엔 으레 처녀지의 일부를 묘지와 감옥의 터전으로 몫지어 두는 것을 불가피한 일거리의 하나로 여겼다. 이런 관례에 따라 보스턴 읍민들의 조상 역시 적당한 시기에 아이잭 존슨네 대지 위 그의 무덤 둘레에 최초의 묘지터를 마련하기가 바쁘게 이내 콘힐 근처 한귀퉁이에 가옥을 세웠으리라고 추측한다 해도 무방할 것이다. 나중에 그의 무덤은 킹스 챕플 묘지를 촘촘히 채운 숱한 무덤들의 중심을 이루게 되었다. 이 읍이 건설된 지도 어느 새 15년 내지 20년 가량이 지났으니, 그새 목조 감옥은 오만 풍상에 더럽혀져, 워낙 상을 찌푸린 양 침울한 그 모습이 한결 더 음침해 보였음도 사실이다. 떡갈나무 문짝의 묵직한 철물 위에 슨 녹은 이 신천지 안의 어느 것보다도 고색 창연하였다. 하기야 죄악에 관계가 있는 것이란 어느 것이나 매한가지지만, 이 감옥 역시 일찍이 화려한 청춘 시절을 누려 보지도 못한 표정이었다. 그 건물과 거리의 마찻길 사이 풀밭엔 우엉이랑 명아주랑 애플·페루 그밖의 볼품없는 잡초들이 마냥 우거져 있었다. 이 잡초들은 그처럼 일찌감치 감옥이라는 문명사회의 흉측한 꽃을 피운 이 땅 속에 자기들과 어딘지 통하는 무엇을 발견했음이 분명했다. 그러나 옥문 한쪽 거의 문턱 밑에 뿌리박고 자란 찔레꽃 덤불은 6월의 절기를 맞아 주옥같이 아름다운 꽃송이로 온통 뒤덮였다. 아마도 감옥 안으로 갇혀 들어가는 죄수나 처형받으러 끌려나오는 기결수들에게 헤아릴 수 없이 깊은 자연의 애정은 죄수라도 가여워하고 반길 수 있다는 증거인 양, 그윽한 향기와 무상한 아름다움을 베풀어 준다고 생각해도 무방할 것이다.

이 찔레꽃 덤불은 기구한 인연으로 여태껏 역사에 남아 있다. 그러나 그것이 본래 찔레꽃 덤불을 뒤덮고 자랐던 우람스런 솔나무와 떡갈나무들이 쓰러진 뒤에도 황량한 옛 황무지에 오래 살아남은 그것에 지나지 않는 것인지, 혹은 나중에 성자(聖者)가 된 안 허친슨이 옥문으로 들어갈 때 그녀의 발굽이 닿았던 땅바닥에서 자라난(꽤 믿음직한 말이다) 것인지, 이에 대해서는 지금 뭐라 단정을 내리지 않기로 하자. 이제부터 저 불길한 옥문에서 막을 올리려는 이 이야기의 맨 첫머리에서 찔레꽃 덤불을 발견하고 보니 그 꽃 한 송이를 꺾어 독자들에게 드릴 수밖에. 이 한 송이 꽃이 이야기 도중에 발견될지도 모를 아리따운 도의(道義)의 꽃을 상징하거나 혹은 인간의 연약함과 슬픔을 그린 이야기의 암담한 결말을 명랑하게 해주기를 바라 마지않는다.

2. 장 터

　지금부터 근 2백 년 전 어느 여름날 아침, 감옥거리에 있는 감옥 풀밭 앞엔 꽤 많은 보스턴 주민들이 모여 꺾쇠를 박은 떡갈나무 문을 한결같이 지켜보고 있었다. 이것이 다른 고장 사람들 사이에서나 혹은 뉴잉글랜드의 역사에서도 후세에 일어난 일이었더라면, 수염이 텁수룩한 이 착한 주민들의 얼굴을 무섭도록 돌같이 굳어버리게 한 딱딱한 표정은 무슨 끔찍스런 일이라도 한창 벌어지고 있다는 증거로 여겨졌을지 모른다. 혹은 어느 유명한 죄수의 사형을 예정대로 집행함을 뜻하는 것이 었는지도 모르거니와, 그 죄수에 대한 법정의 판결도 필경 일반 백성들이 제각기 제 감정대로 내린 판단을 그냥 확인한 것임에 지나지 않았을 것이다. 그러나 초기 청교도들의 엄격한 성격에 비추어 볼 때, 이와 같은 추측을 그처럼 자신있게 내릴 수는 없었다. 그것은 게으름을 피우는 종이나, 부모가 관원의 손아귀로 넘긴 불효한 자식이 태형장에서 곤장을 맞는 장면이었거나, 신앙지상주의자1)나 퀘이커 교도2) 혹은 그밖의 이교도들이 매를

---

1) 기독교를 믿으면 신의 구제를 받을 수 있으므로 도덕률에서 해방
　된다는 도덕률 패기론자.

맞으며 동구 밖으로 내쫓기는 장면이었거나, 아니면 백인의 화주(火酒)에 만취해서 길거리에서 법석대는 집 없는 게으름뱅이 인디언이 회초리를 맞으며 어두운 숲속으로 쫓기는 장면이었거나, 혹은 장관의 마음씨 고약한 미망인 하빈즈 노파와 같은 마녀가 교수대의 이슬로 사라지는 장면이었을지도 모른다. 여하튼 어떤 경우이든 간에 구경꾼들의 태도는 그 당시의 사람들답게 하나같이 엄숙했다. 그들 사이에서는 종교와 법률이 거의 비슷한 것으로 여겨졌고 그들의 성격 속에는 양자가 혼연히 융합되어 있었으므로, 사람들에게 벌을 주는 기율은 온건한 것이거나 준엄한 것이거나 간에 하나같이 어렵고 두려웠다. 따라서 처형대에 오른 죄수가 이와 같은 구경꾼들에게 바랄 만한 동정이란 이루 말할 수 없이 냉정한 것이었다. 한편 요즘 같으면 수치나 조소거리에 지나지 않을 정도의 처벌도 이 당시엔 사형 못지않게 추상같은 위엄을 지녔을지도 모른다.

　이야기가 막을 올리려는 그 여름날 아침, 군중들 틈에 끼여 있던 몇몇 여인네들이 바야흐로 벌어지려는 처벌이 무엇이든 그것에 유달리 관심을 가진 듯 보였다는 사실은 주목할 만한 일이다. 당시로 말하자면 그다지 세련된 시대는 아니었으므로 페티코트(여인의 스커트)나 파딩게일3)을 입은 여인네들이 뭇 사람들 속에 나서서 경우에 따라서는 사형을 집행중인 처형대 바로 가까이

---

2) 프렌드 교회파
3) 아랫도리가 벌어진 스커트

서 웅성거리는 구경꾼들 사이를 비대한 몸뚱이로 파헤
치며 끼여들거나 하는 것을 무례한 짓이라 해서 삼가는
일은 없었다. 고국 잉글랜드에서 태어나 자란 이 아낙네
와 처녀들의 바탕엔 육체적으로는 물론 정신적으로도
6,7세대 뒤의 여성들보다 거친 데가 있었다. 왜냐하면
대를 이어가는 동안에 어머니들은 자식들에게 활기가
모자라는 연약한 성품을 물려 주진 않았지만, 파리한 혈
색과 섬세하고도 무상한 아름다움과 더욱 가냘픈 체격
을 이어주었기 때문이다. 지금 옥문 가에 서 있는 여인
네들은 저 사내 대장부와 같은 엘리자베스 여왕이 그 당
시의 여성 대표로서 손색이 없었던 때로부터 반 세기도
채 지나지 못한 시대에 속하는 사람들이었다. 이 여인네
들은 엘리자베스 여왕과 같은 나라 태생으로 고국의 쇠
고기며 맥주, 그보다 별로 세련된 것도 없는 정신의 양
식이 그들의 몸채를 이루고 있었다. 그러므로 화창한 아
침 해는, 널찍한 두 어깨와 쩍 벌어진 가슴팍 그리고 아
득히 먼 고향 섬나라에서 무르익은 뒤 뉴잉글랜드의 대
기 속으로 옮아왔어도 아직껏 파리해지거나 야위지도
않은 불그레하게 토실토실한 두 뺨을 내리비춰 주고 있
었다. 이 여인네들의 대부분을 이룬 듯싶은 주부들의 지
껄임은 그 뜻이나 음량이 오늘날의 우리들을 놀라게 했
을지도 모를 만큼 대담하고 우렁찬 것이었다.

　"여보세요 마나님들." 하고 심술궂게 생긴 오십 노파
가 말문을 열었다.

　"내 의견을 좀 들어들 보시오. 기왕이면 나이도 지긋

하고 교회 신자로도 평판이 좋은 우리 여인네들끼리 저 헤스터 프린 같은 죄인의 문제를 다루는 게 우리를 위해서도 훨씬 이롭지 않을까요. 여러분들은 어떻게들 생각하슈? 만약에 저 말괄량이가 지금 이 자리에 모인 우리 다섯 사람 앞에서 심판을 받게 된다면, 훌륭하신 나리들이 내리신 그 정도의 판결로 그칠 줄 아슈, 어림도 없죠!"

"들리는 말에는." 하고 다른 사람이 말을 꺼냈다. "저 계집의 목사인 믿음이 두터운 딤즈데일 선생님은 하필 당신의 신자 가운데서 그런 추잡한 일이 생겼대서 무척 괴로워하시더래요."

"하기야 판사님들도 믿음은 두터운 분들이지만 너무 인정이 많으세요. 말은 바른 대로." 하고 세번째로 중년 여인이 말을 이었다. "정말이지 헤스터 프린의 이마빼기에 화끈 단 화인(火印)의 맛을 좀 보여 줘야 해요. 그래야 헤스터도 따끔해 할 테죠. 하지만 저 고약한 화냥년은 가슴에 무얼 달게 했댔자 별반 개의치도 않을걸요! 브로치나 이교도들의 장식물 같은 걸 달아 감춰 가지고 여전히 뻔뻔스럽게 길거릴 쏘다닐걸요, 뭐!"

"아아 그래도." 어린애의 손목을 쥔 젊은 아낙이 한결 상냥스럽게 말을 가로챘다. "소원대로 감추어 봤댔자 여전히 가슴속은 늘 괴로울 거예요."

"무슨 표인지 화인인지를 가슴에 단다는 둥 이마에 찍는다는 둥, 그게 다 무슨 쓸개빠진 소리들이에요." 자칭 재판관들 가운데서도 그 중 매정하고 흉측하게 생긴 다른 여인이 외쳤다. "이 계집은 우리들을 망신시켰으니까 죽어 마땅해요. 세상에는 이런 경우에 내세울 법도 없단 말인가요? 아뇨, 있고말고요. 성경이나 법령집 속에 분명히 있지요. 그럴진대 그 법을 수포로 돌아가게 한 것이 바로 나리들이니 그분들의 마누라나 딸, 자식들이 타락한대도 그땐 할 말이 없지 뭐예요!"

"원 참 마님도." 하고 군중 가운데 한 사나이가 외쳤다. "그래 부인네들은 교수대가 무서워서 부덕(婦德)을 지킨단 말인가요. 그것 참 듣던 중 기막힌 말씀이군요! 자, 조용히들 하십쇼, 마나님들! 옥문쇠가 열리고 인제 프린이 나타날 모양이니."

옥문이 활짝 열어젖혀지자 마치 햇빛 속으로 뛰어든 검은 그림자인 양 허리에 칼을 차고 한쪽 손에 관장(官杖)을 쥔 무섭고 흉측스런 간수 하나가 맨먼저 불쑥 나타났다. 이 사나이의 낯짝은 청교도의 법전이 지닌 추상 같은 준엄성을 띠고 있었으며, 그의 직책이란 바로 이 법전을 가차없이, 철저히 죄인에게 적용한다는 그것이었다. 사나이는 왼손으로는 관장을 내밀고 오른손은 젊은 여인의 어깨에다 얹고 그 여인을 앞으로 떠밀며 나왔다. 여인은 옥문 문턱에 이르자 타고난 위엄성과 성격이 지닌 도도한 태도로 사나이의 손을 뿌리치고 마치 제 자신의 자유의사에서인 양 바깥으로 나섰다. 그녀의 두 팔에 안긴 생후 석 달밖에 안 되는 젖먹이는 햇빛 때문에 사뭇 눈을 깜박이며 조그만 얼굴을 모로 돌이켰다. 왜냐하면 이 갓난아기는 여태껏 희뿌연 토굴이나 어둠침침한 감방에서 자라서 어둠만 익혀 왔기 때문이다.

이 젊은 여인—갓난아기의 어머니—이 군중들 앞에 온몸을 드러내고 섰을 때 맨먼저 느낀 충동은 아기를 가슴에 꼭 껴안는 것 같았다. 그러나 그것은 모성애가 치솟았기 때문이라기보다는 그렇게 함으로써 옷에 수놓았는지 꿰매 달았는지 한 그 무슨 표적을 행여나 감출 수 있을까 싶어서였다. 그러나 현명하게도 한쪽 치욕의 표적으로 다른 쪽 치욕의 표적을 감추려 했댔자 별 보람이 없다는 걸 이내 깨달았음인지, 아기를 한쪽 팔에 안고 낯을 화끈 붉히면서도 거만스런 미소를 띤 채, 조금도 수줍어하는 기색도 없이 읍내 사람들과 이웃 사람들을 휘둘러보았다. 그녀의 저고리 가슴엔 둘레에 공들여 금실로 수를 놓고 기묘한 장식을 붙인 예쁜 빨간 헝겊 위에 A란 글자가 보였다. 그것은 어찌나 예술적이면서 풍요하고도 찬란한 상상력을 발휘하여 만들어진 것인지, 그녀가 입고 있는 옷에 가장 잘 어울리는 장식의 효과를 충분히 지니고 있었다. 그 옷은 이 당시의 취향에 알맞게 화려했는데, 식민지의 사치금지령이 허용하는 한계를 훨씬 벗어났었다.

이 젊은 여인은 늘씬한 키에 몸체가 큼직하고 몸맵시는 이를 데 없이 우아했다. 풍성한 검은 머리칼은 광택이 풍부한 나머지 햇빛을 되받아 눈부시게 윤기가 흘렀다. 용모는 단정하고, 살빛은 풍요하니 아름다웠고, 훤히 드러난 이마와 움푹한 검은눈으로 하여 더 한층 인

상적이었다. 게다가 당시의 상류 부인 모양 제법 귀부
인다웠다. 그 당시엔 요새 귀부인네들의 표준인 섬세하
고 연약하며 형용하기 어려운 우아함이 아니라 어딘지
모르게 은근히 풍기는 위엄성이 귀부인들의 특징이었
다. 그런데 옛날 표준에 비추어 봐도 헤스터 프린이 감
옥에서 나온 이 순간보다도 더 귀부인답게 보인 적은
없었다. 필경 불행의 빛이 침침하게 깃든 얼굴이나 보
게 되려니 짐작했던 헤스터 프린의 옛친구들은 도리어
그녀를 에워싼 불행과 치욕의 장막이 아름답게 빛나면
서 후광으로 변하게 한 그녀의 모습을 보고 어리둥절하
다 못해 아연해졌다. 그러나 날카로운 눈을 가진 사람
이 있었다면 그 속에 몹시도 괴로운 빛이 어리어 있었
다는 것을 넉넉히 알아차렸을는지도 모른다. 실로 이
순간을 위하여 옥중에서 제 자신의 공상을 본따 만들어
입은 옷은 줄기차고도 한 폭의 그림과도 같은 특징을
통해서 그녀의 마음의 태도, 즉 자포자기에 사로잡힌
나머지 걷잡을 수 없게 된 기분을 말해 주는 것 같았
다. 그러나 군중들의 시선을 그런데 모으는 동시에 그
녀의 모습을 전혀 달라지게 한 것은—이 때문에 헤스터
프린과 친숙한 사나이나 여인네들도 지금 그녀를 생전
처음 보는 것 같은 인상을 받았다—기묘하게 수놓아 가
슴에 장식한 주홍글씨였다. 그것은 마력을 지녔는지,
그녀를 다른 인간들과의 보통 관계에서 떼어 내 그녀만
의 세계 속에 가두어 두었다.
　"그년, 바느질 솜씬 참 그만이야." 하고 여자 구경꾼

가운데 한 사람이 말문을 열었다. "그래, 저 뻔뻔스런 말괄량이 말고 저런 궁릴 해서 사람들 앞에 내보인 계집이 어디 있었담! 글쎄 마나님들, 저것은 믿음 깊은 재판관들을 보라는 듯이 비웃어대며, 나리들이 처벌삼아 달게 한 것을 도리어 자랑거리로 삼고 있는 거지 뭐예요?"

"정말이야." 하고 노파들 가운데서도 그 중 매정하게 생긴 마나님이 중얼거렸다. "헤스터의 얄미운 두 어깨에서 저 꼴좋은 저고릴 홀랑 벗겨 버렸음 좋겠어. 그리고 저렇게 공들여 수놓은 주홍글씨 대신 내가 류머티즘을 앓을 때 걸치던 플란넬 조각이나 주어서 그것과 바꿔 달게 했으면 곧잘 어울릴걸!"

"아, 여러분들 조용히 하세요, 조용히!" 하고 그 중 앳된 여인이 속삭였다. "헤스터에게 들리지 않게 하세요! 저 글씨 한 바늘 두 바늘 수놓을 적마다 그이도 가슴이 아팠을 거예요."

그때 마침 무섭게 생긴 간수가 관장을 휘두르며 외쳤다.

"길을 터놓아라, 어서들 길을 터놓아, 엄명이시다! 길을 터주면 지금부터 오후 한시까지 남녀노소들이 화려한 옷차림을 시원히 구경할 수 있는 자리에다 이 계집을 세워 놓을 테니. 부정이 있으면 기어이 백일하에 들춰내 놓고야 마는 정의로운 매사추세츠 주에 축복 있으라! 자, 어서 따라와, 헤스터, 장터에서 그 주홍글씨를 구경시키란 말이야!"

이윽고 아우성치는 구경꾼들 사이로 좁은 길이 마련되었다. 헤스터 프린은 양쪽에서 아무렇게나 줄을 지어 따라오는 준엄한 표정의 사나이들과 매정하게 생긴 여인네들 사이에서 간수의 뒤를 따라 벌을 받기로 된 장소로 걸음을 옮기기 시작했다.

호기심에 가득 차서 적이 신바람이 난 어린 학생들 한패는 지금 벌어진 사건 덕분에 학교를 반 나절 쉬게 되었다는 것밖엔 아무것도 모르고, 뚜벅뚜벅 걸어가는 헤스터 앞으로 내달리면서 계속해 고개를 돌려 그녀의 얼굴과 두 팔에 안겨 눈을 깜박이는 아기와 가슴에 단 치욕의 글씨를 번갈아 바라다보곤 했다. 당시에는 옥문에서 장터까지 거리가 그다지 멀지 않았다. 그러나 죄수의 심정에서 볼 때 그 거리는 꽤 먼 고행길이었을지도 모른다. 왜냐하면 비록 그녀의 태도는 도도했을망정, 자기를 구경하려고 모여든 사람들의 발소리를 들을 적마다 마치 자기의 심장이 한길 바닥에 내동댕이쳐져 구경꾼들의 발길에 걷어채이고 짓밟히는 듯한 고통을 느꼈을지도 모르기 때문이다. 그러나 인간의 천성 속에는 신기하고도 자비로운 하나의 섭리가 마련되어 있으니, 그것은 즉 고통받는 자는 자기가 지금 당하는 고통이 얼마나 괴로운가를 그 당장의 고통으로선 측정할 수 없고 주로 뒤이어 쑤시는 아픔으로써 짐작한다는 사실이다. 그러므로 헤스터 프린은 거의 침착한 태도로 그녀가 겪게 마련인 시련의 길을 거쳐 장터 서쪽 한귀퉁이에 있는 일종의 처형대에 다다랐다. 그것은 보스턴에 맨 먼저 세워진 교회당의 처마 밑에 우뚝 솟아 있었으므로 어찌 보면 교회당의 부속 건물같이 보이기도 했다.

이 처형대로 말하자면, 처형 장치의 한 부분으로서 2,3대 전부터 우리들 사이에선 한갓 역사적이고 전설적인 것에 지나지 않았으나, 옛날엔 선량한 시민정신을 앙양시키는 데 있어서 프랑스 혁명당원들 사이에서 성과를 거두었던 단두대 못지않게 효과적인 처형 도구의 구실을 했었다. 요컨대 그것은 목에다 칼을 씌우는 형대로서 그 위쪽에 사람의 머리에다 칼을 꽉 씌워 뭇사람들이 구경할 수 있도록 머리를 숙이지 못하게 하는 처벌 도구의 틀이 세워져 있었다. 바로 치욕의 극치가 나무와 무쇠로 된 이 장치 속에 역력히 구현되어 있었다. 죄인이 창피해서 낯을 숨기려는 것을 막는다는 것보다도 흉악한 모욕—그 죄인의 과실이 무엇이든 간에—즉 우리들의 인간성에 어긋나는 모독은 천하에 없을 것이다. 그런데 바로 그것이 이 형벌의 주요한 목적이었다. 그러나 다른 죄인의 경우에도 종종 그랬듯이 헤스터 프린의 경우에도 그녀가 받은 판결문은 일정한 시간 형대 위에서야 한다는 것이지 목에다 칼을 씌우거나 머리를 숙이지 못하게 해야 한다는 것은 결코 아니었다. 그러나 어떻게 해서라도 그 짓을 하고 싶다는 것이 실은 이 추악한 장치가 지닌 가장 흉측스런 특색이었다. 헤스터는 자기가 할 바를 잘 알고 있었기에 한길 바닥에 선 사나이의 어깨에 닿을 만한 높은 데까지 나무 층층대로 올라가, 그 주위를 에워싼 군중들 앞에 자태를 드러냈다.

만약 이 청교도들의 무리 속에 카톨릭 신자가 있었다면 옷이나 자태가 그림처럼 아리따운 이 여인이 가슴에 아기를 안은 자태 속에, 예로부터 많은 화가들이 다투어 그렸던 성모의 모습을 연상시키는 무엇을 발견했을 것이다. 이를테면 이 세상을 구제할 아기를 안은 성모 마리아의 신성한 모습을 단지 대조적(對照的)으로 연상시키는 무엇을 발견했을 것이다. 그러나 이 여인의 경우에는 인간 생활에서도 가장 신성한 모성 속에 뿌리 깊은 죄악의 더러움이 물들어 있었으므로, 이 세상은 이 여인의 아름다움으로 하여 한층 더 암담해졌고 이 여인이 낳은 아기로 하여 한층 더 타락한 듯싶었다.

이 장면에는 두려움이 감돌고 있지 않는 바도 아니었다. 동족의 한 사람이 죄를 짓고 모욕을 당하는 광경을 보고 몸서리치기는커녕 비웃을 정도로 사회가 부패하기 전에는 이런 장면엔 으레 두려움이 따르게 마련이었다. 헤스터 프린의 봉욕(逢辱)을 지켜보는 사람들은 아직도 순박한 바탕을 잃지 않았다. 설령 그녀가 받은 판결이 사형일지라도 그들은 가혹한 판결에 단 한 마디의 불평도 할 줄 모르고 처형 장면을 묵묵히 지켜볼 만큼 준엄한 사람들이었으나, 지금과 같은 처형 장면을 한갓 조소거리로 여기는, 다른 사회에서 흔히 보는 냉혹함은 티끌만큼도 없었다. 설령 비웃고 싶은 생각이 있었대도 장관이며 몇몇 참의관들이며 판사며 장군이며 읍내 목사들과 같은 위엄 있는 인사들이 어마어마하게 늘어선

자리에서는 필시 그런 기분도 짓눌려 수그러들고 말았을 것이다. 이들 고관대작은 교회당 발코니에 앉거나 서서 처형대를 굽어보고 있었다. 고관들이 지위나 관직의 위엄과 존엄을 더럽힘이 없이 이런 장면의 한 부분을 이룰 때, 판결의 집행이 성실하고도 효과적인 의미를 지닌다고 추측해도 과언은 아닐 것이다. 그래서 군중들은 하나같이 정색을 한 엄숙한 표정들이었다.

이 가엾은 죄인은 자기의 가슴팍으로 무자비하게 쏠리는 무수한 시선의 압력 밑에서 여인으로서 버틸 수 있는 한 몸을 가누고 서 있었다. 그것은 견디기에 참으로 힘겨운 일이었다. 천성이 격정적이고도 열정적인 그녀는 모질게 마음을 가다듬으며 갖은 모욕으로 나타나는 군중들의 오만이 가시나 혹은 독을 품은 비수와도 같이 덤벼든데도 달게 받아들일 각오였다. 군중들의 엄숙한 기분은 그보다도 더욱 무서운 무엇을 풍기고 있었으므로 그 엄숙한 얼굴들이 차라리 자기를 업신여기는 비웃음으로 일그러졌으면 했다. 만약에 군중들이 우레와 같은 웃음을 터뜨렸다면—사나이도 여인네도 목소리가 빽빽한 애들도 저마다 웃어서—헤스터 프린은 쓰디쓴 비웃음으로 그들을 맞대했을지도 모른다. 그러나 납덩이같이 무거운 고통을 별수없이 꾹 참아야 하는 헤스터는 숫제 허파의 힘을 다해서 고함을 지르며 처형대에서 땅바닥으로 몸뚱이를 내동댕이치든지 아니면 당장 미쳐 버릴 수밖에 별도리가 없다는 충동을 느꼈다.

그러나 헤스터가 가장 뚜렷한 중심인물인 이 장면 전

체가 그녀의 시야에서 사라지거나 혹은 형체가 희미한 한 덩이의 유령처럼 눈앞에서 어렴풋이 어른거리는 순간도 있었다. 그녀의 정신력, 더욱이 기억력은 유달리 활기를 띠어 서부 황무지의 한귀퉁이에 자리잡은 조그만 읍내에 아무렇게나 닦아 놓은 길거리와는 딴판인 장면과, 고깔모자 차양 밑에서 상을 찌푸리고 그녀를 노려보는 것과는 다른 얼굴들이 자꾸만 뇌리에 떠올랐다. 그리고 극히 보잘것없고 대수롭잖은 회상거리들이며, 어렸을 때와 학생 시절의 일들이며, 운동도 하고 어린애처럼 싸우기도 하던 일이며, 처녀 시절에 집에서 겪었던 여러 가지 자질구레한 일들이 그 뒤의 생활에서 일어난 중대한 일들과 얽히고 설켜 밀물처럼 머릿속에 떠올라 왔다. 그 장면들은 하나같이 생생해서 다같이 중요한 것 같기도 하고 혹은 모두 하나의 연극 같기도 했다. 아마도 그것은 갖가지 환상을 머릿속에 그려냄으로써 가혹한 현실의 압력과 무자비 속에서 벗어나려고 그녀의 정신이 꾸민 것이었을지도 모른다.

그건 그렇고 목에 칼을 씌우는 이 형대는 헤스터 프린이 행복했던 소녀 시절부터 더듬어 온 인생도정을 그녀에게 남김없이 보여 준 하나의 조망대와도 같았다. 이 비참한 형대에 선 헤스터 프린에게는 고국 잉글랜드의 고향 마을과 부모의 집이 새삼스레 눈에 선했다. 그 무너져 가는 잿빛 돌집은 궁색한 티가 서려 있었으나 정문 위로 반쯤 마멸된 문장(紋章)이 걸려 있어 유서 깊고 지체 높은 가문임을 나타내고 있었다. 뒤이어 아버지의 얼굴도 보였다. 이마의 머리털은 벗겨졌고 점잖은 흰 수염이 엘리자베스 시대 풍의 주름 깃 위까지 늘어져 있었다. 어머니의 얼굴도 보였다. 회상 속에서는 언제나 세심하게 염려하는 애정어린 얼굴로 떠올랐다. 세상을 떠난 뒤에도 그 애정은 헤스터의 전도(前途)에서 애정에 넘친 충고라는 방해물이 되기도 했다. 자기 자신의 얼굴도 보였다. 묘령의 아름다움이 눈부시도록 빛나서 그녀가 늘 들여다보는 침침한 거울 속이 환해지는 듯싶었다. 그 거울 속에는 또 하나의 얼굴이 보였다. 창백하고 수척하고 학자다운 용모에다 나이 지긋한 사나이였다. 등불 밑에서 묵직한 많은 책들을 골똘히 읽어 두 눈이 희뿌옇게 흐려져 있었다. 그러나 이 몽롱한 눈은 인간의 마음속을 꿰뚫어 보려고 마음먹기만 하면 신통한 통찰력을 발휘하는 것이었다. 헤스터 프린이 여인의 독특한 상상력을 뻗쳐 기어이 상기했듯이, 은퇴자처럼 서재만을 지키고 사는 이 사나이는 보기 흉하게도 왼쪽 어깨가 오른쪽 어깨보다 조금 치켜올라가 있었다. 기억의 화랑(畵廊) 속에서 다음에 그녀 앞에 나타난 것은 어느 대륙 도시의 붐비는 좁다란 한길과 드높은 회색 집과 우람스런 가람(伽藍)과 건축 양식이 괴상한 낡은 공공건물들이었다. 이 도시에서도 역시 이 볼품없는 학자와 인연이 맺어진 생활이 헤스터를 기다리고 있었다. 명색은 새살림이었으나 실제는 무너져 가는 담장 위에 낀 푸른 이끼처럼 썩은 곰팡이 같은 것을 먹고 사는 그런 생활이었다. 맨 마지막으로 자꾸만 바뀌어 연거푸 나타나는 이런 장면들 대신에 헤스터를, 그렇다 바로 그녀를 노리고 읍내 사람들이 추상 같은 눈초리로 쏘아보며 득실거리는 청교도 식민지의 지저분한 장터 광경이 되돌아왔다. 그녀는 두 팔로 아기를 안고 가슴에 금실로 이상하게 수놓은 주홍글씨를 단 채 처형대 위에 서 있었다!

정녕 이것이 사실이란 말인가? 헤스터가 별안간 아기를 품안에 꽉 껴안는 바람에 아기는 소리를 지르며 울음을 터뜨렸다. 그녀는 눈을 깔아 주홍글씨를 내려다보고 손가락으로 만져 보기도 했다. 사실은 아기와 치욕의 표적이 과연 현실인가를 다짐하고 싶어서였다. 그렇다! 이 둘만이 그녀가 지금 현재 가지고 있는 것이었고, 그밖의 모든 것은 자취를 감추어 버리고 말았던 것이다.

3. 발 견

주홍글씨를 가슴에 단 여인은 자기가 뭇사람들의 매정한 눈초리의 대상이 되어 있다는 뼈저린 의식에서 겨우 벗어났다. 그것은 군중들 한 모퉁이에서 어쩔 수 없이 자기의 마음을 사로잡고야 만 사람의 모습을 발견했기 때문이다. 토인 옷을 입은 인디언 한 명이 그곳에 서 있었으나, 이 당시는 토인들도 영국 식민지를 곧잘 드나드는 때였으므로 이런 상황에 인디언 하나쯤 나타났다 해서 그것이 헤스터 프린의 주목을 끌 순 없었다. 더구나 그녀의 머릿속에서 그밖의 모든 일이나 생각들을 말끔히 씻어 버릴 수는 없는 일이었다. 인디언 곁에는 분명히 동행인 듯한 백인 한 사람이 세련된 백인 옷과 야만스런 토인의 옷을 이상하게 뒤섞어 차려입고 서 있었다.

키가 작달막한 백인의 얼굴에는 주름살이 잡혀 있었으나 아직 늙은이라고 부를 순 없었다. 얼굴은 무척 지적으로 보였다. 이를테면 너무 오랫동안 정신 수양을 하는 통에 육체도 불가불 정신을 닮게 되어 마침내는 그 정신이 온몸에 뚜렷이 나타나 있는 위인과 흡사했다. 얼핏 보기에 갖가지 옷을 아무렇게나 차려입고 자기의 괴상한 꼴을 감추거나 알아보지 못하게 하려고 애를 쓴 듯하나, 그 사나이의 한쪽 어깨가 다른 쪽 어깨보다 치올라 있다는 사실 때문에 헤스터 프린의 눈을 속이지 못했다. 그녀는 사나이의 야윈 얼굴과 다소 불구자인 자태를 알아차린 순간 또 아기를 가슴에 몹시 당겨 안았고, 그 때문에 아기는 괴로운 듯이 울어댔다. 그러나 어미의 귀에는 아기의 울음소리 따윈 들리지도 않는 모양이었다.

장터에 당도한 이 낯선 사나이는 헤스터 프린의 눈에 띄기 얼마 전부터 그녀를 바라다보고 있었다. 처음에는 무심히 바라보는 듯했다. 그는 주로 마음속만을 살피는 버릇에 젖었기 때문에, 외면적인 것들은 그것이 마음속의 것들과 무슨 관계라도 갖지 않는 한 아무런 가치도 없고 중요하지도 않다고 생각하는 위인의 기품이 있었다. 그러나 별안간 사나이의 눈초리는 무엇을 꿰뚫기라도 할 듯 날카로워졌다. 증오의 빛이 사나이의 얼굴 위에 나타나 몸부림쳤다. 마치 한 마리의 뱀이 환한 데서 얼굴 위를 재빨리 기어가다가 멈칫 도사리고 앉아 똬리를 트는 그런 인상이었다. 얼굴은 벅찬 감정으로 해서 검게 질렸으나 이내 감정을 의지의 힘으로 억눌러 버렸기 때문인지 한순간을 빼놓고는 표정이 한결같이 담담해 보였다. 잠시 후 흥분의 빛은 거의 걷히고 마침내 그 자취마저 그의 본성 속으로 사라지고 말았다. 헤스터 프린의 시선이 자기에게로 쏠리고 있음을 보고 그녀가 자기를 알아본 듯싶어선지 사나이는 천천히 조용하게 손가락을 쳐들어 공중을 휘저은 뒤 입술에다 갖다댔다.

그리고 사나이는 바로 옆에 서 있는 읍내 사람의 어깨에 손을 얹으며 예의 있게 정중히 말을 건넸다.

"잠깐 실례하겠습니다, 노형." 하고 사나이가 물었다. "대관절 저 여인은 누굽니까? 무슨 곡절로 저렇게 군중들 앞에 끌려나와 모욕을 당하고 있습니까?"

"당신은 이 고장 사정을 잘 모르시는군요."

읍내 사람은 이상하다는 듯이 말을 건넨 사나이와 동행인 토인을 번갈아 바라보면서 대답했다.

"그렇지 않다면야 당신도 헤스터 프린과 그녀의 고약한 행실에 관한 얘길 벌써 들으셨을 텐데. 저 계집이 딤즈데일 목사님네 교회당에서 굉장히 추잡한 짓을 저

질렀답니다."

"노형 말씀이 옳습니다." 하고 사나이가 대답했다. "나는 이 고장 사정을 전혀 모르는 사람입니다. 여태껏 본의 아니게 산지 사방을 떠돌아다녔죠. 그동안 바다와 육지에서 슬픈 재난을 겪고 저 남쪽 토인들한테 갇혔다가, 겨우 몸값을 치르고 석방될 양으로 이 토인을 따라 여기까지 찾아온 길이지요. 그래 저 헤스터 프린―이름을 제대로 불렀는지 모르겠습니다만―의 죄라든지 저렇게 처형대로 끌려가게 된 곡절을 좀 이야기해 주시렵니까?"

"아무렴요, 그동안 황무지에서 갖은 고초를 겪은 끝에 이 고장으로 오게 되셨으니 오죽이나 기쁘시겠어요." 하고 읍내 사람이 말했다. "이곳 뉴잉글랜드에선 부정을 저지르면 기어이 백일하에 들추어내서 나리들이나 주민들 눈앞에서 처벌하게 마련이죠. 저 계집은 어느 학자의 아내로 잉글랜드 태생이었으나, 암스테르담에서 오래 살다가 얼마 전 대서양을 건너 매사추세츠로 와서 우리들과 운명을 같이할 작정을 세웠었대나 봐요. 학자는 이런 목적으로 아내를 먼저 떠나 보내고 자기는 필요한 뒤처리를 했답니다. 그런데 아내가 여기 보스턴에 자리를 잡고 산 지 근 두 해가 되었는데도 학자인 프린 영감한테서는 통 소식이 없었답니다. 그래 그 젊은 아내는 혼자서 지내다가 그만 처신을 잘못했단 말씀이죠."

"아아! 아하!…… 잘 알겠습니다." 하고 낯선 사나이가 쓰디쓴 웃음을 지으며 말했다.

"당신 말마따나 그렇게 아는 게 많은 학자라면 마땅

히 그런 것도 책에서 배웠어야 할 텐데. 그런데 실례지만 프린이 두 팔에 안은 저 아기—난 지 서너 달밖에 안 돼 보이는데—의 아버지는 도대체 누구랍디까?"

"정말이지 노형, 그건 수수께끼랍니다. 그 수수께끼를 풀어 줄 다니엘과 같은 명판관이 아직껏 나타나지 않았지요." 하고 읍내 사람이 대답했다. "헤스터가 함구무언이니, 재판관들이 구수회의(鳩首會議)를 한댔자 아무 소용이 없지요. 아마도 그 죄 많은 사나이는 하느님이 보고 계신다는 것도 모르고 지금 이 슬픈 광경을 보고 서 있을 테지요."

"마땅히 그 학자 자신이." 하고 낯선 사나이가 쓴 웃음을 짓고 말했다. "나타나서 비밀을 해결해야죠."

"아직 살아 있다면 의당 그래야죠." 하고 읍내 사람이 맞장구를 쳤다. "그런데 글쎄, 우리 매사추세츠의 재판관들은 저 계집이 미녀라서 억센 유혹을 뿌리치지 못해 타락했으려니 하고, 게다가 계집의 남편은 아마도 바다의 고기밥이 됐으려니 짐작했는지, 공정한 법이 정한 극형을 저 계집에게 적용할 용단을 내리지 못했답니다그려. 정당한 형벌을 줄라치면 의당 사형에 처해야죠. 그런데 대자대비하신 나리들은 헤스터 프린에게 처형대 위에 고작 세 시간만 서 있은 뒤에는 일평생 가슴에다 치욕의 표적을 달라고 분부했을 따름이죠."

"딴은 현명한 판결입니다!" 하고 낯선 사나이가 정색을 하고 머리를 끄덕이면서 말했다. "그러면 저 여인은 치욕의 글씨가 비석 위에 아로새겨질 때까지 죄를 훈계

하는 산 설교의 구실을 하게 되겠군요. 그러나 저 여인과 더불어 불의의 정을 맺었던 사나이가 저 사람과 나란히 처형대 위에 서지 않았다니 불쾌하군요. 하지만 그 사내도 어차피 알게 되겠죠! 인제 정체가 드러날 겁니다! 드러나고말고요!"

사나이는 지껄이기 좋아하는 읍내 사람한테 정중히 머리를 숙인 다음, 동행인 토인에게 뭐라고 몇 마디 수군거리며 같이 군중 사이를 헤치고 사라졌다.

그동안 헤스터 프린은 낯선 사나이를 한결같이 지켜보며 처형대 위에 서 있었다. 그녀는 너무나 골똘히 바라보았기 때문에 극도로 쏘아보는 순간엔 눈에 띄는 세상 만물이 말끔히 자취를 감추고 유독 사나이와 자기만이 남은 듯싶었다. 아마도 단둘이만 만났더라면 지금보다도 더욱 무서웠을 것이다. 지금 대낮의 뜨거운 태양은 가슴에 치욕의 표적인 주홍글씨를 달고 두 팔에 불의의 씨인 아기를 안은 헤스터의 얼굴 위로 샅샅이 내리비춰 거기에 어린 치욕의 빛을 환히 드러냈다. 그리고 잔치 구경이라도 하러 나오듯이 몰려나온 사람들은 행복한 가정의 잠잠하고 어슴푸레한 난롯불빛에서나 혹은 교회에 나갈 때 아낙네들이 쓰는 베일 밑에서나 볼 수 있을 얼굴을 뚫어지게 바라보고 있었다. 소름이 끼칠 노릇이기는 했으나 헤스터에게는 숱한 구경꾼들이 눈앞에 있다는 사실이 도리어 하나의 피난처같이 느껴졌다. 사나이와 자기 사이에 이처럼 수많은 군중을 두고 서 있다는 것이 얼굴을 맞대고 단둘이서 만나는 것보다는 나았다. 이를테면 군중들의 눈앞에 제 몸을 드러낸다는 사실을 하나의 피난으로 여겼으므로 그와 같은 보호를 빼앗길지도 모를 순간을 두려워했다. 이러한 생각에 잠겨 있느라 헤스터 프린은 등뒤에서 들리는 소리를 듣지 못했다. 그리하여 그 목소리는 온 군중들에게도 들릴 만큼 드높이, 엄숙하게 또다시 그녀의 이름을 불렀다.

"여봐라, 헤스터 프린!" 하고 그 목소리가 외쳤다.

앞서 말했듯이 헤스터 프린이 서 있는 처형대 바로 위쪽에는 일종의 발코니, 이를테면 지붕 없는 회랑 같은 것이 교회당에 붙어 있었다. 그곳은 재판관들이 즐비하니 늘어선 가운데 당시의 공적인 의식 때면 으레 갖추게 마련인 온갖 격식을 차리며 포고가 내려지는 장소였다. 여기에 지금 우리가 묘사한 장면을 보기 위해서 벨링엄 장관 자신이 의자 둘레에 미늘창[戟]을 든 군졸 넷을 의장병삼아 거느리고 앉아 있었다. 모자엔 거무스름한 깃털을 달고 외투의 도련엔 수를 놓았고 그 밑에는 검은 벨벳 옷을 입고 있었다. 나이도 지긋한 장관의 얼굴에 아로새겨진 주름살은 지난날에 겪은 갖은 고초를 말해 주고 있었다. 그는 젊은이의 줄기찬 혈기보다도 엄격히 달구어진 중년의 정력이나 노년의 지혜 덕택으로 건설되고 발전하여 오늘날과 같은 비약을 보게 된 이 나라의 우두머리로서 마땅치 않은 바 아니었다. 이 사회는 공연한 꿈이나 희망을 별로 가진 적이 없기 때문에 많은 성과를 거두었다. 우두머리 통치자를 둘러싼 고관대작들의 풍채는 유달리 위엄있게 보였는데, 그것은 권력자의 의식(儀式)은 신이 마련한 제도가 지니는 신성성을 가졌다고 여겼던 시대에 흔히 볼 수 있는 모습들이었다. 그들은 의심할 나위 없이 선량하고 경우가 밝고 현명했다. 그러나 과실을 범한 여인의 마음을 심판하고 그물처럼 얽힌 선과 악을 가려 주는 데 있어서, 지금 헤스터 프린이 고개를 돌려 바라본 엄숙한 표정의 현인들보다도 무능한 사람들(하기야 현명하고 덕이 높은)을 온 인류 속에서 골라 낸다는 것도 수월한 일은 아니었을 것이다. 헤스터 프린은 그나마 자기가 동정을 구할 수 있다면 그것은 한결 너그럽고 따스한 군중들의 마음속에서나 기대할 수 있으리라 생각했다. 왜냐하면 발코니 쪽을 쳐다보았을 때 이 가엾은 여인은 파랗게 질려 몸을 부르르 떨었기 때문이다.

헤스터의 주의를 끈 것은 이름난 존 윌슨 목사의 목소리였다. 그는 보스턴의 목사들 중 가장 나이가 많았고, 당시의 목사들이 으레 그랬듯이 훌륭한 학자인데다 친절하고 온정 있는 위인이었다. 그러나 이 친절이란 특성은 그가 타고난 지성보다는 소홀히 길러 온 것으로 실상 그로서는 자랑거리라기보다는 수치거리로 여기는 터였다. 이 목사가 모자 밑으로 반백 머리칼을 삐죽이 드러낸 채 거기에 서 있었다. 서재의 갓을 씌운 등불빛에 익숙해진 그의 눈은 헤스터의 아기 눈 모양 밝은 햇빛을 받아 사뭇 깜박거렸다. 그는 낡은 설교책 앞장에 찍힌 거무스름한 판화 초상화와 흡사했다. 이런 초상화

가 지금 이 목사처럼 나타나서 인간의 죄악이며 정열이
며 고뇌와 같은 문제를 아랑곳할 권한이 없듯이, 이 목
사도 그런 권리는 없었다.

"헤스터 프린," 하고 윌슨 목사가 말을 건넸다. "나는
이 젊은 형제와 옥신각신한 적이 있었는데, 그대는 바
로 이분의 설교를 들어 본 특전이 있었다지." 여기서 윌
슨 목사는 곁에 있는 창백한 젊은이의 어깨에 손을 얹
었다. "나는 하느님이 살펴보시는 이 자리, 현명하고 경
우 밝은 통치자들 앞에서, 그리고 온 백성들이 귀담아
듣는 가운데서 그대가 저지른 더럽고 흉측한 죄를 이
젊은 분이 다루도록 승낙시키느라 무척 애를 썼지. 이
분이 나보다도 그대의 성미를 잘 알고 있느니만큼 그대
의 미련한 외고집을 꺾어, 그대를 기막힌 타락의 구렁
으로 꾀어낸 사나이의 이름을 밝히게 하려면 어떤 설법
을 써야 할지―부드럽게 타일러야 할지 아니면 무섭게
협박을 해야 할지―더 좋은 판단을 내릴 수 있겠지. 그
런데 이분은 내 말을 듣지 않는단 말이야(나이에 비해
무척 똑똑한 편이지만 젊은 탓인지 지나치게 친절하
지). 이런 대낮에 수많은 군중 앞에서 가슴속의 비밀을
밝히라고 강요한다는 것은 여인의 본성 자체를 모독하
는 짓이라면서. 정말이지 내가 이분에게도 납득시키려
했듯이 죄를 저지른다는 게 수치지 고백한다는 건 아무
런 창피도 아니거든. 딤즈데일 목사, 한 번만 더 묻겠
소, 이 가엾은 여인의 영혼 문제는 당신이 다루어야 할
것인지 아니면 이 사람이 맡아야 할 것인지?"

발코니를 차지한 위엄 있고 경건한 사람들 사이에서 무엇인지 수군거리는 소리가 들려왔다. 그러자 벨링엄 장관이 권위 있는, 그러나 젊은 목사에 대한 경의로 부드러워진 목소리로 목사를 향해 그 뜻을 전달했다.

"딤즈데일 목사," 하고 그가 말했다. "저 여인의 영혼에 관한 책임은 당신에게 있소. 그러므로 그녀를 타일러서 회개시키고 회개한 증거와 결과로 고백을 시킨다는 건 당신이 마땅히 해야 할 일이오."

너무나 솔직한 이 호소는 온 군중들의 시선을 딤즈데일 목사에게로 집중시켰다. 이 젊은 목사는 영국의 어느 훌륭한 대학 출신으로 당시의 온갖 학문을 이곳 원시림 지대로 옮겨 온 위인이었다. 그의 웅변과 종교적 열성은 그가 장차 종교계에 두각을 나타내리라는 것을 말해 주고 있었다. 그 용모는 수려하고, 흰 이마는 가파른 낭떠러지 모양 높고, 큼직한 갈색 눈은 수심에 잠겨 있으며, 입은 굳게 다물었을 때를 제외하고는 항상 떠는 듯싶어 신경과민과 굉장한 자제력을 아울러 나타내고 있었다. 타고난 재주와 학자다운 교양이 풍부함에도 불구하고 이 젊은 목사의 몸가짐에는 어딘지 모르게 불안하고 놀란 듯하고 겁을 집어먹은 듯한 인상이 풍겼다. 그것은 마치 인생항로에서 영영 길을 잃어버리고 갈피를 못 잡게 되었음을 스스로 느끼는 나머지 저 혼자만 붙박혀 있을 수 있는 곳에서나 마음이 놓이는 사람과도 같은 인상이었다. 그리하여 자기 직책이 허락하는 한 목사는 그늘진 샛길을 더듬어 제 자신을 순박하고 어린애같이 천진한 상태에 놓이게 했다가, 필요한 경우에는 싱싱함과 그윽한 향기와 이슬처럼 해맑은 사상을 지니고 있었으므로, 많은 사람들의 말마따나 천사와도 같은 말로 그들을 감동시키는 것이었다.

윌슨 목사와 장관의 공공연한 소개로 군중들의 주목을 끌게 된 젊은 목사란 바로 이와 같은 위인이었다. 더럽혀졌을망정 여전히 성스러운 여인의 영혼이 간직한 비밀을 온 군중들이 듣는 앞에서 밝혀내 보라는 분부를 받은 목사는 입장이 하도 난처해서인지 두 볼엔 핏기가 가셨고 입술은 사뭇 떨고 있었다.

"저 여인에게 이야기를 해보시오." 하고 윌슨 목사가 말했다. "그것은 저 여인의 영혼을 위해서뿐만 아니라 귀하신 장관님의 말씀마따나 그녀의 영혼을 맡은 당신의 영혼을 위해서도 또한 중대한 일이오. 사실을 고백하도록 잘 타일러 보시오!"

딤즈데일 목사는 묵도라도 드리는 양 머리를 숙였다가 이윽고 앞으로 나섰다.

"헤스터 프린." 젊은 목사가 발코니 난간 위로 몸을 굽히고 헤스터 프린의 눈을 물끄러미 내려다보면서 말했다. "당신은 이분의 말씀을 들어서 나의 괴로운 처지를 짐작했겠지요. 당신이 마음의 평화를 위해서 도움이 된다고 느끼고 또 그로 인해 지상에서 받는 형벌이 구원에 한층 도움이 된다고 생각한다면 부탁이니, 당신과 더불어 죄를 저지르고 고민하고 있는 그 사나이의 이름을 밝혀 주시오! 부디 그 사나이에 대한 그릇된 동정과 온정 때문에 침묵을 지키지는 마시오. 정말이지 헤스터, 설령 그 사나이가 귀한 자리에서 내려와서 치욕의 처형대 위 바로 당신 곁에 서게 될지라도 일평생 내내 마음의 죄를 감추고 사느니보다는 차라리 그것이 나을 것이오. 당신의 침묵이 그에게 무슨 도움이 되겠소?. 기껏해야 그 사나이를 시켜—이를테면 그 사나이로 하여금 어쩔 수 없이—이미 저지른 죄악에다 위선을 덧붙이게 할 따름이 아니겠소? 하느님은 당신에게 마음속의 악과 가슴 밖의 슬픔을 무찌르고 버젓한 승리를 이루도록 공중 앞에서 모욕을 당하는 기회를 주셨소. 당신은 그 사나이—아마도 자기 자신이 손수 술잔을 들 용기가 없는지도 모르지요—에게 지금 당신 입술 앞에다 내민 쓰면서도 영혼에 이로운 술잔을 주기를 꺼리고 있다는 걸 명심하시오!"

 젊은 목사의 목소리는 떨리면서도 곱고 우렁차고 깊이 있게 띄엄띄엄 흘러나왔다. 말의 내용 자체보다 그 말에서 분명히 풍기는 목사의 감정이 그 말로 하여금 온 군중들의 가슴속에 물결을 일으켜 마침내 청중들을 똑같은 동정의 도가니로 몰아넣었다. 심지어 헤스터의 품 안에 안긴 아기 역시 동정했음인지 여태껏 멍청했던 눈을 딤즈데일 목사 쪽으로 돌리며 두 팔을 쳐들고, 기뻐선지 서글퍼서인지 뭐라고 옹알거렸다. 목사의 호소가 너무나 진지했으므로 헤스터 프린이 죄 지은 사나이의 이름을 밝히거나 그러잖으면 그 사나이 자신이 지위의 귀천을 가리지 않고 억누를 수 없는 심정에서 나타나 처형대 위에 오르지 않고는 못 배기리라고 군중들은 생각했다.

그러나 헤스터가 고개를 좌우로 흔들었다.

"헤스터여, 부디 하느님이 베푸는 자비심의 한계를 넘어서지 마라!" 하고 윌슨 목사는 아까보다도 거칠게 외쳤다. "저 어린애도 음성을 타고났대서 그대가 방금 들은 가르침을 좋다고 확인했거늘, 어서 사나이의 이름을 밝히지 못할까! 그리고 회개를 하면 그대 가슴에서 주홍글씨를 떼는 데 도움이 될지도 모르니."

"천만에요!" 헤스터 프린은 윌슨 목사가 아니라 젊은 목사의 수심어린 움푹한 눈을 건너다보며 대답했다. "그건 너무나 깊이 아로새겨진 글씨라서 떼어 버릴 수 없어요. 제 자신의 괴로움은 물론 그분의 괴로움까지도 제가 참아냈으면 해요!"

"어서 말해라, 고얀년 같으니!" 처형대 둘레의 군중 사이에서 어떤 사람이 추상같이 냉정한 목소리로 외쳤다. "어서 말하고 자식에게도 아버지를 찾아 주어야지!"

"절 죽인대두 못하겠어요!" 헤스터는 죽은 사람처럼 창백해졌으나 너무나도 귀에 익은 이 소리에 대답했다. "이 아이는 하늘의 아버질 찾아야 해요. 이 아이한테는 땅 위의 아버질 가르쳐 주어선 안 돼요!"

"죽어도 말을 못하겠다니!" 발코니 난간 위에 몸을 굽히고 가슴에 손을 얹은 채 자기가 한 호소의 결과를 기다리던 딤즈데일 목사는 이렇게 중얼거렸다. 그는 한숨을 내쉬면서 물러섰다. "참 신통하게도 씩씩하고 너그러운 마음씨의 여인이로군! 그녀는 끝내 말하지 않을걸!"

　가엾은 죄인의 외고집을 도저히 돌릴 수 없음을 깨달았음인지, 이 기회를 위해서 미리 만반의 준비를 갖추었던 늙은 목사는 죄악에 관해 군중들에게 일장의 설교를 하였다. 여러 가지 죄악에 대하여 말하면서도 끊임없이 주홍글씨와 관련을 시켰다. 늙은 목사가 한 시간 남짓이나 주홍글씨의 뜻을 힘차게, 누누이 설명하느라고 군중의 머리 위로 웅변을 토하는 바람에 그들이 머릿속에 그리는 주홍글씨는 색다른 공포의 빛을 띠었고, 그 주홍 빛깔은 지옥의 불길에서나 얻어 온 듯한 인상을 주었다. 그동안 헤스터 프린은 피로에 지쳐 눈을 멀거니 뜬 채, 아랑곳없다는 듯 치욕의 처형대 위에 서 있었다. 이날 아침 그녀는 인간이 참을 수 있는 한도를 견뎌냈다. 그녀는 까무러쳐서 강렬한 고통을 면하는 성미는 아니었으므로 그녀의 정신은 돌같이 딱딱한 무감각이란 껍질 밑에 피신할 수밖엔 별도리가 없었다. 하지만 그동안도 육체를 지탱하는 기능은 고스란히 살아 있었다. 이런 상태에 빠진 헤스터의 귓전으로 설교자의 목소리는 우레와 같이 무자비하게 울려왔으나 헛된 일이었다. 그녀의 시련이 끝장에 이르자 아기의 울음소리가 하늘을 찌르는 듯했다. 헤스터는 기계적으로나마 아기의 울음을 멈춰 보려는 듯했으나 아기의 괴로움을 가엾게 여기는 성싶진 않았다. 아까처럼 헤스터는 도도한 태도로 감옥으로 다시 끌려가서 무쇠 꺾쇠를 박은 옥문 안으로 자취를 감추어 마침내 군중의 시야에서 사라지고 말았다. 그녀의 뒷모습을 엿본 사람들이 수군거리는 말을 들어 보면, 헤스터가 감옥 안의 어두컴컴한 통로를 지날 때 주홍글씨는 새빨갛게 불타는 듯한 빛을 내뿜더라는 것이다.

4. 만 남

감옥으로 되돌아온 헤스터 프린은 신경이 흥분한 나머지 스스로 제 목숨을 끊거나 혹은 반 미치광이가 되어 가엾은 어린아기에게 상처라도 입히지나 않을까 격정스러워서 끊임없는 감시가 필요했다. 밤이 되자 나무라기도 하고 벌을 주겠노라 위협도 해보았으나 끝내 말을 듣지 않아, 마침내 간수 브래켓은 의사를 불러들이는 게 상책이라 생각했다. 간수의 말을 빌리면 그 의사는 개화된 의료법에 조예가 깊을 뿐더러 숲속에 자라는 약용 초근목피에 관해서 미개의 토인들이 알고 있는 지식에도 정통한 사람이라는 것이었다. 사실은 헤스터 자신을 위해서뿐만 아니라 아기를 위해서도 의사의 도움이 당장 필요했다. 어미의 가슴에서 젖을 빠는 아기는 어미의 온몸에 스며 있는 소란과 고통과 절망을 젖과 함께 빨아들인 성싶었다. 지금 괴로움에 몸부림치는 이 아기는 이날 낮에 헤스터 프린이 견디어 냈던 마음의 아픔을 그 조그만 몸뚱이에다 역력히 나타내고 있었다.

간수의 바로 뒤를 따라 음침한 감방에 나타난 사나이는 아까 군중들 틈에 끼였을 때 주홍글씨를 단 여인에게 크나큰 관심거리가 되었던 괴상한 모습을 한 바로 그 사람이었다. 이 사나이는 감방에서 머무르기로 되었는데, 무슨 죄의 혐의가 있어서가 아니라 그 몸값에 관하여 관리들과 토인 추장이 해결지을 때까지 당분간 그렇게 하는 것이 가장 편리하고 적절한 처사였기 때문이었다. 사나이의 이름은 로저 칠링워드라 불렸다. 사나이를 감방으로 안내한 간수는 사나이가 감방 안에 들어서기가 바쁘게 온 방안이 적이 잠잠해진 데 놀라 멈칫섰다. 아기는 괴로워서 계속 보채고 있었지만 헤스터 프린은 이내 죽은 듯이 조용해졌다.

"여보시오, 환자하고 나하고 단둘이만 있게 해주구려." 하고 의사가 말했다. "틀림없어요, 간수 양반, 곧 감방 안을 조용히 해드리죠. 내 장담하죠, 이제부터 프린이 당국의 말을 더 잘 듣게 해드리겠소."

"정말 당신이 그럴 수만 있다면." 하고 브래켓이 대답했다. "다시없는 명의시죠. 말은 바른대로 저 계집은 꼭 귀신이라도 붙은 사람 같구먼요. 회초리로 때려서 마귀를 내쫓는 일이라면 하는 데까진 해봤습니다만."

낯선 사나이가 자칭 의사답게 조용히 방안으로 들어섰다. 간수가 물러가고 여인과 단둘이 얼굴을 맞대었을 때도 사나이의 태도엔 조금도 변함이 없었다. 아까 이 여인이 군중 속에 끼였던 이 낯선 사나이를 골똘히 바라보았던 사실로 미루어 둘의 사이는 가까운 듯했다.

사나이는 먼저 아기를 보살펴 주었다. 사실 바퀴 달린 침대에서 몸부림치며 우는 아기의 울음소리를 들으면 만사를 제쳐놓더라도 아기의 괴로움을 덜어 줄 수밖엔 없었다. 사나이는 조심스레 아기를 진찰한 다음 옷 밑에서 꺼낸 가죽가방을 열어젖혔다. 그 속에는 약이 들어 있는 듯했다. 사나이는 그 중에서 약 하나를 꺼내어 물에다 탔다.

"기왕에 연금술을 배운데다." 하고 사나이가 말문을 열었다. "약초의 효능에 정통한 사람들과 어울려 1년 남짓이나 지내 온 덕분에 나는 박사 운운하는 작자들보다도 나은 의사가 되었소. 자 이걸! 이애는 당신 애지 내 애는 아냐. 내 말을 들어도 내 얼굴을 보아도 제 아비라고 생각지 않을 테니, 이 약은 당신이 손수 먹이도록 하오."

헤스터는 자기 눈앞에다 내미는 약을 물리치면서 유난스레 근심어린 눈초리로 사나이의 얼굴을 들여다보았다.

"당신은 애꿎은 아기에게 앙갚음할 작정이세요?" 하고 그녀가 속삭였다.

"어리석은 계집 같으니!" 의사는 냉정하면서도 일변 달래는 양 대답했다. "무엇 때문에 가엾게 태어난 불의의 자식을 내가 해친단 말이오? 이 약은 효능이 어지간한 것이오. 그애가 내 자식일지라도―그렇소. 당신 자식이자 내 자식일지라도!―그보다 좋은 약을 줄 순 없소."

사실 정신이 사리를 분별할 만한 상태가 아닌 헤스터

가 여전히 주저하고 있자 사나이가 두 팔에 아기를 안고 손수 약을 먹였다. 약은 이내 효능을 나타내어 의사의 장담이 증명되었다. 어린 환자의 신음소리는 가라앉고 이리 뒤치고 저리 뒤치던 부대낌도 차츰 멎어서, 잠시 후에는 어린애들이 괴로움이 사라지면 으레 그렇듯이 아늑한 잠에 깊이 빠졌다. 의사라고 불릴 만도 한 그 사나이는 이어 어미를 돌보아 주었다. 그는 조용히 그리고 열심히 살피면서 그녀의 맥을 짚고 눈을 들여다보았다 ―그 눈초리는 그녀의 가슴을 움찔하게 하고 떨게 하였다. 왜냐하면 사나이의 눈초리는 무척 낯이 익으면서도 어딘지 이상스럽고 차디찼기 때문이다―이윽고 진찰에 만족한 사나이는 다른 약을 조제하기 시작했다.

"나는 망우수(忘憂水)니 망우제(忘憂劑)니 하는 것도 모르지만……." 하고 사나이가 말했다. "황무지에서 새로운 비법을 많이 배웠소. 이 약이 바로 그 중의 하나인데 파라셀수[4] 때부터 전해 온 나의 학문을 좀 나누어 준 대가로 토인들이 가르쳐 준 처방이오. 어서 마셔 봐요! 괴로움을 가라앉히기에는 죄없는 양심만 못하겠지만 난들 그런 양심을 당신에게 줄 도린 없소. 하지만 풍랑이 거센 바다 위에 끼얹은 기름처럼 이 약이 당신의 부풀어오른 감정을 진정시켜 주겠지."

사나이가 컵을 내밀자 헤스터는 사나이의 얼굴을 물끄러미 바라보면서 받아들었다. 그 얼굴은 딱히 공포어린 얼굴이랄 순 없었지만 사나이의 속마음을 자못 의심하는

---

4) 스위스의 연금술사 1493?~1541

표정이었다. 그녀는 가만히 잠든 아기도 바라보았다.

"저는 숫제 죽어 버릴까고도 생각해 봤어요." 하고 그녀가 말했다. "죽기를 바랐었죠. 아니 죽음을 달라고 기도를 드리려고도 했어요. 저 같은 것도 무엇을 바라고 기도 드릴 수 있다면 말이에요. 하지만 이 컵 속에 죽음이 들어 있다면 제가 들이키기 전에 다시 한 번 생각해 보세요. 자! 보세요, 컵이 입술에 닿았으니."

"그렇다면 어서 마시오." 사나이가 한결같이 냉정하게 말했다. "당신은 나를 그렇게도 모르오? 헤스터 프린, 내가 그처럼 소견이 좁단 말인가? 설령 내가 복수의 흉계를 꾸미고 있다손치더라도 내 목적을 이루기 위해서는 당신을 살려 두는 게 상책일 거요—생명을 해치거나 위태롭게 하는 것들을 말짱 없애 버리는 약을 당신에게 주는 것이 가장 좋은 수단일걸—그러면 불길 같은 그 치욕의 표를 당신 가슴에 항상 빛나게 할 수 있으니 말이오!"

이렇게 말하며 사나이가 길쭉한 집게손가락을 주홍글씨에다 얹기가 바쁘게 주홍글씨는 마치 이글이글 타오르고 있었던 양 그녀의 가슴속을 태우고 들어가는 듯했다. 사나이는 헤스터가 무심결에 움찔하는 걸 보고 빙그레 웃었다.

"그러니까 살아서 뭇 사나이들과 여인네들의 눈앞에서—일찍이 당신의 남편이었던 사나이 앞에서—그리고 저기 저 아기 앞에서 당신의 운명을 짊어지고 다니란 말이오! 자 살아나가기 위해서 어서 이 약을 마시오."

헤스터 프린은 더 대꾸도 않고 이내 컵을 비워 버렸다. 그리고 의사가 하라는 대로 아기가 잠들어 있는 침대 위에 걸터앉았다. 사나이도 방안에 하나밖에 없는 의자를 끌어당겨 헤스터 곁에 자리를 잡고 앉았다. 이와 같은 사나이의 태도를 본 헤스터는 파르르 떨림을 억제할 수 없었다. 왜냐하면 사나이는 인정이나 무슨 주의(主義)에서, 혹은 이를테면 세련된 잔인성에서 자기의 육체적 고통을 덜어 주려고 마지못해서나마 할 수 있는 바를 모두 했으니, 불가불 다음에는 자기한테 회복할 길이 없는 깊은 상처를 입은 남편의 입장에서 자기를 상대하리라고 느꼈기 때문이다.

"헤스터." 하고 사나이가 불렀다. "나는 당신이 그런 구렁텅이에 빠지게 된 사정을, 아니 내가 당신을 발견했던 그 치욕의 처형대 위로 올라서게 된 이유도 사정도 묻고 싶진 않소. 그 이유는 짐작하기 어려운 것도 아니오. 내가 어리석었고 당신이 나약했기 때문이지. 나같이 사색을 즐기고 커다란 서고의 책벌레에 지나지 않으며 지식에 주린 꿈을 꾸느라고 가장 좋은 세월을 허송한 다 시든 사람이 당신과 같은 젊은 미녀와 무슨 연분이 있었겠느냐 말이오! 날 때부터 병신인 주제에 젊은 색시의 눈에 비치는 육체적인 결함이야 타고난 지성으로 감출 수 있을지도 모른다는 엉뚱한 생각으로 제 자신을 속였다니, 천부당만부당한 일이었어! 세상 사람들은 나더러 현명하다고들 하지만 현자가 제 자신을 위해서 현명하다면 나는 미리부터 이런 일을 짐작할 수 있었으련만,

광막하고 황량한 숲을 나와서 이 기독교도들의 식민지
에 들어설 때 내 눈에 맨 먼저 띈 것은 군중들 앞에 치
욕의 상(像)처럼 서 있는 당신 헤스터 프린이란 것도 미
리 짐작했었을 텐데. 아니 그뿐이겠소? 우리들이 한 쌍
의 부부가 되어 어깨를 나란히 하고 옛 교회당 층층대를
내려서는 순간 우리 부부의 앞날 저 한 끝에서 타오르는
주홍글씨의 큰 불길을 보았으련만!"

  "당신도 아시다시피……." 하고 헤스터가 말했다—비
록 풀이 죽었을망정 치욕의 표를 노린 이 조용한 마지
막 일격만은 도저히 참을 수가 없었기 때문이었다—"당
신도 아시다시피 저는 당신한테 솔직하게 대했어요. 저
는 당신에게 정이 든 적도 없었고 또 당신을 사랑하는
체한 적도 없었어요."

  "옳은 말이야." 하고 사나이가 대답했다. "아까도 말
했듯이 모두 내가 어리석었던 탓이지! 그런데 내 생애
에서 그날이 올 때까지 나는 삶을 헛되이 살았어. 세상
은 도무지 재미가 없었고! 내 가슴은 많은 손을 맞아들
일 만큼 너그러웠지만 외롭고 싸늘했으며 아늑한 불기
하나 없었어. 하지만 거기다 불을 피우고 싶었다오! 비
록 나는 늙고 침울한 불구자였지만 사방에 흩어져 있어
누구든지 주울 수 있는 그 단순한 행복을 나도 얻을 수
있으려니 한 것이 그리 엉뚱한 꿈은 아닌 성싶었소. 헤
스터, 그래서 나는 내 가슴속에서도 그 중 깊은 데로
당신을 끌어넣어 당신이 있음으로써 생긴 따뜻한 온기
로 당신을 녹여 주려고 했었다오!"

"저는 당신에게 몹쓸 짓을 했어요." 하고 헤스터가 중얼거렸다.

"피차 마찬가지지." 하고 사나이가 대답했다. "흡사 꽃봉오리 같은 당신의 청춘을 꾀어서 시든 나와 진실 아닌 부자연스런 인연을 맺게 했을 때 이미 나는 못할 짓을 저지른 셈이지. 그래, 사색의 생활을 한 보람을 느끼는 사나이로서 나는 당신에게 복수를 한다거나 무슨 흉측스런 짓을 꾸미진 않겠소. 당신과 나 사이에선 과실의 저울대가 서로 맞먹는 셈이오. 그러나 헤스터, 우리 두 사람을 망친 사나이는 살아 있을 테지! 도대체 그게 누구요?"

"그건 묻지 마세요!" 헤스터 프린이 사나이의 얼굴을 도도하게 마주보며 대답했다. "그건 당신에게 말할 수 없어요!"

"말하지 않겠단 말이지!" 사나이는 침울하나 자신만만한 미소를 띠고 되물었다. "안 가르쳐 주겠다고! 헤스터, 실제로 바깥 세상에서나 혹은 어느 정도 눈에 보이지 않는 상상의 세계에서나 간에 비밀을 밝히려고 거리낌없이 열렬히 나서는 사람의 눈길을 피할 수 있는 것이란 별로 없는 법이오. 당신은 비밀을 들추어 내기 좋아하는 군중들 모르게 비밀을 감출 수 있을지도 모르오. 그리고 오늘 목사와 관원들이 당신의 가슴속에 간직한 사나이의 이름을 끄집어 내어 당신과 더불어 처형대 위에 나란히 세우려고 했을 때와 마찬가지로 그들의 눈길이 미치지 않도록 비밀을 감출 수도 있겠지. 그러나 나는 그들과는 딴판인 감각을 가지고 비밀을 밝히러 왔소. 나는 책 속에서 진리를 발견하려 했듯이 그리고 연금술로 금을 얻으려 했듯이 그 사나이를 찾아내고야 말겠소. 내겐 그 사나이를 알아차리게 하는 교감력이 있소. 내가 옆에만 가면 그 사나이의 떠는 꼴이 눈에 띌 테지. 그리고 나는 갑자기 나도 모르게 떨릴 테지. 조만간 그 녀석은 내 손아귀에 들어오고야 말걸!"

주름잡힌 학자의 두 눈이 이글이글 불타오르며 헤스터 프린을 노려보는 바람에 그녀는 가슴속의 비밀이 당장에 드러날까 두려워 가슴 위로 손을 모아 잡았다.

"당신은 끝내 그 사나이의 이름을 밝히지 않겠단 말이지? 그렇지만 그놈은 내 손아귀에 들어오고 말걸." 하고 사나이는 마치 운명의 신이 자기와 한 패인 양 자신만만한 표정으로 말했다. "그자는 당신처럼 옷에다 치욕의 글씨를 수놓아 가지고 다니진 않지만 나는 그의 가슴속에 쓰인 글씨를 알아낼 수 있을 거야. 그러나 그 사람을 걱정할 건 없소! 하느님이 친히 내리시는 형벌에 내가 참견을 하려거나, 혹은 내 자신에 손해가 되는 일이지만 그자의 이름을 밝혀서 인간이 마련한 법률의 손아귀로 몰아넣는 짓을 하리라고는 아예 생각 마오. 그리고 내가 그 사람의 생명을 해치려고 무슨 흉계를 꾸민다는 둥 혹은 그 사람이 내 판단대로 명성깨나 높은 사람이라면 그의 명예를 더럽히려 한다는 둥 아무렇게나 생각진 마오. 오히려 그냥 살려 둬야 해! 세상의 명예 속에 숨어 있을 수 있다면 그래 보라지! 그러나 그자는 내 손아귀에 들어오고야 말걸!"

"당신이 하시겠다는 행동은 자비로운 것 같지만……."
하고 헤스터는 무서워 어쩔 줄 몰라하며 말했다. "당신
의 말씀을 들으면 당신이 끔찍한 사람같이 보여요!"

"내 아내였던 당신에게 한 마디 일러 두겠소." 하고
학자가 말을 이었다. "당신은 정부의 비밀을 지켜 왔으
니 내 비밀도 지켜 주시오! 이 고장엔 날 아는 사람이
아무도 없으니 누구에게나 당신이 일찍이 나를 남편이
라 불렀던 사실을 밝히진 마오! 나는 지구의 한귀퉁이
황량한 이곳에다 나의 천막을 세우겠소. 왜냐하면 다른
고장에 가면 나는 한갓 떠돌아다니는 남들과 아무런 인
연도 없는 사람이지만, 여기엔 나와 끊을래야 끊을 길
없는 인연이 깊은 한 여인과 한 사나이와 한 아이가 있
기 때문이오. 그 관계가 사랑이건 미움이건 또는 옳은
것이건 그릇된 것이건 아무 상관없소. 당신이나 당신과
관계된 모든 사람들은 헤스터 프린, 모두 내것과 마찬
가지야. 내 집은 바로 당신이 있는 곳이오, 또한 그자가
사는 곳이오. 그러나 부디 나를 배반하진 마오!"

"어째서 그런 걸 원하시죠?" 헤스터는 저도 모르게
이 눈에 보이지 않는 인연을 생각하고 움찔하며 말했
다. "무엇 때문에 버젓이 이름을 밝히고 나서서 저를 당
장에 내동댕이치지 않나요?"

"아마도……." 하고 사나이가 대답했다. "부실한 계집
의 남편이 받아야 할 굴욕을 당하기가 싫어서겠지. 그
밖의 사정이 또 있을지 모르지만, 어쨌든 남몰래 살다

가 죽는 게 내 소원이오. 그러니 세상 사람들에게는 당신의 남편은 이미 죽어서 아무 소식도 올 리가 없다고 말해 주구려. 나를 만나더라도 말로나 태도로나 표정으로나 부디 아는 체하지 마오! 그리고 누구보다도 당신의 정부에겐 절대로 비밀을 밝히지 말아 주오. 만약 이것을 어기는 경우엔, 알겠소? 그 작자의 명예와 지위와 생명은 몽땅 내 손아귀에 들어오게 될 테니 조심하오!"

"그분의 경우와 마찬가지로 당신의 비밀도 지키겠어요." 하고 헤스터가 말했다.

"그럼 맹세하오!" 하고 사나이가 말했다.

그녀는 맹세했다.

"자, 그럼 프린 부인," 하고 이로부터 로저 칠링워드라고 불릴 이 사나이가 말했다. "당신을 혼자 두고 가겠소. 저애와 주홍글씨하고만 남도록! 어떻게 하기로 되었소, 헤스터? 당신의 판결문엔 잘 때도 저 표를 달라고 정해져 있소? 그래, 당신은 가위에 눌리거나 끔찍스런 꿈을 꾸어도 무섭진 않소?"

"어째서 당신은 저를 그렇게 보시면서 웃으시죠?" 헤스터는 사나이의 눈초리를 보고 괴로운 듯이 물었다. "당신은 읍내 변두리에 있는 숲속에 자주 나타나는 악마와 같은 분이시던가요? 당신은 저의 영혼을 망칠 올가미 속으로 저를 꾀어 넣을 작정이세요?"

"당신의 영혼이 아냐." 하고 사나이가 또다시 빙그레 웃으며 대답했다. "아냐, 당신의 영혼은 아냐!"

5. 바느질하는 헤스터

헤스터 프린의 감옥살이 기한이 드디어 끝났다. 옥문이 열어젖혀지자 그녀는 햇빛 속으로 걸어나왔다. 어느 것이나 가리지 않고 골고루 비추어 주는 햇빛도 그녀의 병든 괴로운 심정에서 볼라치면 가슴의 주홍글씨를 환히 밝혀 주는 이외엔 아무런 목적도 없는 성싶었다. 그녀의 뒤를 많은 사람들이 줄줄 따랐고 또 그들 앞에서 구경거리가 되었던 그때보다도, 뒤따르는 사람 하나 없이 처음으로 혼자서 감옥 문턱을 걸어나오는 지금 더 한층 뼈저린 고통을 느꼈을지도 모른다. 그때 몰려나왔던 구경꾼들은 모두 손가락질을 하며 헤스터를 치욕의 상징으로 삼았던 것이다. 그때 헤스터는 신경의 부자연스런 긴장과 성격이 지닌 온갖 투지로써 몸을 버티고 서 있었고, 바로 그 때문에 그녀는 그 장면을 일종의 처참한 승리로 변하게 할 수 있었다. 게다가 그것은 헤스터의 한평생 단 한 번밖에 일어나지 않을 고립된 사건이었으므로 그 일을 겪을 때는 조용한 생활에 바친다면 다년간을 쓰고도 남을 생명력을 아낌없이 마구 쏟을 수도 있었다. 그녀에게 유죄를 선고한 법률 자체—준엄한 허울을 쓴 그 무쇠 팔에는 인간을 때려 부수는 힘은 물론 부축해 주는 힘도 있다—가 그녀에게 욕을 보이는 무서운 시련을 통해서 그녀를 떠받들어 주었던 셈이었다.

그러나 지금은 아무도 뒤따르지 않은 채 옥문에서 걸

어나옴과 동시에 그녀의 하루하루의 생활이 시작되었
다. 그녀는 자기의 성격이 지닌 힘으로 그 생활의 무게
를 지탱해 나가든가 아니면 그 밑에 쓰러질 수밖엔 별
도리가 없었다. 내일은 내일의 시련을 가져올 것이다.
그 다음날도, 그리고 또 그 다음날도 제각기 제 자신의
시련을 싣고 닥쳐오겠지만 그 시련은 견디어 내기에 몹
시도 고통스러운 지금의 시련과 매한가지일 것이다. 아
득히 먼 미래의 나날을 자꾸만 앞으로 더듬어 나가면서
여전히 그녀로 하여금 똑같은 짐을 노상 짊어지고 나르
게 할 따름이지 내려놓고 한숨 돌리게 할 날은 결코 없
을 것이다. 날이 가고 해가 바뀜에 따라 산더미같이 쌓
인 치욕 위에 괴로움이 덧붙여질 것이다. 이처럼 오랫
동안에 그녀는 개성을 잃게 되어 마침내는 목사나 도학
자들이 여인의 나약함과 죄 많은 정열의 정체를 뚜렷이
구체적으로 지적할 수 있는 일반적인 상징이 되고야 말
것이다. 이리하여 순결한 젊은이들은 가슴에 주홍글씨
가 불타고 있는 그녀를—점잖은 부모의 딸이며, 장차
어엿한 여인이 될 아기의 어미이며, 지난날에 순결했던
그녀를—죄의 상징으로, 죄의 육체로, 그리고 죄의 실
체로서 바라보도록 가르침받을 것이다. 그리고 그녀의
무덤에는 그녀가 거기까지 지고 가야 할 치욕만이 오직
하나의 비석이 될 것이다.
　자유로운 천지가 눈앞에 환히 틔어 있는데도—죄의
선고 속에 무슨 제한 조항이 있어 이처럼 외지고 고적한
청교도 식민지 안에서만 살아야 할 구속이 있는 것도 아

니면서—마음대로 고향이나 그밖의 유럽 어느 땅이라도 찾아가서 새 사람이 된 양 새로운 모습을 갖추고 자기의 성격이나 정체를 감출 수 있는데도, 그리고 첩첩 산중으로 통하는 길이 눈앞에 보일 뿐더러 거기로 가면 야생적인 그녀의 성질이 자기에게 형벌을 준 법률과는 딴판인 풍습과 생활을 가진 사람들과 곧잘 동화할 수 있는데도 불구하고, 이 여인이 치욕의 상징 구실밖엔 할 수 없는 이 고장을 구태여 자기의 고향이라고 일컫는다는 것은 정말 놀라운 일일지도 모른다. 그러나 이 세상엔 숙명이란 것, 이를테면 억누를 수도 뿌리칠 수도 없는 운명적인 힘을 지닌 감정이란 것이 있어 바로 이 때문에 인간은 어쩔 수 없이 그들의 일평생에 어떤 색채를 띠게 한, 두드러지게 큰 사건이 일어났던 장소의 주변을 유령처럼 떠나지 못하고 서성거리게 마련인 것이다. 그런데 그 감정을 억누를 수 없으면 없을수록 인간의 일생을 슬프게 하는 색채는 더욱더 암담해진다.

헤스터의 죄와 치욕은 그녀가 땅 속에 박아 놓은 뿌리와도 같았다. 그것은 마치 먼젓것보다도 동화력이 강한 새 생명이 그녀 이외의 순례자나 방랑자들에겐 마음에 들지 않는 수풀 지대를 헤스터 프린을 위해서 황량하고 스산하지만 일평생 살아야 할 고향으로 변하게·한 격이었다. 이 세상의 다른 고장들, 심지어는 행복했던 소녀 시절과 순결한 처녀 시절이 오래 전에 벗어 놓은 옷처럼 아직도 어머니 수중에 고이 간수되어 있을 듯한 영국의 어느 시골 두메 산골까지도 이곳에 비한다면 헤스터에게는 하나같이 서먹서먹한 고장들이었다. 헤스터를 이곳에 얽매 놓은 쇠고리로 엮어 만든 쇠사슬은 그녀의 가슴을 속속들이 아프게 쑤셔 놓았으나 도저히 끊어 버릴래야 끊어 버릴 순 없었다.

혹시 제 자신도 모르게 감추어 둔 비밀이 구멍에서 기어나오는 뱀처럼 그녀의 가슴속에서 꿈틀거리며 기어 나오려 할 때마다 그녀는 파랗게 질리곤 했지만, 틀림없이 다른 감정이 그녀에게 치명상을 입혔던 장소와 오솔길에다 그녀를 얽매이게 했는지도 모른다. 여기에 그 사람이 살아 있고 여기서 그 사람이 거닐고 있었다. 그 사람과 자기는 하나로 묶인 몸이라고 그녀는 생각했다. 비록 이 세상에서는 용납되지 않는 결합일망정 그로 말미암아 둘은 최후의 심판의 자리에 서게 되고 그 자리를 둘의 혼인의 제단으로 삼게 되어, 마침내는 둘이 함께 영원토록 끊임없는 징벌을 받게 될 것이다. 영혼을 유혹하는 악마는 헤스터의 머릿속으로 이와 같은 생각을 떠밀어 놓고는 그녀가 그것을 붙잡았다가 다시 내던지려 할 때의 그녀의 열정적이고도 절망적인 기쁨을 보고 비웃는 적이 한두 번이 아니었다. 헤스터는 그런 생각을 곧이듣지 않고 머릿속 한구석에다 얼른 가두어 버리고 말았다. 그녀가 억지로 믿으려 했던 것, 즉 결국 계속해서 뉴잉글랜드의 주민이 되겠다는 동기랍시고 그녀가 생각해 낸 결론은 반은 진실이요 반은 자기 기만이었다. 헤스터는 혼자서 이렇게 생각하는 것이다. 죄를 저지른 데가 바로 여기니 지상에서의 형벌은 마땅히 여기서 받아야지. 그러면 아마 나날이 겪는 치욕의 고통이 급기야는 영혼을 깨끗이 하고 이미 잃어버린 것과는 다른 또 다른 순결을 마련하게 되는지도 모르지. 고난을 겪었기 때문에 더 한층 성자다운 순결을 얻게 될지도 모를 것이라고.

그러므로 헤스터 프린은 이 고장에서 자취를 감추지 않았다. 반도의 변두리 못미쳐 인가와 그다지 가깝지 않은 동구밖에 오막살이 한 채가 있었다. 이 집은 초기의 개척자가 세웠다가 그 주변의 땅이 너무나 메말라 경작할 수가 없어서 내버린 것이었다. 게다가 비교적 외떨어진 곳이라서 그 당시에 벌써 이주민들의 관습이었던 사교생활권 밖에 놓여 있었다. 바닷가에 자리잡은 이 집은 대야의 물처럼 고인 바다 너머 서쪽 수풀로 뒤덮인 구릉을 바라다보고 있었다. 이곳 반도에만 자라는 작은 나무 숲은 이 오두막집을 눈에 띄지 않게 가려 주고 있다기보다 여기에 감추어지길 바라는 혹은 꼭 감추어져야만 할 무엇이 있다는 걸 풍기고 있는 듯이 보였다. 헤스터는 여전히 그녀에 대한 감시를 게을리 하지 않는 당국의 허가를 얻어 이 조그맣고 고적한 집에 아쉬운 세간살이를 차리고 아기와 함께 자리를 잡았다. 자리를 잡기가 바쁘게 이상스런 의심의 그림자가 이곳에 깃들였다. 이 여인이 인간의 자비심이 미치지 못하는 데서 살아야 하는 까닭을 도무지 이해하지 못하는 철 모르는 어린애들은 집 가까이까지 살며시 다가와서, 헤스터가 들창가에서 바느질을 하거나 문간에 섰거나 옹색한 뜰안에서 일을 하거나 읍내로 통하는 한길로 나오거나 하는 모습을 바라보곤 했다. 그런데 그녀의 가슴 위 주홍글씨를 보기만 하면 이상하게 전염하는 공포를 느끼고 모두 달아나곤 했다.

헤스터의 처지는 누구 하나 찾아 주는 벗도 없이 외로웠지만 궁색하진 않았다. 한 가지 재간을 가진 그녀는 그 솜씨를 보여 주기에는 범위가 비교적 적은 이 고장에서도 한창 자라는 아기와 자기의 끼니는 넉넉히 댈 수 있었다. 그것은 예나 지금이나 마찬가지로 여인이 가질 수 있는 거의 하나밖에 없는 기술—즉 바느질이었다. 그녀의 가슴 위에 기묘하게 수놓은 글씨로써 그녀의 섬세하고도 상상력이 풍부한 훌륭한 솜씨의 본보기를 보여 주고 있었다. 그 솜씨는 궁중 귀부인들도 비단이나 금실천에다 인간의 교묘한 솜씨가 꾸밀 수 있는 좀더 화려하고 고상한 장식을 가공할 양으로 반가이 이용할 만한 재간이었다. 실상 청교도풍 옷의 일반적인 특징이 수수한 검정색으로 되어 있는 이 고장에서는 그녀의 솜씨로 된 화려한 제품을 요구하는 일은 드물었을지도 모른다. 그러나 이런 종류의 옷이라면 으레 정교하게 공들인 제품을 요구하는 그 당시의 취향은 우리의 엄격한 조상들에게도 그 영향을 미쳤던 것이다. 그네들은 없이 지내기가 못내 아쉬운 갖가지 유행 옷들을 내동댕이쳐 버렸던 사람들이었다. 승직 수임식, 관리들의 취임식. 새 정부가 국민들을 상대로 하는 갖가지 행사 따위의 공적인 의식들은 정책상 어마어마하고 짜임새가 훌륭한 격식과 소박하면서도 정성어린 장엄감을 갖추고 있었다. 높직한 주름깃, 수공을 많이 들인 허리띠, 호화롭게 수놓은 장갑 등속은 세도당당한 관리들의 위엄을 위해서 필요한 것들이었다. 그리고 사치단속법이 이 따위 혹은 이와 비슷한 사치를 일반 국민들에겐 금했지만 지위나 재산으로 해서 위엄을 갖추게 된 사람들에게는 서슴지 않고 허락했다. 장례용의 옷가지를 마련하는 데 있어서 시체에 입히기 위해서든 검정 헝겊이나 눈같이 새하얀 엷은 면포로 갖가지 상징적인 의장(意匠)을 꾸미면서 유가족들의 슬픔을 나타내기 위해서든, 어쨌든 헤스터 프린이 제공할 수 있는 일에는 종종 각별한 주문이 있었다. 아기들의 셔츠—당시에는 아기들도 의식용 예복을 입었다—역시 돈을 버는 또 하나의 일거리가 되었다.

제법 빠르게 헤스터의 수예품은 요새 말로 유행물이 되고 말았다. 비참한 운명을 짊어진 여인을 측은히 여겨선지, 보잘것없고 값어치 없는 것도 엉뚱한 가치를 가지게 하는 병적인 호기심 때문인지, 지금과 마찬가지로 그 당시에도 헤아릴 수 없는 어떤 사정이 있어 남이 구할래야 구할 수 없는 것을 어떤 사람들은 곧잘 얻을 수 있었기 때문이었는지, 혹은 헤스터가 아니고선 채우지 못할 틈새를 그녀가 정작 채웠기 때문인지, 여하튼 헤스터가 바느질을 해도 괜찮다 생각하는 시간을 채울 만한 상당한 보수의 일거리가 늘 있었다. 아마도 허영심은 호화롭고 장엄한 의식 때 그녀의 죄 지은 손으로 바느질한 옷을 차려입고 제 자신을 괴롭히려 했었는지도 모른다. 그녀가 놓은 자수는 장관의 주름깃 위에도 보였다. 군인들은 목도리에 그리고 목사는 허리띠에 각각 지니고들 있었다. 아기의 조그만 모자를 장식하기도 했으며 시체와 함께 관 속에 넣어진 채 곰팡이 피어 썩어 없어졌는지도 모른다. 그러나 신부의 천진스런 수줍음을 가려 줄 하얀 면사포에 수를 놓아 달라고 그녀의 익숙한 솜씨를 요구한 기록은 한 번도 없었다. 이와 같은 예외는 이 사회가 언제나 매정하게 상을 찌푸리고 그녀의 죄를 줄곧 지켜보고 있다는 사실을 뜻하는 것이다.

헤스터는 제 자신을 위해서는 가장 소박하고 검소한 생활 이상을, 그리고 아기를 위해서는 아쉽지 않은 생활 이상을 바라지도 않았다. 그녀 자신의 옷은 가장 초라한 천에 가장 음침한 빛깔이었고 장식품이라곤 단 하나밖에 없었으니, 그것은 항상 몸에 지니고 다녀야 할 운명인 주홍글씨가 고작이었다. 한편 유난히 상상력이 풍부해 보이는 아기의 옷 모양은 오히려 괴상하고도 교묘한 인상을 풍겨, 실상 어린 소녀 속에 일찌감치 싹트기 시작한 꿈결 같은 매력을 돋우는 데 도움이 되었다. 그러나 그것은 더 깊은 뜻을 지니고 있는 것 같기도 했다. 거기에 대해선 나중에 이야기하기로 하자. 헤스터는 적은 돈으로 아기를 곱게 차려입히고 남은 돈은 자기 신세보다 비참할 것도 없는 가엾은 사람들에게 몽땅 시주하곤 했다. 그들은 끼니를 대주는 헤스터의 손길에 오히려 침을 뱉기가 일쑤였다. 헤스터는 자기의 솜씨를 좀더 보람있게 쓸 수 있는 시간을 많이 내어서 가난한 사람들에게 변변치 않은 옷가지를 만들어 주었다. 이처럼 일을 하는 데는 속죄를 하기 위해 고행을 하겠다는 생각이 있었는지도 모르고, 또 이처럼 너저분한 일에 허구한 시간을 바침으로써 그녀는 진정 향락을 제물처럼 말끔히 바쳐 버리고 싶었는지도 모른다. 헤스터는 화려하고 요염한 동양풍의 특색, 즉 찬란하고 아름다운 것을 즐기는 취미를 타고났으나, 여러 가지 생활면에서 능란한 바느질을 빼놓고는 아무 데서도 이와 같은 취미를 살려 본 적이 없었다. 여인이란 섬세한 바느질 속에 사나이들이 모르는 쾌락을 찾게 마련이다. 헤스터 프린의 경우로 말하면, 바느질이 삶에 대한 그녀의 열정을 표현하는 동시에 달래는 하나의 방법이었을지도 모른다. 이밖의 온갖 기쁨을 죄다 뿌리쳤듯이 이와 같은 정열도 죄스러운 것으로 여겨 거역했다. 이처럼 양심이 대수롭지 않은 일에도 병적이라고 할 만큼 참견한다는 것은 이 여인의 뉘우침이 진실되고 착실한 것이 아니라 무엇인지 의심스러운 것, 즉 무엇인가 그 속이 여간 잘못된 것이 아니라는 것을 뜻하는 것이나 아닌지 적이 의심스러웠다.

이리하여 헤스터 프린은 이 세상에서 자기가 할 일을 마련하게 되었다. 카인의 이마에 찍힌 낙인보다도 여인의 심정으로 더 견디기 어려운 표를 헤스터 프린은 가슴에 달게 되었으나, 천성이 강하고 뛰어난 재주를 타고난 그녀를 세상이 아주 저버릴 순 없었다. 그러나 사회와 접촉하는 동안에 자기도 분명히 그 사회의 한 사람이란 생각을 갖게 한 것이라곤 아무것도 없었다. 헤스터가 사귄 사람들의 언행, 심지어는 침묵까지도 그녀는 세상에서 쫓겨난 여인으로서 마치 다른 세계 사람이라는 듯 혹은 여느 사람과는 딴판인 기관과 감각으로 일반 사람들과 상종하는 사람처럼 외떨어진 존재라는 걸 은근히 비추거나 분명하게 까놓고 말하는 일도 종종 있었다. 헤스터는 세상의 도덕과는 멀리 떨어져 사는 듯했으나 사실은 그 가까이에 있었다. 그것은 유령이 낯익은 가정의 난롯가를 도로 찾아와도 다시는 자기의 몸체를 보일 수도 느끼게 할 수도 없고, 단란한 가정의 기쁨을 미소로 반길 수도 혈육의 슬픔을 더불어 나눌 수도 없고, 금단의 동정을 베푸는 데 성공한댔자 고작 공포와 소름끼치는 혐오를 일으킬 따름인 경우와 다름 없었다. 실상 헤스터로 하여금 그나마 세상 사람들의 마음속에서 어떤 관계를 맺게 하는 것은 바로 이와 같은 감정과 아울러 쓰디쓴 조소였다. 이 당시는 동정심이 많은 시대는 아니었다. 헤스터는 자기의 신세를 잘 이해했을 뿐더러 잊을래야 잊을 염려도 없었지만, 세상 사람들이 가장 아픈 데를 마구 건드릴 때는 새로운 고통처럼 괴로운 자기 신세를 새삼스레 뼈저리게 느끼곤 했었다. 앞서 말했듯이 헤스터가 선심을 베풀 대상으로 택했던 가난한 사람들은 저들을 도우려고 뻗친 손길을 도리어 번번이 비웃었고, 귀부인들 역시 그녀가 바느질 일 때문에 문을 두드리면 그녀의 오장육부에 쓰디쓴 물을 끼얹기가 일쑤였다. 여인네들은 때로 평소의 보잘것 없는 일들을 원료삼아 기묘한 독약을 만들어 내는 천연 스런 악의란 연금술을 부렸고, 때로는 부스름투성이인 상처를 호되게 쥐어박듯이 헤스터의 막을 길 없는 가슴 속에 야비한 수작을 마구 퍼부었다. 오랫동안 제 자신 을 잘 다루어 온 헤스터는 이런 공격 따위엔 아예 맞서 지도 않았다. 한 순간 파리한 두 볼을 불그레하게 물들 인 홍조는 이내 가슴속 깊숙이 가셔 버리는 것이었다. 정말이지 그녀는 참을성 많은 수난자와도 같았다. 그러 나 원수들을 위해서 기도를 올리진 않았다. 그네들을 용서하고 싶은 마음도 간절했으나 그들의 축복을 비는 말이 짓궂게도 비뚤어져 나가 도리어 저주하는 말로 들 리지나 않을까 걱정스러웠기 때문이다.

헤스터는 영원불멸한 청교도 법정의 유죄 선고로 말 미암아 교묘하게 마련된 고뇌가 쉴 사이 없이 몸부림치 는 것을 이모저모로 느꼈다. 길거리에서 목사가 걸음을 멈추고 헤스터에게 훈계를 할라치면 뭇사람들이 물밀 듯 모여들어 가엾게도 죄 지은 이 여인을 에워싸고 이 맛살을 찌푸리며 비웃어댔다. 만인의 아버지인 하느님 이 안식일에 짓는 미소를 저도 반길 양으로 헤스터가 교회당엘 들어가면, 불행히도 제 자신의 행실이 설교의 내용이 되어 있음을 빈번히 발견했었다. 그녀는 차츰 어린아이들이 무서워지기도 했다. 왜냐하면 딸 하나를 길동무삼아 묵묵히 읍내를 거니는 쓸쓸한 이 여인이 어 딘지 무섭다는 걸 아이들도 어렴풋이나마 부모한테서 얻어들었기 때문이다. 그래서 아이들은 우선 그녀를 지나치게 내버려두었다가 얼마만큼 사이를 두고 뒤따르며 뭐라 아우성을 쳤는데, 아이들이 무의식중에 지껄이는 말은 아이들 생각엔 별다른 뜻도 없었지만 헤스터의 귀에는 적이 끔찍스런 말로 들렸다. 이런 사실로 미루어 볼 때 헤스터의 치욕은 산지사방으로 널리 알려져 마침내는 세상 만물이 죄다 알고 있는 듯했다. 나뭇잎들이 저희들끼리 그 암담한 이야기를 소곤거렸던들 모진 겨울바람이 그 이야길 요란스레 외쳤던들 헤스터에게 이보다 더 쓰라린 괴로움을 주지는 않았을 것이다! 낯선 사람들의 눈길은 헤스터에게 새로운 고통을 느끼게 했다. 낯선 사람들이 이상하다는 듯 주홍글씨를 바라보면 ―어느 누구의 눈에도 반드시 띄고야 말았다―주홍글씨는 헤스터의 영혼 속에 새삼스레 아로새겨지는 것이었다. 그래서 헤스터는 이따금씩 주홍글씨를 손으로 가리고 싶었지만 언제나 그대로 내버려두었다. 한편 낯익은 시선은 그것대로 역시 고통을 일으켰다. 친숙한 사람의 차디찬 눈초리는 정말이지 견디기 어려웠다. 요컨대 사람의 눈길이 그 표적 위로 쏠리기만 하면 헤스터는 영락없이 무서운 고뇌를 느꼈다. 그 표적이 달린 곳은 둔감해지기는커녕 도리어 나날이 받는 고통으로 인해 더한층 예민해지는 듯싶었다.

그러나 이따금 며칠 혹은 몇 달에 한 번쯤 헤스터는 그 치욕의 낙인 위에 어떤 시선을, 어떤 사람의 시선을 느끼는 적이 있었다. 그 시선은 마치 헤스터의 괴로움을 절반만이라도 나누어 갖겠다는 듯 잠시나마 그녀를 위로해 주는 듯싶었으나 다음 순간 싹 자취를 감추고, 뒤미처 더 심각한 괴로움이 밀물처럼 닥쳐왔었다. 왜냐하면 그 짧은 순간에 헤스터는 또 하나의 죄를 지었기 때문이다. 그래, 헤스터는 혼자서 죄를 저질렀단 말인가?

헤스터의 상상력은 이상하고도 고독한 삶의 고통으로 해서 적이 달라졌다. 만약 헤스터의 도덕과 지성의 바탕이 좀더 섬세했더라면 더욱 달라졌을지도 모른다. 겉으로만 인연이 맺어진 비좁은 세상을 외로운 발길로 이리저리 거니노라면 문득 헤스터는—그것은 한갓 공상에 지나지 않았을지도 모르지만 공상치고는 뿌리치기 힘들 만큼 강렬한 것이었을 게다—주홍글씨가 자기에게 새로운 감각을 마련해 주었다고 느끼거나 혹은 생각하는 것이었다. 헤스터는 그 때문에 남의 가슴속에 숨어 있는 죄를 알아차리는 힘을 얻었다고 생각하자 이내 온몸에 전율을 느꼈으나 그것을 믿지 않을 순 없었다. 이리하여 그녀는 뜻밖의 사실이 밝혀진 데 공포를 느꼈다. 도대체 그게 무엇이었을까? 그것은 악마의 흉측한 속삭임이 아니었을까? 그리고 이 악마는 자기 손아귀에 아직 절반밖에 끌어넣지 못한 이 몸부림치는 여인에게 겉으로 순결한 체한다는 것은 한갓 거짓에 지나지 않는다든지 또는 이 세상 어디에서나 진실만을 나타내야 한다면 헤스터 프린 이외의 허다한 사람들 가슴에도 주홍글씨가 타올라야 한다고 말하고 싶었던 게 아닐까? 그녀는 또 이와 같은 암시—지극히 흐리멍덩하면서 분명한—를 진설처럼 받아들여야만 할 것인지? 그녀가 겪은 비참한 경험 중에도 이런 감각처럼 무섭고 몸서리나는 것은 달리 없었다. 이것이 때를 가리지 않고 외람되이 불쑥 나타나는 바람에 헤스터는 깜짝 놀라고 당황했다. 때로는 존경이란 옛 풍습에 물든 그 당시 사람들이 천사들과 사귀는 인간이나 되는 것처럼 우러러보았던—경건과 정의의 본보기인—신성한 목사나 벼슬아치들 곁을 헤스터가 지나칠 때마다 그녀의 가슴에 단 붉은 치욕의 표적은 무엇인가를 느끼고 뛰었다. 그럴 때마다 '내 옆에 있는 건 도대체 무슨 악마일까?' 하고 헤스터는 혼잣말로 중얼거렸다. 마지못해 눈을 치켜뜨면 눈길이 미치는 한 이 세상의 성자의 모습 외엔 인간다운 것이라곤 아무것도 눈에 띄지 않았다! 또는 세상 사람들 소문에 일평생 차가운 눈을 가슴속에 안고 지냈다는, 점잖은 체 상을 찌푸린 어떤 아낙네를 만나면 짓궂게도 서로 같은 무리라는 이상한 기분이 솟구쳐 올라왔다. 그 햇빛에 비추인 적이 없는 아낙네 가슴속의 눈과 헤스터 프린의 가슴을 불태우는 치욕의 표적이 공통으로 가지고 있는 것은 도대체 무엇일까? 혹은 전류와 같은 전율이 일어나며, '보라, 헤스터여, 여기도 너의 짝이 있어!' 하고 그녀의 정신을 깨우쳐 주었다. 그리하여 고개를 들고 볼라치면 수줍은 듯 주홍글씨를 곁눈질해 보다 불현듯 두 뺨에 싸늘한 홍조를 띠며 이내 외면하는 젊은 처녀의 시선과 마주치곤 했다. 마치 주홍글씨를 봄으로써 자기의 순결성이 더럽혀지기나 한 듯이 생각하는 태도였다.

오오, 저 끔찍스런 주홍글씨를 부적으로 삼는 악마여, 그대는 젊은이에게도 늙은이에게도 이 가엾은 죄인이 존경할 아무것도 정녕 남기지 않았단 말인가? 이렇듯 믿음을 잃는다는 것이야말로 진정 슬픈 죄의 대가의 하나인 것이다. 그러나 가엾게도 제 자신의 연약한 천성과 가혹한 인간사회의 법률의 제물이 된 헤스터 프린이 세상의 어느 누구도 자기만큼 죄를 지은 자는 없다고 믿으려 하는 사실이야말로 아직도 그녀가 완전히 썩어버리진 않았다는 증거로 생각해 주길 우리는 바라마지 않는다.

이 음산한 옛날에 자기들의 상상이 흥미를 느끼는 거라면 으레 괴상한 공포를 덧붙이기 일쑤였던 하찮은 사람들은 주홍글씨에 관해서 한편의 이야기를 마련하고들 있었거니와, 그 이야길 자료삼아 우리는 무시무시한 한편의 전설을 손쉽게 꾸며낼 수도 있을 것이다. 그들이 장담하는 말인즉 치욕의 표적은 이 세상의 물감단지 속에서 물을 들인 주홍빛 헝겊이 아니라 지옥의 불로 새빨갛게 달군 것으로, 헤스터 프린이 밤중에 나다닐 때면 이글이글 불타는 게 보였다는 것이다. 그런데 여기에 몇 마디 덧붙여야 할 것은 이 주홍글씨가 헤스터의 가슴을 속속들이 태웠기 때문에, 의심 많은 요새 사람들이 인정하는 정도 이상의 진실이 그 풍설 속에 간직되어 있었는지도 모른다는 사실이다.

6. 펄

　우리는 여태까지 아기에 관해선 이야기한 적이 없다. 이 어린것의 천진한 생명은 헤아릴 길 없는 하느님의 섭리로 죄 많은 정열의 불타는 도가니 속에서 태어난 어여쁜 불멸의 꽃이었다. 아기가 자라면서 날로 눈부시게 예뻐지고 그 조그만 얼굴에 슬기로운 빛이 가물거리는 걸 볼 적마다 슬픈 어미의 심정은 얼마나 신기했으랴! 그녀의 펄(진주)! 헤스터는 아기를 이렇게 불렀기에 말이다. 이는 아기의 용모를 나타낸 이름은 아니었다. 실상 그 얼굴엔 펄이 풍기는 고요하고 해맑은 정열이 어리는 따위의 빛이라곤 찾아볼 수 없었다. 헤스터가 아기를 ‘펄’이라 일컫는 것은 아기가 지극히 귀중한 것—자기의 모든 것을 바친 대가로 얻은 것—즉 그 어미의 하나밖에 없는 보물이란 뜻에서였다. 실로 이상한 일이었다. 인간이 이 여인의 죄의 표적으로 마련해 주었던 주홍글씨는 불행을 일으키는 강한 힘이라도 가졌음인지 헤스터와 같이 죄를 지은 자가 아니고선 누구도 그녀에게 동정의 손길을 뻗쳐 주지 않았다. 그러나 인간이 이렇듯 벌을 준 죄의 직접 결과로서 신은 그녀에게 귀여운 아기를 주었다. 더럽혀진 어미의 가슴에 안긴 이 아기는 부모와 인류 및 그의 후손을 영원히 얽어매 주고 마침내는 천국에 가서 축복을 받게 마련이었다! 그러나 이런 생각은 헤스터에게 희망보다도 근심을 갖게 했다. 헤스터는 자기의 행실이 잘못이었음을 잘 알고 있었으므로 그 결과가 좋으리라 믿을 순 없었다. 날마다 헤스터는 불안스런 눈으로 날로 숙성해 가는 아기의 몸과 마음을 살피며 자기에게 아기를 낳게 한 죄와 비슷한 음흉하고도 광적인 성품이라도 나타나지 않을까 늘 걱정스러웠다.

사실 아기의 몸에는 아무런 결함도 없었다. 온전한 사지와 왕성한 혈기와 별로 써보지도 않은 팔다리를 자연스레 곧잘 놀리는 품으로 보아 이 아기는 에덴 동산에서 태어날 만한 가치가 있어 보였다. 그리고 이 세상 시초의 인간이 쫓겨난 뒤에도 계속 에덴 동산에 남아 천사들의 노리개가 됨직도 한 아기였다. 아기는 뛰어난 매력을 지니고 있었으나 반드시 흠 한 점 없는 아름다움과 통하는 것은 아니었다. 아기의 소박한 옷차림은 보는 사람들에게 가장 잘 어울리는 옷이란 인상을 주었다. 그러나 어린 펄은 시골뜨기들이 입는 무명옷을 입진 않았다. 아기의 어머니는 뒤에 가서 잘 이해가 되겠지만, 어떤 병적인 의도에서 손에 넣을 수 있는 한 가장 화려한 천을 끊어다 최대한 상상력을 발휘해서 아기가 사람들 앞에서 입을 옷가지를 마르고 장식했다. 이렇게 차려입고 나선 조그만 몸맵시가 말할 수 없이 멋진데다가, 그애보다 덜 아름다운 애가 입으면 아마도 무색했을지도 모를 휘황한 옷은 그애가 타고난 아름다움을 내뿜어 주는 듯 침침한 오두막집 마룻바닥엔 아기를 에워싸고 눈부신 광채가 흡사 햇무리를 그려 주고

있는 듯했다. 그러나 손수 짠 무명 옷을 입고 마구 노
는 바람에 옷이 찢어지고 더러워져도 여전히 그림처럼
아름다웠다. 펄의 용모에는 변화무상한 마력(魔力)이
어려 있었다. 말하자면 이 아기 속에는 많은 아기들이
들어 있는 듯했다. 농가의 딸이 지닌 들꽃과 같은 아름
다움에서부터 어린 공주의 앳된 화려함에 이르기까지
갖가지 아름다움이 간직되어 있었다. 그러나 언제고 펄
에게서 가시지 않는 것은 정열적인 인상과 어떤 깊이를
지닌 색깔이었다. 만약 펄이 가지각색으로 변화하다가
그 빛깔이 희미해지거나 파리해졌더라면 그녀는 자기의
본바탕을 잃었을 테니 이미 펄은 아니었을 것이다!
　이런 외모의 변화성은 펄의 내면생활의 여러 가지 특
성을 의미했고 또 그 특성을 잘 반영시킨 데 지나지 않
았다. 아기의 천성은 변화성과 아울러 어떤 깊이도 지
니고 있는 것 같았다. 그 천성은—그렇지 않다면 헤스
터는 자기의 공포심에 속는 셈이다—그녀가 태어난 이
세상과 어떤 관계를 맺거나 호흡을 같이하려는 점이 없
었다. 펄에게 순순히 규칙을 따르게 할 순 없었다. 펄이
이 세상에 태어남으로써 커다란 법칙이 깨지고 말았다.
그 결과인 이 아이를 이룩한 성분은 아름답고 찬란할지
는 모르나 온통 질서가 잡히질 않았다. 설령 질서가 잡
혔더라도 그 성분은 고유의 질서였으므로 그 속에 변화
와 배합의 중심점을 발견하기란 수월하지 않았거나 불
가능했다. 유독 헤스터만이 펄이 정신세계에서 영혼을,
그리고 이 세상 물질에서 육체를 각각 형성했던 중요한

때 제 자신이 어떤 처지에 있었던가를 상기함으로써 펄의 성격을 설명할 수 있었다. 하기야 설명한대도 지극히 막연하고 불완전하기는 했다. 어미의 정열적인 상태를 거쳐 도덕생활의 광채가 뱃속의 아기한테로 비치었다. 그런데 그 광채는 본래 새하얗고 맑았으나 중간에 매개물을 거치는 바람에 짙은 주홍빛과 금빛, 불길 같은 광채나 검은 그림자나 부드럽지 않은 빛이 각각 어리게 되었다. 그리고 무엇보다도 그 즈음의 헤스터의 정신적 갈등을 펄은 영원히 받아들였었다. 헤스터는 자기의 광적이고 자포자기적이고 반항적인 감정이며 변덕스런 기질, 심지어는 자기 가슴속에 깃든 우수와 절망의 그림자까지도 펄 속에서 발견했다. 이런 것들이 지금 아침 햇빛과도 같은 펄의 기질로 말미암아 찬란하게 보이지만, 앞으로 세상에 나가 살게 되면 모진 비바람과 회오리 바람을 일으킬는지도 모른다.

이 당시의 가정교육은 요즘보다 훨씬 엄격했다. 성경의 가르침이라면서 상을 찌푸리거나 호되게 나무라거나 혹은 번번이 매질을 했는데, 이런 것은 이미 저지른 죄를 처벌하는 방법으로서뿐만 아니라 아이들에게 여러 가지 덕행을 기르고 북돋아 주는 자양분이 많은 양식으로도 이용되었다. 그러나 외딸의 외로운 어머니 프린은 지나치게 엄하다는 잘못을 저지른 적은 별반 없었다. 하지만 그녀는 제 자신의 실수와 불행을 항상 명심하며 자기 손에 맡겨진 아이를 진작 다정하면서도 엄하게 다루어 보려 했다. 그러나 그것은 그녀의 재간으로는 벅

찬 일이었다. 헤스터는 미소와 무섭게 찌푸린 얼굴을
아울러 시험해 본 끝에 두 가지 방법이 모두 이렇다 할
효과가 없다는 걸 알아차리자, 마침내는 물러나서 제멋
대로 하게끔 내버려두었다. 육체에다 무엇을 강요하거
나 구속을 가한다는 것은 물론 그것이 계속되는 동안만
은 효과가 있었다. 이와는 달리 어린 펄의 지성이나 감
정에 호소하여 교육을 할 양이면 펄은 그때 그때의 제
기분에 따라 받아들이는 둥 마는 둥 했다. 펄이 아주
어렸을 적에 어머니는 그녀의 유별난 표정을 알아차렸
었다. 그 표정은 어머니가 아무리 버티고 타이르고 애
걸해도 아무 소용없다는 걸 깨우쳐 주었다. 그 표정은
무척 영리하나 종잡을 수 없는데다 고집이 세고 때로는
몹시 악의를 품은 듯싶었다. 대체로 줄기찬 기운이 넘
쳐 있었으므로 헤스터는 도대체 펄이 인간의 자식인지
아닌지를 의심하지 않을 수 없었다. 펄은 오두막집 마
룻바닥에서 잠깐 동안 제멋대로 장난을 하다가 비웃으
며 하늘로 날아가는 요정과 흡사했다. 거침없이 반짝이
는 새까만 두 눈이 이런 표정을 지을 때의 펄은 이상하
게도 아득히 먼 몽롱한 존재같이 보였다. 마치 허공을
날아다니다가 어디서 와서 어디로 가는지조차 알 수 없
는 희미한 빛처럼 사라지는 것 같기도 했다. 이런 아이
를 보면 헤스터는 어쩔 수 없이 애한테로 쏜살같이 달
려가—으레 도망가는 조그만 요정의 뒤를 쫓아—그녀를
가슴에 으스러지도록 끌어안고 미칠 듯이 입을 맞추었
다. 그런데 이것은 애정이 복받쳐서가 아니라 그녀가

분명히 살과 피를 갖춘 아이지 결코 요정이 아니란 걸 제 자신에게 다짐하기 위해서였다. 어머니한테 붙잡힌 펄의 웃음소리는 기쁨과 아름다운 음조가 넘쳤으나, 어머니에게 전보다도 한층 의심스런 생각을 품게 했다.

너무나 값진 대가를 치르고 샀을 뿐더러 자기에겐 온 세상이나 마찬가지인 다시없는 보배격인 펄과 자기 사이에 번번이 나타나서 마음을 어지럽히는 이 요사스런 일로 해서 창자가 끊어질 듯이 괴로운 헤스터는 참다못해 이따금 눈물을 왈칵 쏟았다. 그러면 아마도 그것이 어머니에게 어떤 영향을 끼칠는지 미처 짐작할 수 없었기에 펄은 상을 찌푸리며 조그만한 손을 불끈 쥐고 조그만 얼굴에다 무섭고 매정하고도 불만스러운 표정을 지어 보이곤 했다. 그러다가 한층 높은 소리로 새삼스레 웃어대는 품이, 인간의 슬픔은 겪어 보지도 이해도 못한다는 인상이었다. 그렇지 않으면—이건 좀 드문 일이지만—펄은 미칠 듯이 슬픔에 몸부림치고 흐느껴 울며 어머니에 대한 애정을 띄엄띄엄 실토했는데, 마치 가슴속을 털어놓음으로써 애정을 지니고 있었다는 걸 애써 증명하려는 듯이 보였다. 그러나 헤스터는 한 점의 바람과도 같은 이 애정을 마음놓고 받아들일 수는 없었다. 그것은 나타나기가 무섭게 이내 사라지기 때문이었다. 이런 일들을 곰곰이 생각하니 헤스터는 자기가 제법 신령을 불러내긴 했으나 마술을 부리는 도중에 무엇인가 잘못되어 생소하고 종잡을 수 없는 신령을 마음대로 좌우할 주문을 알아내지 못한 사람과도 같은 느낌이 들었다.

　펄이 고이 잠들었을 때만은 어머니도 마음이 편했다. 그때엔 펄이 분명히 제 아이 같아서 몇 시간이나마 슬프면서도 달콤하고 아늑한 행복을 누렸다. 그러자—아마 살며시 뜬 눈까풀 사이로 그 심술궂은 표정을 삐죽이 내보이며—귀여운 펄은 잠이 깨는 것이었다!

　어느덧—정말 어이없을 정도로 재빠르게!—펄은 언제나 늘 반겨 주던 어머니의 미소와 시시한 말을 뿌리치고 사교를 즐길 수 있는 나이에 다다랐다! 새소리처럼 맑은 펄의 목소리가 다른 애들의 왁자지껄 떠드는 소리와 뒤섞인 소릴 헤스터가 들었더라면, 그리고 장난꾸러기 패들의 뒤엉킨 아우성 속에서도 귀여운 펄의 목소리를 분명히 알아들을 수 있었더라면 헤스터는 얼마나 행복했으랴! 그러나 이것은 어림도 없는 일이었다. 펄은 나면서부터 아이들의 세계에서 버림받은 몸이었다. 악마의 자식이며 불의(不義)의 표적이자 씨인 장난꾸러기 펄은 세례받은 아이들과 어울릴 권리가 없었다. 펄이 자기의 외로움을, 즉 그녀의 둘레에다 건드릴 수 없는 굴레를 씌운 운명, 요컨대 다른 아이들에 비겨 자기의 처지가 색다르다는 걸 깨달은 그 본능이야말로 심상치 않은 것이었다. 헤스터는 감옥에서 풀려나온 뒤로 펄과 따로 떨어져 사람들 앞에 나선 적이 없었다. 읍내를 거닐 때마다 펄 역시 어머니와 늘 꼭 붙어다녔다. 처음엔 두 팔에 안긴 아기로서, 그 뒤로는 어머니의 어린 길동무로서 어머니의 집게손가락을 손아귀에 쥐고 어머니가 한 발자국 걸을 때마다 서너 발자국씩 깡충거리며 따라다

넜다. 펄은 이 식민지의 아이들이 풀이 자란 한길가나 이집 저집 문턱에서 청교도의 교육상 허락되는 무시무시한 장난에 흥겨워하는 것을 보았다. 아이들은 교회에 다니는 흉내며 퀘이커 교도를 회초리로 벌 주는 장난이며 토인과 싸워 머리가죽을 벗기는 장난이며 제멋대로 요술 흉내를 내며 서로들 겁나게 하는 장난을 즐기고 있었다. 펄은 이런 장난이 눈에 띄면 곰곰이 바라다보긴 했으나 그애들과 어울리려곤 하지 않았다. 아이들이 말을 건네도 대답하지 않았다. 이따금 아이들이 펄의 둘레에 모여들면 그녀는 발끈 성을 내며 무서운 낯으로 돌멩이를 집어들어 내던지며 조리 없는 소리를 와락 질렀다. 이 고함 소리가 무슨 말인지는 모르나, 마녀의 저주 소리와 같아서 어머니는 와들와들 온몸을 떨었다.

실상은 편협하기 짝이 없는 청교도의 자식인 이 아이들은, 두 모녀 속에 어딘가 별나고 이 세상 사람 같지도 않고 보통 차림새와도 딴판인 무엇을 희미하게나마 발견했기 때문에 마음속으로 모녀를 업신여겼고 또 번번이 욕설을 했다. 펄은 그 낌새를 알아차리고 어린아이의 골수에 사무친 증오심에서 대꾸를 했다. 이렇듯 터지는 분노는 어머니가 보기에 일종의 가치와 위안마저 지닌 것이었다. 왜냐하면 그 분노 속에는 번번이 어머니를 괴롭혔던 광적인 변덕이 아니라 적어도 진지한 감정이 역력히 담겨져 있었기 때문이다. 그러나 그 속에 또한 헤스터가 일찍이 지녔던 죄악의 그림자가 깃들었음을 보자 그녀는 가슴이 서늘해졌다. 이와 같은 증오와 격정은 절대로 양도할 수 없는 권리로 헤스터의 가슴속에서 펄이 물려받은 것이다. 두 모녀는 인간 사회에서 외떨어진 둘만의 세계에 서 있었다. 그리고 펄의 성질 속엔 그녀가 태어나기 전에 헤스터 프린의 마음을 산란하게 했던 들뜬 성질이 간직되어 있는 듯싶었다. 하긴 헤스터의 이런 성질도 펄을 낳은 뒤로는 마음을 가라앉히는 모성의 힘으로 말미암아 누그러지기 시작했던 것이다.

펄은 어머니의 오두막집에서는 안에서나 밖에서나 간에 친구들이 필요하지 않았다. 그녀의 영원한 창조정신이 내뿜는 생명의 마력은 횃불이 닿는 데마다 불길을 일게 하듯 헤아릴 수 없이 많은 물체와 더불어 마음이 통했다. 얼토당토 않은 물건들, 즉 지팡이랑 누더기 뭉치랑 한 송이 꽃 같은 것들이 펄이 부리는 마술의 꼭둑각시가 되어 겉으로는 아무런 변화도 없이 그녀의 마음속 세계를 무대삼아 벌어지는 모든 연극에 정신적으로 제법 호흡을 맞춰 주었다. 펄의 한 마디로 무수한 상상의 인물들이 노소를 가리지 않고 서로 이야기 했다. 거무죽죽하고 우람한 노송들이 바람결에 갖가지 신음소리와 구성진 소리를 내뿜는 모습은 그대로 청교도의 원로들을 방불케 했다. 뜨락에 자란 볼품 없는 잡초들은 그들의 아이들같이 보였으므로 펄은 그 풀을 사정없이 때려눕히거나 뿌리째 뽑아 버렸다. 그녀가 지력을 기울여 빚어낸 형형색색의 형체들은 실상 끊임없이 나타나진 않고 늘 초자연적인 활동 상태로 불쑥 뛰쳐나와 난무하다 생명의 조수가 너무나 다급히 벅차게 밀려드는 바람에 기진한 듯 이내 오므라들고 마는가 하면, 뒤미처 역시 광적인 근력을 가진 다른 형체들이 나타났으니 그 광경은 실로 가관이었다. 그것은 북극광(北極光)의 무상한 변화에나 비길 수밖에 없었다. 그런데 이 단순한 공상력의 발휘라든가 자라는 정신의 장난어린 기분 속에는 총명한 다른 아이들에게서 찾아볼 수 있는 것보다 더 훌륭한 것은 별로 없었는지도 모른다. 다만 펄은 인간이란 동무가 없었으므로 자기가 창조한 환상의 무리들을 상대로 하는 일이 남보다 잦았다. 단지 이상한 점은 제 자신이 마음과 머릿속에 빚어 놓은 환상들을 적의어린 시선으로 바라본다는 사실이었다. 그녀는 동무를 사귀는 대신 언제나 용의 이빨을 사방에 넓게 뿌리는 모양이었는데 여기서 무장을 한 적군이 솟아나면 그녀는 달려가서 한바탕 싸웠다. 나이 어린 펄이 늘 적의에 가득 찬 세상을 느끼고 장차 싸워야 할 투쟁에서 자기의 대의명분을 지켜 줄 정력을 악착스레 양성하는 모습을 본다는 건 말할 수 없이 슬픈 노릇이었다. 더군다나 그 원인을 가슴속 깊이 느끼는 어머니에게는 더할 나위 없이 슬픈 일이었다.

그런 펄을 보면서 헤스터 프린은 번번이 바느질감을 무릎 위에 떨군 채 북받치는 괴로움을 이기지 못해 말소린지 신음소린지 분간하기 어려운 소리를 외쳤다. "오오, 하늘의 아버지시여! 당신이 아직도 저의 아버지시라면 제가 세상에 낳아 놓은 이 아이는 도대체 무엇입니까!" 그러면 펄은 어머니의 외침을 엿듣거나 혹은 몸부림치는 괴로움을 좀더 미묘한 방법으로 알아차리고 어머니한테로, 똘똘하고도 예쁘장한 얼굴을 돌이켜 요정같이 예리한 미소를 방긋 지으며 다시 장난에 골몰하곤 했다.

펄의 태도 속에 한 가지 묘한 데가 있다는 걸 우리는 아직 이야기할 기회가 없었다. 그녀가 세상에 태어나서 맨 먼저 알아본 것은 도대체 무엇이었을까? 어머니의 미소였을까? 아니다. 하기야 다른 애들 같으면 으레 조그만 입가에 앳된 미소를 방긋이 머금고 어머니의 미소를 반겼을 것이다. 그리고 나중에 다시 생각해 보면 그 미소가 너무도 희미한 것이어서 그게 과연 미소였나 아니었나 하고 애정어린 말다툼의 대상이 되었을 게다. 그러나 펄의 경우는 어림없는 일이었다! 펄이 생후 처음으로 의식한 것은 헤스터의 가슴에 달린 주홍글씨였다! 어느 날 어머니가 요람 위로 몸을 굽혔을 때, 두 눈이 주홍글씨 둘레에서 희미하게 빛나는 금실 자수로 쏠렸음인지 불쑥 조그만 손을 쳐들어 주홍글씨를 붙잡았다. 펄의 얼굴은 분명히 훨씬 숙성한 아이와 같은 뚜렷한 미소를 띠고 있었다. 그 순간 헤스터 프린은 숨가쁘게 헐떡이며 그 치명적인 표적을 움켜쥐고 본능적으로 떼어 버리려고 했다. 어린 펄의 조그마한 손이 똑똑히 주홍글씨에 닿는 바람에 어머니가 받은 괴로움은 이만저만이 아니었다. 어머니의 괴로운 모습이 한갓 장난으로밖엔 안 보였는지 귀여운 펄은 다시금 어머니의 눈을 살피며 방긋 웃었다. 이때부터 펄이 잠들었을 때를 제외하고 헤스터는 한시도 마음을 놓은 적이 없었다. 하기야 펄이 단 한 번도 주홍글씨를 들여다보지 않은 채 몇 주일이 지나는 때도 있었다. 그러다가도 펄의 시선은 이상한 미소와 묘한 표정을 띠고 난데없이 덤벼드는 듯이 불시에 되돌아오곤 했다.

언젠가는 아기의 눈동자에 비춰진 제 얼굴을 들여다보기 좋아하는 세상의 어머니들처럼 헤스터도 펄의 눈동자를 곰곰이 들여다보고 있었는데, 변덕스런 요정의 티가 아기의 두 눈 속에 나타난 적이 있었다. 그 순간 헤스터는—외로움과 수심에 잠긴 여인이란 까닭 모를 망상에 시달리는 법이다—조그만 검정 거울 같은 펄의 두 눈동자 속에 조그맣게 비춰진 얼굴은 제 얼굴이 아니라 다른 얼굴이란 생각이 불현듯 들었다. 그것은 마귀처럼 악의에 가득 찼으면서도 제 눈에 매우 익숙한 생김새와 흡사한 얼굴이었다. 하기야 낯익은 그 얼굴은 악의에 찬 미소를 좀처럼 지은 적은 없었지만, 그것은 마치 펄을 사로잡은 마귀가 삐죽이 고개를 쳐들고 비웃는 모습 같기도 했다. 그 뒤로 헤스터는 이때처럼 뚜렷하진 않으나 똑같은 환상에 번번이 시달리곤 했다. 펄이 뛰어다닐 만큼 자란 어느 여름날 오후의 일이었다. 아이는 들꽃을 따서 한 움큼 모아가지고는 어머니의 가슴에다 한 송이씩 내던지면서 즐겁게 놀다가 꽃송이가 주홍글씨를 맞추면 어린 요정처럼 사뭇 깡충거리며 춤을 추었다. 헤스터도 처음엔 두 손을 마주잡고 가슴을

가려 보려고 했다. 그러나 자존심이나 체념 때문인지
혹은 이처럼 심한 고통으로 말미암아 자기의 죄를 가장
잘 뉘우칠 수 있다고 느꼈음인지 그녀는 가리고 싶은
충동을 억누르고 얼굴이 파랗게 질린 채 꼿꼿이 버티고
앉아서 어린 펄의 광기어린 눈을 슬프게 바라보았다.
그리하여 꽃송이는 눈보라처럼 날아와서 영낙없이 주홍
글씨를 맞추어 어머니의 가슴은 이내 상처로 뒤덮였다.
헤스터는 이 상처에 바를 향고(香膏)를 이승에서 구할
수도 저승에 가서 구할 수도 없었다. 마침내 펄이 꽃
총알을 죄다 쏘아 버렸는지 꼼짝도 않고 서서 헤스터를
눈여겨보는 순간, 그 미소를 머금은 조그만 마귀의 모
습이 바다와 같이 깊고 검은 눈 속에서 삐죽이 내다보
았다. 정작 내다보았는지 안 보았는지 알 순 없으나 어
머니는 그랬으려니 생각했다.
　"얘, 너는 누구지?" 하고 어머니가 외치면,
　"나 말야, 엄마의 펄이지 뭐야!" 하고 아이가 대답했다.
　그런데 이렇게 대답한 펄이 한바탕 웃더니 제멋에 겨
워 굴뚝 위로라도 날아갈 기세인 꼬마 마귀인 양 손짓
몸짓으로 호들갑스럽게 깡충깡충 춤을 추기 시작했다.
　"너는 엄마 아이지, 정말!" 하고 헤스터가 물었다.
　헤스터는 일부러 이렇게 물어 본 것이 아니라 그 순
간에는 거짓 없는 진심에서 물었던 것이다. 왜냐하면
너무나 신통하게 영리한 펄이 세상에 태어나게 된 비밀
의 마법을 알아차리고 지금 이 순간 자기의 정체를 드
러내려는 것이 아닌가 싶었기 때문이다.

"글쎄, 난 펄이에요!" 하고 아이는 여전히 익살을 부렸다.

"너는 엄마 애가 아냐! 엄마의 펄이 아냐!" 하고 어머니가 농담조로 말했다. 왜냐하면 깊은 슬픔에 잠겼다가도 익살을 부리고 싶은 마음이 불현듯 고개를 쳐드는 적이 종종 있었기 때문이다.

"그래, 네가 누구네 앤지, 누가 널 여기로 보내 주었는지 좀 가르쳐 주렴?"

"엄마가 가르쳐 주세요!" 펄은 정색을 하며 헤스터한테로 다가와서 무릎에 꼭 기대고 말했다. "엄마가 가르쳐 주세요!"

"너는 하늘의 아버지께서 보내 주셨단다!" 하고 헤스터 프린이 말했다.

그러나 어머니가 대답할 때 주춤한 기색을 영리한 펄이 눈치채지 못할 리 없었다. 평소의 변덕이 치솟았는지 혹은 마귀가 충동질을 했는지 펄은 조그만 집게손가락을 쳐들어 주홍글씨를 만지작거렸다.

"그이가 아냐!" 하고 펄이 딱 잘라서 외쳤다. "난 하늘의 아버진 몰라!"

"닥쳐라, 펄. 듣기 싫다. 그 따위 말버릇이 어딨니!" 하고 어머니는 북받치려는 괴로움을 억누르면서 대답했다.

"하늘의 아버지께서 우리들을 모두 이 세상으로 보내 주신 거야. 그분이 네 엄마인 나도 보내 주셨으니 너야 물론이지! 아니면 괴상한 요정 같으니, 그래 넌 어디서 왔단 말이니?"

"가르쳐 줘요! 가르쳐 달라니까!" 펄은 이젠 정색도 않고 웃어대며 마룻바닥을 사뭇 뛰어다니면서 말했다.
"엄마가 가르쳐 주셔야지 뭐!"

그러나 헤스터 자신 음침한 회의(懷疑)의 미궁 속에 사로잡힌 처지여서 펄의 물음을 속시원히 풀어 줄 순 없었다. 미소와 전율이 뒤섞인 가운데 헤스터의 머릿속에 떠오른 것은 읍내 사람들의 쑥덕공론이었다. 이 아이의 아버지를 달리 찾아보려다가 허탕을 친 그들은 그 애의 괴벽한 성질을 한두 가지 보고서 가엾게도 어린 펄을 마귀의 씨라고들 떠들어댔다. 어미의 죄로 말미암아 악마의 씨 같은 자식들이 이 세상에 태어나서 추잡하고도 악독한 목적을 이루고자 한다는 것은 옛날 카톨릭교 시대 이래 이따금 일어난 일이었다. 그러나 루터도 그의 원수인 수도승들의 중상을 들어 보면 악마의 자식이었다. 허구 많은 뉴잉글랜드의 청교도들 가운데서 이렇듯 불길한 내력을 가진 아이는 비단 펄 하나만은 아니었다.

7. 장관댁 홀

어느 날 헤스터 프린은 장갑 한 켤레를 가지고 벨링엄 장관 댁 문을 두드렸다. 이 장갑은 장관의 주문으로 그녀가 술을 붙이고 수놓은 것으로 어느 성대한 의식

때 사용될 것이었다. 보통 선거의 불행한 결과로 여태까지의 통치자는 가장 높은 벼슬에서 한두 계급 내려앉긴 했으나 여전히 식민지의 통치기관에서는 명예롭고도 당당한 자리를 차지하고 있었다.

사실 헤스터는 수놓은 장갑을 전하려는 용무보다는 훨씬 더 중요한 사연이 있었기에 식민지 문제에 관해서 당당한 권세를 가지고 활약중인 위인의 문을 부득이 두드리게 되었다. 그녀의 귀에 들려오는 말인즉 종교나 통치 문제에 대해서 남달리 엄격한 원칙을 가진 몇몇 유력한 주민들이 헤스터한테서 아이를 빼앗아가려는 흉계를 꾸미고 있다는 소문이었다. 앞서 말했듯이 펄을 마귀의 자식이라고 가정할 바에야 기독교 신도답게 어미의 영혼을 염려하는 마음에서 그녀의 앞길을 가로막는 장애물을 아예 없애 버릴 필요가 있다고들 주장했는데, 사실 그도 그럴싸한 일이었다. 한편 이 아이가 도덕적으로나 종교적으로나 정말로 성장할 능력이 있고 나중에 가서 구제받을 만한 바탕이 있다면 차라리 헤스터 프린보다 어질고 훌륭한 사람의 보호를 받음으로써 그와 같은 혜택을 더욱더 누릴 가망이 많아질 것이다. 이러한 계책을 추진하는 사람들 가운데서 벨링엄 장관이 가장 극성스런 축의 하나였다 한다. 요새 같으면 기껏 시(市)행정위원회 당국으로나 넘어갈 정도밖에 안 되는 이런 문제가 당시에는 공공연한 토론거리가 되어 마침내는 그 문제를 에워싸고 고위 정객들이 판싸움을 했다니 생각하면 이상하다 못해 적이 우스꽝스런 일일지도 모른다. 그러나 이렇듯 원시시대 모양 소박한 시대에는 헤스터와 펄 두 모녀의 행복보다도 군중들의 관심을 덜 끄는 보잘것없는 문제들까지도 입법자들의 심의거리나 법령들과 혼동이 되었다. 돼지 한 마리의 소유권을 에워싼 말썽이 식민지 입법부 내에 물끓듯한 논쟁을 일으켰을 뿐 아니라 결국에는 입법기구 자체가 중대한 변화를 낳게 되었던 때는 이 이야기의 시대보다 그리 먼 때도 아니었다.

따라서 헤스터 프린은 몹시 불안스러웠지만 외로운 여인의 몸으로 군중들을 맞상대해야 하나, 다행히도 자연의 동정이란 뒷받침이 있으므로 양자간의 대립이 자기에게 승산 없는 싸움은 아닌 성싶다고 생각할 만큼 자기의 권리를 절실히 의식하면서 고적한 오막살이를 나섰다. 귀여운 펄도 물론 따라나섰다. 펄은 어머니 곁을 따라 사뿐사뿐 뛰어다닐 수도 있었고 아침부터 온종일 노상 몸을 놀릴 수도 있는 나이가 되었으므로 그보다 먼 데라도 곧잘 따라갈 수도 있었을 것이다. 그러나 펄은 힘이 들어서가 아니라 괜히 변덕을 부리느라고 번번이 안아 달라고 졸라대다가 정작 안아 주면 이내 내리겠노라 보채고, 내리기가 바쁘게 헤스터보다 앞장 서서 풀이 우거진 오솔길을 이리저리 마구 내달리다 넘어져도 별로 다치지 않았다. 풍염하고도 화려한 펄의 아름다움은 이미 말한 바 있었다. 사실 그녀는 짙으면서도 선명한 색조를 띠고 눈부시도록 아리따웠다. 낯빛은 환하고, 두 눈에는 강렬한 광채가 깊숙이 어려 있고, 머리칼엔 벌써 짙은 갈색이 윤기를 머금고 서려 있어 훗날에는 새까만 빛깔로 변할 듯이 보였다. 온몸에 불길을 지닌 펄은 이를테면 불타는 정열에 사로잡힌 어느 한 순간에 난데없이 생겨난 아이인 듯했다. 아이를 데리고 나오면서 어머니는 화려한 상상력을 맘껏 발휘하여 색다른 재단에다 금실로 괴상한 수를 많이 놓은 진홍빛 벨벳 웃옷을 차려 입혔다. 이렇듯 짙은 빛깔의 옷을 그녀보다 화색이 좋지 못한 아이가 입는다면 오히려 얼굴이 핏기없이 파리하게 보이겠지만, 펄의 미모에는 더할 나위 없이 잘 어울려 흡사 지상에서 춤추는 가장 눈부신 조그만 불덩이같이 보였다. 펄을 바라보는 사람마다 으레 헤스터 프린이 가슴에 달게 마련인 그 표적을 상기함은, 이러한 옷이나 이 아이의 외모가 지닌 두드러진 특색 때문이었다. 그것은 즉 다른 허울을 쓴 주홍글씨요 생명을 가진 주홍글씨였다! 어머니 자신이—붉은 치욕의 불길이 그녀의 머릿속을 온통 태워 버리는 바람에 그녀의 착상 자체도 주홍글씨를 닮게 되었음인지—주홍글씨와 비슷한 것을 정성스레 만들어 내었다. 많은 시간을 아낌없이 들여 가며 병적인 재주를 부려 자기의 애정의 대상에 죄와 고뇌의 표적을 아울러 표현할 수 있는 것을 창조했다. 실상 펄은 두 가지 구실을 아울러 갖추고 있었다. 그리고 펄이 이 두 가지 구실을 겸했기에 헤스터는 펄의 외모에 주홍글씨를 표현하려고 그처럼 알뜰히 궁리했던 것이다.

두 모녀가 읍내에 다다르자 청교도의 아이들은 장난

—당시의 음침한 어린아이들이 딴에는 장난이랍시고 하던 걸—을 그치고 고개를 들어 정색을 하며 서로 지껄여댔다.

"애들아, 좀 봐라, 저기 주홍글씨를 단 여인이 간다. 그리고 주홍글씨와 정말 똑같은 게 따라가고 있어! 우리 저것들한테 진흙을 던져 주자!"

그러나 눈썹 하나 까딱 않는 펄은 오만상을 찌푸리고 사뭇 두 발을 구르며 위협을 주느라 갖은 시늉을 다해 기승을 부리더니, 별안간 원수 같은 애들이 몰려 있는 데로 부리나케 내달려 아이들이 도망가게 만들었다. 살기가 등등해서 아이들을 쫓는 펄의 모습은 어린이를 괴롭히는 역병(疫病), 즉 홍역이라든가 젊은이들의 죄를 처벌하는 사명을 띤 털도 채 안 난 심판의 천사와도 흡사했다. 펄이 하도 목청을 돋우어 고함을 지르는 바람에 뺑소니치던 애들은 아마도 간담이 서늘해졌을 것이다. 싸움에 승리를 거둔 펄은 조용히 어머니한테로 되돌아와서 방싯 웃으면서 어머니의 얼굴을 쳐다보았다.

그 뒤론 별일없이 벨링엄 장관 댁에 당도했다. 그것은 대궐 같은 목조가옥으로 이 나라의 유서 깊은 읍내 길거리엘 가면 아직도 이와 비슷한 양식으로 지은 집들을 찾아볼 수 있다. 지금은 이끼에 뒤덮인 채 썩어서 금세라도 허물어질 듯한데다 우중충한 그 방안에서 일어났다가는 흘러가 버린 갖가지 슬픈 일, 기쁜 일들—그 중엔 아직 기억에 새로운 것도 있고 잊혀진 것도 있다—로 말미암아 음산한 인상을 풍기고 있었다. 그러나 이 당시엔 인간이 거처하는 이 집안에 죽음의 그림자가 깃든 적은 없어서 건물 외관에는 흐르는 세월이 지닌 신선한 맛이 감돌았고 양지 바른 창문에선 명랑한 빛이 스며나오고 있었다. 정말로 그 건물의 외관은 자못 명랑해 보였다. 사방 벽에는 많은 유리조각을 섞은 일종의 치장벽토를 칠했으므로 건물 정면으로 햇빛이 비스듬히 내리비치면 마치 다이아몬드를 두 줌이나 뿌린 양 사뭇 반짝거렸다. 이처럼 찬란한 광채는 근엄한 노 청교도 통치자의 저택보다도 알라딘의 궁전에나 잘 어울렸을 것이다. 게다가 벽에는 당시의 괴상한 취향에 알맞도록 이상하고도 신비스런 초상이며 도형들이 장식되어 있었는데, 벽토를 갓 칠했을 때 이내 그렸던 것이 이젠 굳어져서 후세 사람들이 감탄을 금치 못하게 되었다.

펄은 놀랍도록 휘황한 장관 댁을 보자 깡충거리며 뛰놀더니 전면에 넓게 비친 햇볕을 몽땅 거두어서 자기한테 달라고 졸라댔다.

"그건 안 돼, 펄!" 하고 어머니가 말했다. "넌 네 햇볕만 모아야 해. 엄마가 네게 줄 건 없어!"

이윽고 모녀는 문앞에 다다랐다. 이 문은 아치형인데다가 양쪽에 좁다란 탑이랄까 돌출부 같은 게 붙었고 양쪽 탑에는 살창이 달렸는데, 필요할 때엔 나무 덧문도 닫게 마련되어 있었다. 헤스터 프린이 현관에 매달린 무쇠망치를 집어들고 문을 두드리자, 나타난 사람은 장관 댁 하인 중 하나로 영국에서 자유의 몸으로 태어났으나 지금은 7년 간의 노예살이를 사는 자였다. 그동안에는 주인의 재산이나 매한가지이므로 황소나 쪽을 맞춰 쓰는 의자처럼 매매할 수 있는 상품에 지나지 않았다. 노예는 푸른 웃옷을 입고 있었는데, 이것은 당시나 그보다 오래 전부터 잉글랜드의 유서 깊은 집안의 홀에서 하인들이 늘 입어 온 옷이었다.

"벨링엄 장관님 계시는지요?" 하고 헤스터가 물었다.

"네, 계십죠." 하인은 휘둥그래진 눈으로 주홍글씨를 쳐다보면서 대답했다. 이 고장에 온 지 얼마 되지 않아 주홍글씨를 생전 처음 보았다. "네, 계십죠. 하지만 목사님 한두 분하고 의사 선생님이 와 계시니까 나린 지금 뵐 순 없습죠."

"그래도 들어가 뵈야겠어요." 하고 헤스터 프린이 말했다. 그녀의 도도한 태도와 가슴에 빛나는 주홍글씨를 보고 그녀를 이 고장의 훌륭한 부인으로 보았음인지 하인은 뭐라 말하지 않았다.

이리하여 어머니와 귀여운 펄은 현관 쪽 홀로 안내되었다. 벨링엄 장관은 자산(資産)깨나 지닌 고국의 점잖은 사람들의 저택을 본따서 이 새집의 설계를 꾸몄으나 건축 재료의 성질이라든지 기후의 변화라든지 사회생활 양식의 차이 등에 비추어서 여러 모로 다르게 만들었다. 그래서 이 집에는 널따랗고 천장이 알맞게 높은 홀이 몸채 깊숙이까지 쭉 뻗어 있었는데, 이 홀이 나머지 방들 하나하나와 직접 통하는 연락처의 구실을 하고 있었다. 이 널따란 방 한귀퉁이는 문 양쪽에 조금 움푹 들어간 데를 이룬 두 개의 탑 위 창문으로 스며드는 광선 때문에 밝았다. 그리고 다른 한 모퉁이는 커튼으로 일부 가리어졌지만 옛날 책 속의 궁륭형(穹隆形)의 홀들창 문으로 새어드는 햇빛 때문에 한결 밝았다. 거기에는 푹신한 방석을 깐 의자가 놓여 있었다. 이 방석 위에는 이절판(二折版)의 큼직한 책이 놓여 있었는데 십중팔구 영국 연대기가 아니면 그런 따위의 값어치 있는 책이었을 것이다. 그것은 오늘날 우리들이 방 한복판의 탁자 위에다 어쩌다 들린 손님들이 뒤적거릴 수 있게끔 금박을 입힌 책들을 엎어 놓는 경우나 마찬가지였다. 홀 안의 가구라곤 등받이에다 떡갈나무꽃을 화환형 장식으로 알뜰히 아로새긴 묵직한 걸상 몇 개와 똑같은 장식을 한 탁자 하나 정도였다. 모두 엘리자베스 시대가 아니면 그 이전 시대의 물건으로 벨링엄 장관 집안에 대대로 물려 내려온 가보를 그가 이곳으로 가지고 온 것이었다. 탁자 위에는—손님을 후히 대접하는 옛 영국풍의 호의를 고국에 남겨 두고 오지 않았다는 증거인 양—백랍제(白蠟製)의 큰 컵이 하나 놓여 있었다. 만약 헤스터나 펄이 그 컵 속을 들여다보았더라면 막 마시고 남은 맥주거품이 눈에 띄었을 것이다.

 벽에는 벨링엄 집안네 조상들을 그린 초상화가 줄지어 걸려 있었다. 그 중에는 가슴에 갑옷을 입은 인물도 있고 굉장한 주름깃에다 평상복을 입은 인물도 있었다. 화상마다 케케묵은 초상화가 으레껏 풍기는 추상 같은 숙엄한 기색을 띠고 있는 품이 세상을 떠난 귀인들의 초상화라기보다는 망령과 같았고, 산 사람들의 살림이며 즐거움을 냉혹하고 무정하게 시비하는 눈초리로 바라다보는 듯했다. 홀 벽에다 댄 떡갈나무 널빤지 한복판쯤에는 갑옷 한 벌이 걸려 있었다. 이것은 초상화처럼 조상들이 물려 준 유물이 아니라 지극히 연조가 얕은 최근의 제품이었다. 그도 그럴 것이 이것은 벨링엄 장관이 뉴잉글랜드로 이주해 왔던 그해에 솜씨 좋은 런던의 무구사(武具師)가 만든 것이었다. 강철로 만든 투구, 가슴과 목과 다리를 각각 가리는 갑옷, 한 켤레의 장갑이 걸렸고, 그 밑에 한 자루의 칼이 걸려 있었다. 어느 것 할 것 없이, 그 중에서도 특히 투구와 가슴에 대는 갑옷이 유달리 잘 닦여서 새하얗게 빛나며 홀 바닥에다 온통 눈부신 광채를 던지고 있었다. 이 눈부신 갑옷은 공연한 자랑거리는 아니었다. 사실 장관이 엄숙한 검열장과 연병장에 행차할 때마다 종종 차려입었을 뿐 아니라 피쿼트 전쟁5) 때엔 연대의 선두에서 번쩍이던 갑옷이었다. 왜냐하면 장관은 법률가의 교육을 받았으므로 같은 직업에 종사하는 사람들 하면 으레 베이컨이니 코크, 노이, 핀치 하는 이름을 대곤 했으나 이 새나라의 긴박한 사태는 벨링엄 장관을 정치가이자 통치자로 그리고 군인으로 만들어 놓았기 때문이다.

귀여운 펄―반짝이던 집 정면을 좋아했듯이 눈부신 갑옷이 무척 마음에 든―은 깨끗이 닦은 거울 같은 갑옷을 한참 들여다보다가 외쳤다.

---

5) 코네티커트의 피쿼트 인디언과 뉴잉글랜드의 이주민들 사이에 벌어진 전쟁. 1636~1639.

"엄마, 엄마가 이 속에 보여. 자, 봐요, 좀!"

헤스터는 펄의 비위를 맞추느라고 들여다보았다. 그러자 복판이 볼록한 거울의 독특한 작용 때문인지 주홍글씨가 엄청나게 크게 비쳐서 그것만이 헤스터의 온몸에서 두드러지게 눈에 띄었다. 실상 헤스터는 주홍글씨 뒤에 온통 숨어 버린 것 같았다. 펄은 위쪽 투구 속에도 비친 같은 모양을 손가락질하며 어머니에게 미소를 지어 보였는데, 이때 그녀의 조그만 얼굴에는 언제나 늘 엿보이던 마귀와 같이 영리한 기색이 어려 있었다. 장난을 즐기는 펄의 얼굴도 거울 속에 어찌나 크게 뚜렷이 비쳤는지 헤스터 프린에게는 자기 딸 펄이 아니라 그녀의 허울을 가장하려는 마귀 새끼의 모습같이 보였다.

"이리 온, 펄." 하면서 어머니는 펄을 끌어당겼다. "이리 와서 예쁜 뜰이나 구경하렴. 어쩌면 꽃이 있을 거야, 숲속의 것보다도 고운 꽃들이."

그리하여 펄은 홀 저쪽 한 가장자리의 밖으로 볼록하게 두드러진 창문께로 달려가서 뜰 길을 쭉 보았다. 길바닥엔 짧게 다듬은 잔디가 융단처럼 깔렸고 길 가장자리엔 아무렇게나 다듬다 만 관목들이 쭉 늘어서 있었다. 그러나 이 집 주인은 땅이 굳고 생존경쟁이 극심한 대서양 건너 이 고장에다 고국인 영국풍의 정원 취향을 옮겨 영원히 키워 보겠다는 노력을 진작부터 절망시하고 포기한 성싶었다. 양배추가 환히 보이는 데서 자라고 있었고 저만큼 떨어진 곳에 뿌리 박은 호박 덩굴이 이쪽으로 뻗어와서 홀 창문 바로 밑에 큼지막한 호박을 하나 보여 주고 있는 품이 마치 이 큼지막하고 누런 야채 덩어리야말로 뉴잉글랜드의 땅이 장관에게 바칠 수 있는 가장 호화로운 장식물이라고 경고하는 모습 같기도 했다. 이밖에도 찔레 몇 그루와 꽤 많은 사과나무가 있었다. 이 사과나무는 이곳 반도에 맨 먼저 이주한 자로 초기 연대기를 읽어 보면, 황소 등을 타고 돌아다니던 신화적인 인물로 나타나는 블랙스톤이란 목사가 일찍이 심었던 나무의 후예일지도 모른다.

펄은 찔레 덤불을 보자 빨간 꽃 한 송이를 달라고 울기 시작하더니 아무리 달래도 막무가내였다.

"쉿, 아가, 조용히 해야지!" 하고 어머니가 정색하며 말했다. "울지 마, 펄은 착하지! 뜰에서 소리가 나지. 아마 장관께서 오시나 보다. 그리고 다른 분들도!"

아니나다를까 뜰 길을 따라 서너 사람이 현관 쪽으로 다가오고 있었다. 펄은 자기를 달래는 어머니의 말을 전혀 무시하듯 몸서리쳐지는 고함을 한바탕 지르고 나자 조용해졌다. 어머니의 말을 따라야겠다는 생각에서가 아니라 타고난 날카롭고도 변덕스런 호기심이 낯선 사람들이 나타나자 돋우어졌기 때문이다.

8. 꼬마 요정과 목사

벨링엄 장관은 느슨한 겉옷에다 헐거운 모자를 쓰고

—나이 든 신사들이 집에서 한가로울 때 즐겨 사용하는 것이다—앞장 서 걸어오며 자기네 소유지를 자랑삼아 보여 주며 앞으로의 개량 계획을 장황히 늘어놓고 있는 모양이었다. 희끗희끗한 턱수염 밑에는 제임스 왕 시대의 옛풍을 본따 공들여 알뜰히 만든 폭넓은 주름깃이 있어서 그 위에 솟은 머리통은 큰 접시에 얹힌 세례자 요한의 머리와 흡사했다. 추상같이 엄격하고 중년 고개를 넘은 지도 오래여서 어딘지 서리 맞은 듯한 장관의 용모가 풍기는 인상은 분명히 최선을 다해 자기 주위에 마련한 세상 재미를 돋우기 위한 갖가지 설비와 잘 어울리지 않았다. 그러나 우리들의 근엄한 조상들이—비록 인생을 한갓 시련과 투쟁의 상태라 말하고 생각하는 버릇이 있었고, 의무가 명령한다면 온 재산과 생명을 기꺼이 바칠 용의를 가졌었을망정—쉽사리 손아귀에 넣을 만한 안락이나 호사의 수단 방법마저 거역하는 걸 양심을 위한 행동으로 삼았으려니 지레 짐작을 한다면 잘못일 것이다. 일례를 들면 백설처럼 새하얀 턱수염이 벨링엄 장관의 어깨 너머로 삐죽이 엿보이는 존 윌슨 노 목사도 그 따위 주의를 가르치진 않았다. 이 목사는 배나 복숭아 같은 거라면 뉴잉글랜드의 풍토에다 길들일 수도 있을 거라는 둥, 자줏빛 포도는 양지 바른 정원 담장 앞이라면 어떻게 해서라도 자라게 할 방법이 있을 법하다는 둥 자기의 소견을 말하고 있었다. 영국 교회라는 기름진 품 안에서 자양분을 섭취하며 자라 온 노 목사는 선하고 안락한 것이라면 으레 좋아하는 옳은

취미를 오래 전부터 지닌 위인이었다. 강단에 섰을 때
나 헤스터 프린이 저지른 따위의 죄를 공공연히 책망할
때엔 엄격한 태도를 보였을지 모르나, 사생활에서는 인
정많고 자비로웠으므로 세상 사람들한테서 당시의 어느
목사보다도 더 따뜻한 사랑을 받았다.

　장관과 윌슨 목사의 뒤를 따라 다른 손님들이 나타났
다. 그 중 하나는 독자들도 기억나겠지만 아서 딤즈데
일이란 목사로 헤스터 프린이 모욕을 당하던 장면에 마
지못해 잠깐 참석했던 위인이다. 그리고 목사에게 꼭
붙어서 오는 사람은 의술에 조예가 깊은 로저 칠링워드
란 노인으로 2,3년째 이 읍내에 자리잡고 사는 위인이
었다. 이 학자는 젊은 목사의 의사이자 친구였다. 요즈
음 이 목사는 목사로서의 직분과 수고를 다하느라 전혀
몸을 돌보지 않고 애쓰는 바람에 몹시 쇠약해졌다는 소
문이다.

　손님들의 앞장을 선 장관이 층층대를 한두 걸음 올라
가서 큰 홀의 들창문을 열어젖히자 바로 눈앞에 조그만
펄이 보였다. 헤스터 프린은 커튼의 그림자 때문에 몸
뚱이의 일부가 가리어졌었다.

　"이게 뭐지?" 벨링엄 장관은 눈앞에 서 있는 어린애
의 새빨간 모양을 보고 흠칫 놀라며 말했다. "정말이지
한참 영화를 누리던 옛날 제임스 왕 때 이후로 이런 건
못 봤는걸. 그땐 궁전 가면무도회에 참석하는 걸 굉장
한 호사인 줄 알았지! 경축일이면 으레 이런 조그만 유
령들이 구름같이 모여드는 걸 보고 우리는 잔치 때의

사회자네 애들이라고들 했었어. 그런데 저런 손님이 어떻게 이 홀 안으로 들어왔다지?"

"아아, 정말이군요!" 하고 착한 윌슨 노인이 외쳤다. "뭐라는 작은 새이기에 저렇게 새빨간 것을 가졌을까? 오색이 찬란한 유리창으로 스며든 햇살이 마룻바닥에 무늬를 비췄을 때나 이런 걸 본 듯한데. 하지만 그건 고국에서의 이야기고. 저, 아가. 넌 뉘집 애며, 네 어머닌 뭣 때문에 널 이처럼 괴상하게 차려입혀 주던? 너는 그리스도를 믿는 애니, 응? 교리문답이 무엇인지 아니? 아니면 네가 바로 장난꾸러기 마귀새끼나 요정이란 말이냐? 저 즐거운 옛 잉글랜드에다 로마교의 다른 유물들과 함께 몽땅 내버리고 온 줄 알았는데?"

"난 엄마 아기예요." 하고 새빨간 환영은 대답했다. "그리구 내 이름은 펄이에요!"

"펄이라고? 아냐, 차라리 홍옥이 좋아! 아니면 산호! 그것도 아니라면 네 빛깔로 봐서 홍장미가 나을걸!" 노목사는 이렇게 대답하면서 손을 내밀어 귀여운 펄의 뺨을 쓰다듬어 주려 했으나 헛수고였다. "그런데 네 엄마는 어디 계시지? 오냐! 알겠다." 하고 그는 덧붙여 말하면서 벨링엄 장관에게로 고개를 돌이키고 속삭였다. "애가 바로 우리들이 막 의논했던 그앱니다. 그리고 불행한 여인인 이 아이의 엄마 헤스터 프린이 여기 있군요!"

"그래요?" 하고 장관이 외쳤다. "그런데 저런 애 엄마라면 홍녀형(紅女型)6)이나 바빌론 계집의 등쳐먹을 만

---

6) 홍녀형(紅女型)-역주:매음부를 말함

한 여인일 거라고 하마터면 판단할 뻔했군! 그러나 마침 왔으니 곧 이 문제를 살펴보기로 하죠."

벨링엄 장관은 유리문을 거쳐 홀 안으로 들어왔다. 손님들도 뒤따라 들어왔다.

"헤스터 프린!" 하면서 장관은 준엄한 눈초리로 주홍 글씨를 지닌 여인을 뚫어지게 건너다보았다. "실은 요즈음 그대 일로 여러 차례 신중히 의논을 했었다. 그 골자인즉 저애의 영혼을 이승의 길을 걷다가 넘어져 함정에 빠졌던 자의 지도에 맡김으로써 권세를 자랑하는 우리들이 과연 양심의 직무를 다했다고 할 수 있느냐 하는 점이지. 저애의 친어머니인 그대 자신이 한 마디 말해 봐라! 저애를 그대의 품안에서 벗어나게 하여 수수하게 옷을 입혀 엄격하게 다루고 천지의 진리를 가르쳐 주는 게 아이의 일시적인 행복이나 영원한 행복을 위하는 길이 아닐까. 그대의 의견은 어떠냐? 이런 뜻에서 그대가 저애를 위해서 정작 할 수 있는 일이 무엇인지?"

"저는 이것에서 배운 바를 귀여운 펄한테 가르쳐 줄 수 있어요!" 헤스터 프린은 붉은 표적에 손가락을 갖다 대며 대답했다.

"이 사람아, 그것은 치욕의 표적이 아닌가?" 하고 장관은 준엄한 빛을 띠면서 대답했다. "우리가 그대의 아이를 남에게 맡기려는 건 바로 그 주홍글씨가 풍기는 더러움 때문이야."

"하지만……." 하고 어머니는 사뭇 파랗게 질리면서도 태연하게 말했다. "이 표적이 제게 가르쳐 주었어요. 매일같이 이 순간에도 제게 가르쳐 주고 있어요. 저애를 더욱 더 똑똑하고 착하게 만들 수 있을지도 모를 교훈을 말이에요. 하긴 저한테는 조금도 도움이 되지 않을 것이지만요."

"우리가 신중히 판단하여……." 하고 벨링엄 장관은 말했다. "앞으로 취할 조처에 만전을 기합시다. 윌슨 목사님께 부탁드립니다. 이 펄―이게 그애 이름이니까― 를 잘 살펴보셔서 그 나이 또래 애가 응당 갖추어야 할 그리스도교 교육을 받았는지 안 받았는지 좀 알아봐 주시오."

노 목사는 안락의자에 앉아서 펄을 두 무릎 사이로 당겨 안으려 했다. 그러나 어머니의 품밖에 모르고 남의 다정스런 태도도 접해 본 적이 없는 펄은, 열어젖혀진 창문으로 빠져나가서 금세라도 하늘로 날아갈 듯한 화려한 깃투성이인 열대지방의 야조처럼 위 층층대에 우두커니 섰다. 윌슨 목사는 이렇듯 당돌한 짓에 적이 놀랐다. 왜냐하면 본래 할아버지처럼 인자한 위인이라서 어느 아이들이나 무척 따랐기 때문이다. 그러나 계속 시험을 해보려고 했다.

"펄." 하고 목사가 매우 엄숙하게 말을 꺼냈다. "너는 장차 가슴에 귀중한 펄을 달 수 있게끔 하느님의 가르침을 명심해야지. 그래 누가 너를 만들어 주었는지 알겠니?"

이젠 펄도 누가 자기를 만들었는가를 알고 있었다. 왜냐하면 믿음이 두터운 집안의 딸인 헤스터 프린은 펄과 더불어 하늘의 아버지 이야길 한 바로 뒤부터, 아무리 어린애의 정신상태일지라도 비상한 흥미에 끌려서 자연 흡수하게 마련인 진리를 가르쳐 주기 시작했기 때문이다. 그리하여 3년 동안에 얻은 지식이 매우 풍부한 펄은 뉴잉글랜드 종교 입문이나 웨스트민스터 교리 문답 첫머리 정도의 시험이라면, 설령 이름난 이 책들의 겉모양엔 낯설더라도 거뜬히 치러낼 수 있었을 것이다. 그런데 아이들이라면 누구나 으레 가지고들 있고 더욱이 펄의 경우엔 여느 애들보다 열 갑절이나 심한 심술이 가장 때가 나쁜 지금 펄을 여지없이 사로잡아 급기야는 입을 꼭 다물게 하거나 실없는 소리를 지껄이게 했다. 펄은 버릇없이 윌슨 목사의 물음에 번번이 대답을 않고 입 속에 손가락을 문 채, 기껏 한다는 수작이 자기는 누가 만들어 준 게 아니라 옥문 가에 자란 찔레 꽃 덤불 속에서 어머니가 따온 것이라고 했다.

이런 엉뚱한 생각은 펄이 창문 밖에 섰을 때 가까이에 장관 댁 붉은 장미가 있었기 때문이거나, 또는 이리로 오는 길에 지나쳐 온 감옥의 찔레 덤불이 불현듯 생각났기 때문이었는지도 모른다.

로저 칠링워드 노인은 만면에 미소를 띠며 젊은 목사의 귀에다 뭐라고 속삭였다. 그 순간 헤스터 프린은 의술을 가진 사나이를 쳐다보았고, 자기의 운명이 아슬아슬한 위치에 놓인 순간이었지만 사나이의 몹시도 변한 얼굴을 보고 놀랐다. 그녀와 더불어 다정하게 지냈던 그때보다 어쩌면 그렇게도 추해졌는지…… 워낙 거무스름한 얼굴은 한층 검은 빛이 짙어졌고 몸뚱이에는 더욱 불구자의 티가 배겨 있었다. 헤스터의 눈이 한순간 사나이의 눈과 맞부딪쳤다. 그러나 그녀는 눈앞에 벌어진 장면으로 재빨리 온갖 주의를 돌이켜야 했다.

"이건 참 기막힌 노릇이군!" 펄의 대답을 듣고 놀랐던 장관은 이윽고 마음을 가다듬으면서 외쳤다. "나이가 세 살인데도 누가 저를 만들어 줬는지 모르다니, 얘는 자기의 영혼이나 타락이나 장차의 운명에 관해서도 역시 아무것도 모를걸, 틀림없어! 여러분, 우리는 더 물어 볼 필요도 없을 것 같군요."

헤스터는 펄을 붙잡아 품안으로 힘껏 잡아당기고 매서운 표정으로 청교도인 노 장관을 마주 바라보았다. 세상에서 버림받은 자기의 외로운 심정에 활기를 넣어 주는 것이라곤 오직 하나, 펄이라는 보배밖에 지니지 못한 헤스터는 온 세상이 맞대들어도 빼앗길 수 없는 이 권리는 죽더라도 지켜야겠다는 생각에 문득 사로잡혔다.

"이 아이는 하느님이 저한테 주셨어요!" 하고 헤스터가 외쳤다. "하느님은 당신이 제게서 빼앗아간 것들을 보상해 주느라고 이애를 주신 거예요. 이애는 저의 행복이자 괴로움이기도 해요! 저를 그나마 이 세상에서 살아나가게 하는 건 바로 이 펄이에요! 펄은 제게 벌도 주고 있어요! 모르시겠습니까? 이애는 제가 사랑할 수밖에 없는 주홍글씨예요. 따라서 제 죄를 처벌하는 힘을 엄청나게 가졌어요. 하늘이 무너져도 당신한테 빼앗

기진 않겠어요! 그럴 바엔 차라리 제가 먼저 죽어 버릴 거예요!"

"가엾어라," 하고 인정 많은 노 목사가 말했다. "그애는 잘 돌보아질 거요, 그대보다도 더 극진하게."

"이애는 하느님이 제게 맡기신 거예요." 하고 헤스터가 고함을 치다시피 목청을 높였다. "무슨 일이 있어도 이애는 못 내놓겠어요!"

이 말을 끝내자 문득 무슨 충동을 느꼈는지 젊은 딤즈데일 목사 쪽으로 고개를 돌렸다. 여태까지 단 한 번도 이 목사한테로 시선을 보내지 않았다.

"목사님이 저를 두둔해 주셔요!" 하고 헤스터가 외쳤다. "당신은 저의 목사님이었고 저의 영혼을 맡으셨던 분이니까 저분들보다는 저를 잘 아실 테죠. 저는 이애를 못 내놓겠어요. 제 편을 들어서 말씀 좀 해주셔요! 목사님만은 아세요. 당신에겐 저분들에게서 찾아볼 수 없는 인정이 있으니까 당신만은 제 심정이 어떻다는 걸 아실 거예요. 그리고 어미의 권리가 무엇이며 그 어미가 자식 하나와 주홍글씨밖에 없을 때 어미의 권리가 얼마나 강해지는지를 말이에요! 이 점을 부디 잘 살펴 주셔요! 전 이애만은 죽어도 못 내놓겠어요! 잘 살펴 주셔요!"

헤스터 프린이 거의 미치다시피 되었다는 것을 뜻하는 이 앙칼지고도 심상치 않은 호소를 듣자, 젊은 목사는 파랗게 질린 낯으로 가슴에 손을 얹은 채 앞으로 나섰다. 목사는 유달리 신경질적인 성미가 극도로 흥분했을 땐 언제나 이런 버릇이 나왔다. 그는 헤스터가 군중들 앞에서 모욕을 당하는 자리에 참석했을 때보다도 한결 더 초췌하고 수척해 보였다. 게다가 몸이 쇠약해진 탓인지 그밖에 또 무슨 곡절이 있어선지 알 순 없으나, 어쨌든 난처하고도 침울한 빛이 짙게 감도는 큼직한 검정 눈 속에는 괴로움이 홍건히 괴어 있었다.

"이 여인이 한 말은 옳습니다." 목사는 상냥하고도 떨리는, 그러나 홀 안에 온통 퍼져서 속이 빈 갑옷을 울릴 만큼이나 쟁쟁한 목소리로 말문을 열었다. "헤스터의 말이나 그녀의 가슴을 벅차오르게 하는 감정 속에는 진실이 간직되어 있어요! 하느님은 헤스터에게 애를 주셨을 뿐만 아니라 아이의 성질과 욕망—모두 괴상해 보이긴 하지만—에 대한 본능적인 지식도 역시 주셨는데, 이건 아무나 가질 순 없는 거지요. 게다가 이 모녀의 관계에는 지극히 신성한 무엇이 간직되어 있지 않을까요?"

"음, 그런데 그게 무슨 뜻이죠, 딤즈데일 목사?" 하고 장관이 말을 가로챘다. "그 뜻을 좀 명백히 말해 주시오!"

"아무튼 그녀의 말은 진실임에 틀림없어요." 하고 목사가 다시 말을 이었다. "왜냐하면 그렇지 않다고 생각한다면 온 인간들의 창조자이신 하늘의 아버지는 죄되는 짓을 무심코 인정함으로써 마침내는 더러운 욕정과 신성한 애정의 다름을 대수롭잖게 여기는 결과가 되지 않겠습니까? 아버지의 죄와 어미의 치욕이 낳은 이 아이는 하느님의 손에서 와서, 자기를 도맡을 권리를 진

지하게 뼈저린 심정으로 주장하는 어미의 마음에 여러
모로 영향을 미치고 있지요. 이애는 축복의 뜻으로, 어
미의 평생에 오직 하나뿐인 축복으로서 주어진 것이지
요! 어미의 말마따나 의심할 나위 없이 천벌의 뜻으로
주어진 것이기도 해요. 이를테면 천만 뜻밖인 순간에
번번이 느끼게 마련인 괴로움이요, 난처한 기쁨이 한창
일 때 따라서 나타나는 아픔이요, 쓰라린 가시요, 연거
푸 치솟는 고뇌란 말입니다! 그녀는 가엾은 이 아이의
옷차림에다 이런 생각을 표현한 게 아닐까요. 이 옷을
보면 그녀의 가슴을 태우는 그 붉은 표적을 으레 생각
케 하니 말입니다."

"역시 좋은 말씀이오." 하고 윌슨 목사가 외쳤다. "나
는 또 저 계집의 머릿속엔 제 자식을 광대로나 만들려
는 소견머리밖엔 없는 줄 알았구려!"

"아아, 천만에요! 어림도 없는 일이지요!" 하고 딤즈
데일 목사가 말을 이었다. "하느님이 이애를 세상에 태
어나게 한 그 엄숙한 기적을 헤스터는 정녕 깨닫고 있
을 겁니다. 그리고 이 하느님의 은혜가 무엇보다도 어
미의 영혼을 살려 두려고, 나아가서는 그 은혜가 없었
더라면 사탄의 꾐에 빠졌을지도 모를, 더욱 캄캄한 죄
악의 구렁텅이로 빠지는 걸 막아 주려고 베풀어졌다는
걸 느낄지도 모르지요! 이거야말로 진실이 아니겠습니
까? 따라서 가엾게도 죄 많은 이 여인이 기쁨과 슬픔
을 아울러 영원히 받게 하는 이 어린애를 몸소 맡는 것
이 좋을 겁니다. 그러면 이애는 어미의 손에서 올바르

게 다루어져—줄곧 어미에게 지난날의 타락을 새삼스레 생각케 할 뿐더러—마치 조물주의 성스러운 약속처럼 만약 어미가 자식을 천국으로 이끌어 가면 그 자식 역시 부모를 천국으로 모셔 가리라고 어미한테 가르쳐 주게 되겠지요! 이런 점으로 보아서는 죄 지은 어미가 죄 지은 아버지보다는 행복하다 하겠죠. 그러므로 헤스터 프린을 위해서나, 그에 못잖게 가엾은 어린애를 위해서나 하느님이 옳다고 생각하신 대로 두 모녀를 내버려둡시다!"

"당신은 참 이상하게도 신이 나서 말씀하십니다그려." 하고 로저 칠링워드 노인이 목사한테 미소를 지어 보이면서 말했다.

"그런데 지금 젊은 형제가 한 말에는 중대한 뜻이 간직되어 있어요." 하고 윌슨 목사가 덧붙여 말했다. "벨링엄 각하, 어떻습니까? 가엾은 여인을 여간 잘 두둔한 말이 아니지요?"

"정말이오." 하고 장관이 대답했다. "그 말을 듣자니 우리가 당면한 문제는 지금 상태로 그냥둘 수밖엔 없을 것 같군요. 적어도 앞으로 이 여인이 달리 추잡한 짓을 저지르지 않는 동안은 말이오. 그러나 당신이나 딤즈데일 선생이 수고를 해서 애한테 교리문답에 관한 정기 시험을 보이도록 고려해 보시오. 그뿐 아니라 적당한 때가 되면 학교나 모임에도 나가도록 동네 관원들이 마음을 써야겠죠."

젊은 목사는 말을 마치고 모두 모인 자리에서 몇 걸

음 물러서더니, 창문에 드리운 묵직한 커튼의 주름장식
으로 얼굴을 일부 가린 채 서 있었다. 햇빛을 받아 방
바닥에 비친 목사의 그림자는 격렬한 호소 때문에 사뭇
떨렸다. 미칠 듯이 변덕스런 꼬마 요정 같은 펄은 슬며
시 목사에게로 다가가서 두 손으로 그의 손을 움켜쥐고
그 위에다 제 뺨을 얹었다. 애무하는 품이 어찌나 다정
하고 얌전한지, 아까부터 보고 있던 어머니는 이렇게
혼잣말로 중얼거렸다. "저것이 내 펄이란 말인가?" 그러
나 펄이 가슴속에 애정을 간직하고 있다는 건 어머니도
진작부터 잘 알고 있었다. 하기야 대개 미친 듯이 나타
나기가 일쑤였던 그녀의 애정이 지금처럼 부드러워져서
은근하게 나타난 적은 두 번 보기 힘든 노릇이었지만.
목사는 오랫동안 못내 그리웠던 헤스터의 애정을 제외
한다면 정신적인 본능에서 절로 우러난 진정 사랑받을
만한 것을 풍기는 듯한 어린애의 애정 표시야말로 가장
흐뭇한 것이었으므로, 주위를 둘러보더니 어린애의 머
리 위에 손을 얹고 잠시 망설이다 이윽고 이마에 입을
맞추었다. 이렇듯 여느 때와 다른 펄의 기분은 더 오래
가진 못했다. 펄이 깔깔대며 날듯이 사뿐사뿐 홀을 뛰
쳐나가는 걸 보고 윌슨 노인은 어린애의 발끝이·정말
방바닥에 닿았는지 물어 보지 않을 수 없었다.
  "암만해도 저 꼬마 말괄량이는 몸에 무슨 요술이라도
지니고 있나 보죠, 틀림없이." 하고 그는 딤즈데일 목사
에게로 말을 건넸다. "저앤 마귀 할멈이 타고 다닌다는
빗자루가 없어도 곧잘 날걸요!"

"정말로 이상한 애군요!" 하고 로저 칠링워드 노인이 말을 꺼냈다. "저 어린애에게 미친 어미의 영향을 찾아 내기란 수월할 겁니다. 여러분들, 저애의 성질을 분석한 다음 그 바탕을 근거로 삼아 아버지의 정체를 재치있게 짐작해 낸다는 것이 학자들의 연구로서도 감당하기 어려운 일이겠습니까?"

"그건 안 될 말이죠. 이런 문젤 가지고 속세의 학문을 실마리로 이용한다는 건 죄받을 짓이지요." 하고 윌슨 목사가 말했다. "차라리 단식하고 기도를 올리는 게 나을 겁니다. 하느님이 마음이 내키어 밝히시지 않는 한 그 수수께끼는 지금 이대로 내버려두는 게 더욱 좋겠습니다. 그러면 선량한 기독교도들은 너나 할것 없이 가없게도 버림받은 저애에게 어버이로서의 온정을 베풀 자격을 갖게 될 테지요."

문제가 이렇듯 만족하게 끝을 맺자, 헤스터 프린은 펄과 함께 장관 댁을 떠났다. 두 모녀가 층층대를 내려설 때 벨링엄 장관의 심술궂은 누이동생 히빈즈 부인이 창을 열어젖히고 화창한 창 밖으로 얼굴을 삐죽이 내밀었다고들 하는데, 이 부인이 바로 몇 해 뒤에 마녀란 죄로 처형된 여인이다.

"이봐요, 쉬!" 하는 그녀의 불길한 얼굴은 새집의 명랑한 분위기에 우중충한 빛을 끼얹어 주는 듯했다. "오늘밤에 우리들과 같이 가보려우? 숲속엔 재미있는 패들이 많을 텐데. 예쁜 헤스터 프린도 한패가 될 거라고 마귀한테 거의 약속을 해놓았다오."

"제 대신 미안하다고 좀 전해 주세요!" 하고 헤스터 프린은 승리의 미소를 만면에 띠면서 대답했다. "난 집에 남아서 우리 펄을 돌보아야 해요. 그분들이 내게서 이 아이를 빼앗아갔다면 나도 기꺼이 당신과 함께 숲속을 찾아가서 마귀의 대장(臺帳)에다 내 이름을 올렸을 거예요. 그것도 내 생피로 말이죠!"

"어차피 당신도 곧 거기로 오게 될걸 뭐!" 하면서 상을 찌푸린 마녀의 얼굴은 창 안으로 사라졌다.

그런데 여기에—히빈즈 부인과 헤스터 프린 사이의 이 만남이 한갓 우화(寓話)가 아니라 사실이라면—벌써 타락한 어미와 어미의 나약함으로 말미암아 태어난 자식과의 관계를 떼어 놓아선 안 된다고 주장하던 젊은 목사의 견해의 증거가 역력히 드러나고 있었다. 이처럼 일찌감치 펄은 어머니를 사탄의 마수에서 건져냈던 것이다.

9. 의　사

독자들도 기억이 나겠지만 로저 칠링워드란 가명 밑에는 하나의 본명이 숨겨져 있었다. 이 가명의 주인공은 자기의 본명이 세상 사람들 입에 다시는 오르지 못하도록 굳게 마음먹고 있었다. 앞서 묘사했듯이 헤스터 프린이 봉욕하는 광경을 구경하는 군중들 틈에 위험천

만한 황무지에서 막 돌아온, 여행에 지친 나이 지긋한 사나이 하나가 섞여서 뭇사람들 앞에 죄의 상징인 양 세워진 헤스터—실은 따뜻한 가정의 단란을 그 한 몸에서 풍겨 주길 이 사나이가 바라 마지않았던 여인—를 바라보고 있었다. 헤스터의 주부로서의 체면은 이미 뭇사나이의 발밑에 짓밟혔다. 장터 한가운데 그녀의 둘레에서는 욕설이 와글와글 물끓듯했다. 헤스터의 일가붙이나 순결한 처녀 시절의 동무들에게 이런 소문이 퍼진다면 고작해야 그녀의 치욕이 전염될 따름이었을 게다. 그리고 이 치욕은 반드시 과거의 친분 관계 또는 그 관계가 얼마나 신성한 것이었느냐에 정비례하여 전염되었을 것이다. 그리고 보면 무엇 때문에 타락한 헤스터와의 관계가 누구보다도 친숙했고 신성했던 사나이가 일부러 나타나서 달갑지 않은 유산의 상속을 요구—요구하고 않고는 제 마음 하나에 달렸는 터에—하겠느냐 말이다! 사나이는 치욕의 처형대 위에 헤스터와 나란히 서서 창피를 당하진 않으리라 마음을 먹었다. 그는 헤스터 프린을 제외한 모든 사람들에게 제 정체를 감추고 그녀의 침묵의 자물쇠와 열쇠를 손아귀에 쥔 채 인류의 명부에서 제 이름을 없애 버리려 했었다. 그리고 지난날의 인연이며 이해 관계에 관해선 정작 바다 밑바닥에 빠져죽은 사람처럼 세상에서 완전히 매장되기를 원했다. 그렇지 않아도 오래 전부터 떠도는 소문엔 그는 이미 바닷속에 잠긴 사람이 되어 있었다. 일단 이와 같은 목적이 이루어지면 새로운 흥미와 목적 역시 싹틀 것이

다. 하기야 죄스러운 일은 아닐지라도 음흉한 노릇이었
다. 온갖 능력을 몽땅 쏟음직도 한 활기 있는 일이었다.
　이와 같은 결심을 따르느라고 사나이는 로저 칠링워
드란 이름 아래 청교도들의 읍내에 자리를 잡고 남달리
풍부하게 지닌 학문과 지혜밖엔 아무것도 세상에 내세
우질 않았다. 지난날의 연구 결과로 당시의 의학 지식
을 널리 갖추고 있었으므로 의사로서 행세했고, 실상
의사로서 후대를 받았다. 의술과 외과술에 아울러 익숙
한 자는 당시의 식민지에서는 보기 드문 존재였다. 아
마도 그런 사람들은 다른 이주민들이 대서양을 넘어오
게 된 원인인 열성적인 신앙심을 갖지 못했는지도 모른
다. 사람의 몸체를 연구하는 바람에 남달리 고귀하고
섬세한 그들의 정신능력은 물질화되어, 급기야는 삶 전
체를 내포할 만한 기능(技能)이라도 지닌 듯한 신비로
운 인체의 복잡한 짜임새 속에 정신을 기울이다가 삶의
본체를 정신적으로 살피는 버릇을 끝내 잃고 말았는지
도 모른다.
　어쨌든 의약에 관한 한 훌륭한 보스턴 읍민의 건강은
여태까지 집사이자 약제사인 노인이 도맡아 왔었다. 이
노인의 믿음이 독실한 태도는 면허장보다도 한결 유리
하게 자격증명서의 구실을 해왔었다. 외과의사라고는
날마다 버릇같이 면도질을 하는 틈을 타서 이따금씩 이
고상한 기술을 부리는 자가 고작이었다. 이와 같은 의
술업계에 등장한 로저 칠링워드야말로 눈부시게 빛나는
존재가 아닐 수 없었다. 그가 우람하고도 장엄한 옛 의

학의 전당에 정통하고 있음은 이내 세상에 밝혀졌다. 옛날 약들은 하나같이 불로장수의 약이 되기를 바랐음인지 오만 가지 엉뚱한 성분을 공들여 조제해서 만들었다. 게다가 인디언들에게 갇혔을 때 그는 미개지에서 자라는 초근목피의 특성에 대해서도 풍부한 지식을 얻었다. 그리하여 무식한 야만인들에게 자연이 베풀어 준 은혜라고 할 수 있는 이런 단순한 약재를 조예 깊은 많은 의사들이 몇백 년 동안 정성껏 조제한 유럽의 약재 못잖게 믿는다는 사실을 그는 환자들에게 숨기려 하지 않았다.

이 낯선 학자는 이곳에 당도하자 적어도 외면적인 종교생활에 관해선 본받을 만한 위인으로 이내 딤즈데일 목사를 정신적인 지도자로 간택했다. 학자로서의 명성을 아직껏 옥스퍼드에 떨치고 있는 이 젊은 목사를 그의 열렬한 숭배자들은 하느님이 정하신 사도처럼 여겼다. 그리고 만약 이 목사가 여느 사람들만큼 살아서 일할 수 있다면, 일찍이 초기 기독교를 위하여 교부들이 이바지한 바 못지않은 위대한 업적을 아직도 미약한 뉴잉글랜드의 교회를 위해 세울 운명을 지닌 위인이라고들 여겼다. 그런데 이즈음 딤즈데일 목사의 건강은 눈에 띄게 쇠약하기 시작했다. 목사의 생활을 잘 아는 사람들의 말을 빌리면 젊은 목사의 얼굴이 파리해진 것은 목사가 지나치게 연구에 몰두하는데다 목사의 직분을 고지식하게 이행하고, 더구나 속세의 더러움이 마음의 등불을 가로막아 어둡게 하지 못하도록 번번이 단식하고 철야기도를 올리는 탓이라고 했다. 개중에는 딤즈데일 목사가 정말로 죽을 지경에 놓였다면 그것은 이 세상이 이젠 목사의 발에 밟힐 가치가 없기 때문이라고 장담하는 자도 있었다. 한편 목사 자신은 천성 겸손한 태도로, 만약 하느님이 자기를 없애 버리는 게 옳다고 여기신다면 그것은 자기가 이 세상에서 신의 사명 가운데서도 가장 보잘것없는 몫이나마 맡아서 이행할 자격이 없기 때문이라는 소견을 서슴지 않고 밝혔다. 목사의 건강이 쇠약해진 원인에 대해서는 갖가지 견해가 있었으나 어쨌든 쇠약해졌다는 사실만은 의심할 여지가 없었다. 그의 몸은 날로 수척해질 따름이었다. 목소리는 여전히 우렁차고 아름다웠으나 어딘지 침울한 데가 있어 그의 몸이 나날이 시들어 감을 짐작케 했다. 그리고 대수롭지 않은 일로 흠칫 놀라거나 혹은 천만뜻밖의 일을 당하거나 하면 영락없이 가슴에 손을 얹은 채 얼굴을 붉혔다가 이내 파랗게 질리며 어딘지 괴로워하는 품이 눈에 띄었다.

젊은 목사의 처지가 이 지경이어서 서광과도 같은 그의 생명의 빛이 불시에 꺼질지도 모를 절박한 때, 마침 로저 칠링워드가 이 읍내에 나타났던 것이다. 어느 도시에서 이 고장으로 왔는지 아무도 모르는 이 사나이의 등장은 마치 하늘에서 떨어진 듯 혹은 땅 속에서 솟아난 듯도 하여 자못 신비롭더니 마침내는 기적이 아닌가 하고 생각하는 판이었다. 이 사나이는 벌써 의술에 능숙한 위인으로 알려져 있었다. 여느 사람들 눈에는 쓸

모없이 보이는 것들이 지닌 효능을 잘 아는 사람처럼 약초며 들꽃송이를 모으고 풀뿌리를 캐고 숲속 나뭇가지를 꺾는 모습이 이따금 눈에 띄었다. 사나이는 케넬름 딕비 경이나 그밖의 고명한 인사들—이들의 과학 지식은 초인간적이라고들 했다—을 가리켜 자기와 서로 문통을 하는 사이니 혹은 같이 일하던 자들이니 하며 말하더라는 것이다. 학계에서 이러한 지위를 차지한 그가 이런 고장으로 찾아든 곡절은 도대체 무엇이었을까? 마땅히 대도시가 활약 무대여야 할 사나이가 황무지에서 무엇을 얻을 수 있었을까? 이런 물음에 답하려는 듯이 그럴싸한 풍문이 떠돌았으니—물론 터무니없는 것이었지만 극히 지각 있는 사람들 중 몇몇은 믿고 있었다—그 내용인즉 하느님이 엄청난 기적을 베풀어 독일의 모 대학에서 고명한 의학박사를 번쩍 들어 하늘로 날라다 딤즈데일 목사의 서재 문턱에다 내려놓았다는 것이다! 사실 좀더 현명하고 믿음이 두터운 사람들도 하느님이 이르는 바 기적적인 간섭이라는 극적 효과를 노리지 않아도 그 뜻을 이룰 수 있다는 걸 빤히 알면서도, 저 칠링워드의 안성맞춤인 출현에는 하느님의 손길이 작용하고 있다고들 생각하는 모양이었다.

이와 같은 생각은 의사가 늘 젊은 목사한테 표시하는 대단한 관심으로 해서 더욱 굳어졌다. 의사는 교인처럼 목사에게 달라붙어서 본래 속을 터놓지 않는 예민한 목사한테서도 호의에 넘친 존경과 신임을 얻으려고 했다. 그는 목사의 건강 상태에 몹시 놀라는 기색이었으나 기어이 고쳐 주고 싶은 마음이 간절했기 때문인지, 빨리 서두르면 좋은 결과를 얻을 희망이 전혀 없지는 않다는 눈치였다. 딤즈데일 목사의 신도들 가운데 장로며 집사며 아낙네며 젊고 예쁜 처녀들은 의사가 허물없이 바치겠다는 솜씨를 마땅히 시험해 보아야 한다고 애걸하듯이 권했었다. 그러나 딤즈데일 목사는 신도들의 간청을 넌지시 거절했다.

"내겐 아무 약도 소용이 없어요." 하고 말할 따름이었다.

그러나 안식일이 돌아올 때마다 두 볼은 더욱 파리하게 야위고 목소리는 더욱 떨리는데도—이젠 가슴에 손을 얹는 게 어쩌다 하는 시늉이 아니라 쉴새 없는 버릇이 되었는데도 어떻게 젊은 목사는 이런 소리를 할 수 있었을까? 목사는 자기 일에 싫증이 났을까? 죽기를 원했을까? 보스턴 바닥의 선배 목사들이나 그의 교회 집사들은 딤즈데일 목사에게 엄숙한 태도로 이렇게 따져 물었다. 이 사람들의 말을 빌린다면, 하느님이 이처럼 뚜렷이 베풀어 주는 도움을 함부로 거역하는 죄에 관련해서 '목사에게 충고했다'는 것이다. 목사는 잠자코 귀를 기울였다가 마침내 의사의 진찰을 받기로 약속했다.

"하느님의 뜻이라면." 하고 딤즈데일 목사는 로저 칠링워드 노 의사의 진찰을 받는 자리에서 말했다. "내 수고와 슬픔과 죄악과 괴로움이 곧 내 생명과 더불어 끝을 맺어, 이승의 것은 내 무덤에 묻히고 영혼에 관한 것은 나를 따라 영원 속으로 사라진대도 나는 만족할 따름이지요. 나는 당신이 나를 위해서 그 솜씨를 시험하기보다는 차라리 그게 좋습니다."

"아아!" 하고 로저 칠링워드는 일부러인지 천성인지는 알 수 없으나 그의 특징인 침착한 태도로 대답했다. "젊은 목사님은 으레 그런 투로 말하길 좋아하시죠. 젊은이란 생명의 뿌릴 깊이 박지 않은 탓인지 삶을 너무나 가볍게 저버린단 말이에요! 그런데 지상에서도 늘 하느님과 더불어 거니는 덕망이 높은 분들은 세상을 떠나서 저 먼 새 예루살렘의 황금 깔린 길을 하느님과 함께 거닐고 싶어함직도 하지요."

"천만에요." 젊은 목사는 가슴에 손을 얹고 이마엔 괴로운 빛을 띠면서 대꾸했다. "천국에서 거닐 자격이 있다면 차라리 이승에서 애쓰며 만족하게 살지요."

"훌륭한 분들은 언제나 제 자신을 지나치게 멸시하는가 봅니다." 하고 의사가 말했다.

이리하여 신비에 휩싸인 로저 칠링워드 노인은 딤즈데일 목사의 의료 문제를 담당하는 고문이 되었다. 의사는 목사의 병환에만 관심이 있는 게 아니라 환자의 성품과 기질을 살피고 싶은 마음도 간절했으므로, 나이 차가 무척 많은데도 둘은 서로 함께 지내는 시간이 차츰 늘어났다. 목사의 건강을 위하는 한편 치료의 성분을 가진 약초를 채집할 겸 해서 둘이 바닷가나 숲속을 마냥 거닐면서 갖가지 이야길 나눌라치면, 바닷물이 철썩 부딪혔다가 산산이 흩어지는 소리며 나무꼭대기에 바람이 스치자 이는 장엄한 찬송가와도 같은 소리들이 반주인 양 간간이 흘러나오곤 했다. 의사는 목사가 붙박혀 사는 서재로 놀러가기도 했다. 과학자와 한자리에 있노라면 목사는 왠지 매력을 느꼈다. 왜냐하면 과학자에게서 깊고 넓은 지적 교양과 아울러 동료 목사들 가운데엔 좀처럼 찾아볼래야 찾아볼 수 없는 너그럽고도 자유로운 사상을 발견했기 때문이다. 실상 목사는 의사에게 이런 특성을 발견하고 기가 질릴 정도는 아니었으나 몹시 놀랐다. 딤즈데일 목사는 진실한 목사요 진실한 종교가여서 그의 경건한 마음은 자랄 대로 자랐고, 그의 정신은 믿음의 길을 계속 줄기차게 달려서 세월이 흘러감에 따라 믿음의 길바닥을 자꾸만 움푹 패게 할 정도였다. 목사는 어떤 사회에서 살더라도 소위 자유사상의 신봉자는 되지 않았을 것이다. 마음의 평화를 얻기 위해서는 언제나 자기 신변에 믿음의 압력을 느껴야만 했다. 왜냐하면 이 압력이 무쇠 손아귀로 그를 꽉 붙잡고 있는 동안만은 그를 지탱해 주었기 때문이다. 그럼에도 불구하고 목사는 평소에 남들과 이야기할 때 나타내던 지성과는 딴판인 지성을 통해서 우주를 내다보는 위안을 떨리는 마음으로 즐길 때도 이따금 있었다. 그것은 숨막힐 듯 갑갑한 서재 속으로 활짝 열린 들창을 거쳐 좀더 자유로운 공기가 스며드는 격이었다. 이 서재 안의 등불 빛이며 간신히 새어드는 햇살이며 책에서 풍기는 곰팡이 냄새—감각적이건 정신적이건 간에—는 목사의 생명을 좀먹고 있었다. 이 공기는 너무나 신성하고 싸늘해서 그 속에서 오래도록 편히 숨쉴 순 없었다.

 이리하여 로저 칠링워드는 두 갈래로 환자를 샅샅이 살펴보았다. 즉 목사가 평소대로 친숙한 사상의 울타리 안에서 낯익은 길을 더듬는 모습과, 색다른 정신 풍경 속에 내동댕이쳐지자 그 풍경이 하도 신기해서 성격상에 새로운 것을 나타낼 때의 그의 모습을 아울러 관찰했다. 의사는 목사를 돕기 전에 우선 그의 사람됨을 아는 게 꼭 필요하다고 생각하는 눈치였다. 감정과 지성을 지닌 인간의 경우 육체의 병은 으레 감정과 지성의 특징으로 물들게 마련이다. 아서 딤즈데일의 경우로 말하자면 사상과 상상력이 남달리 활발한데다 감수성이 메우 예민하여 아마도 신병(身病)의 뿌리가 바로 거기에 있는 성싶었다. 그리하여 로저 칠링워드는 환자의 가슴속 깊숙이 파고들어가 캄캄한 동굴에서 보물을 캐내려는 사람처럼 그의 갖가지 주의·사상을 파헤치고 지난날의 회상을 들추어 내어 조심성 있게 모든 것을 캐어 보려고 했다. 이러한 탐색을 마음대로 할 수 있는 기회와 권리를 가졌고, 정작 탐색할 만한 재주를 지닌 탐색가의 눈을 피할 수 있는 비밀이란 그다지 흔치 않을 것이다. 비밀을 간직한 사람이라면 더구나 의사와의 친분은 피해야 마땅할 것이다. 만약 의사가 천성적으로 총명한데다 뭐라고 할까, 이를테면 직관력 같은 것을 가졌다면, 주제넘은 자부심이라든지 자기의 특징을 불쾌하도록 마구 내세우지만 않는다면, 자기의 마음과 환자의 마음을 서로 통하게 하는 천성적인 재주가 있어서

환자가 머릿속에서 생각했던 것마저 저도 모르는 사이
에 입밖에 내놓게 된다면, 이런 말을 들어도 눈썹하나
까딱 않은 채 말로써 동감을 나타내지도 않고 잠잠히
한숨만 내쉬다가 이따금 잘 알아들었다는 듯이 외마디
대꾸로 받아들인다면, 극친한 친구라는 자격 외에 의사
로서 세상에 알려진 그의 성품이 베풀 수 있는 유리한
조건을 감출 수만 있다면, 그러면 어쩔 수 없는 어느
순간에 이르러 환자의 영혼은 녹아서 거무스름하면서도
투명한 물결을 이루고 흘러내리다 마침내 그 속에 간직
한 비밀을 백일하에 드러내고야 말 것이다.

　　로저 칠링워드는 앞서 말한 여러 특징을 거의 다 갖
추고 있었다. 세월이 흘러감에 따라 앞서 말한 바와 같
은 일종의 친분이 두 교양 있는 정신 사이에 이루어졌
으며, 이 두 정신은 온 인간의 사상과 연구를 담을 만
큼 넓은 울타리 안에서 서로 사귀었다. 둘은 윤리·종
교는 물론 공적인 문제나 사적인 문제를 가리지 않고
화제로 삼아 논했다. 그리고 서로 개인적인 듯싶은 문
제를 가지고도 많이 이야기했다. 그러나 의사가 반드시
숨기고 있으려니 짐작했던 비밀이 목사의 의식을 벗어
나서 친구의 귓속으로 뛰어든 적은 없었다. 실상 의사
쪽에서는 딤즈데일 목사의 신병의 성질조차 아직 제대
로 밝혀지지 않았다고 의심하는 판이었다. 목사는 좀처
럼 마음속을 터놓지 않으니 참으로 이상한 노릇이었다!

　　얼마 뒤에 로저 칠링워드의 귀띔으로 딤즈데일 목사
의 몇몇 친구들은 의사와 목사가 한지붕 밑에서 기거할

수 있게 마련해 놓았다. 그러면 정성껏 목사의 병환을 걱정하는 의사가 목사의 생명이란 조수(潮水)의 간만을 낱낱이 볼 수 있었기 때문이다. 몹시도 바라던 일이 이루어지자 읍내는 기쁨의 도가니가 되고 말았다. 이번 처사야말로 젊은 목사의 행복을 위해서는 최선의 조처라고들 했다. 하기야 목사에게 결혼을 권할 자격이 있는 사람들의 말마따나 일편단심으로 순정을 바치는 뭇처녀들 가운데서 목사가 그 하나를 간택하여 아내를 삼는다면 별문제지만, 지금 같아서는 아서 딤즈데일이 남의 권유로 후자의 길을 택할 가망은 없었다. 마치 목사로서 독신을 지키는 것이 교회 기율 조목의 하나인 양 그런 의견은 모두 뿌리쳤다. 분명히 딤즈데일 목사는 제가 원해서 늘 남의 식탁에서 맛없는 음식을 조금 먹고 또 남의 난롯가에서 몸을 녹이는 사람의 운명인 차가움을 일평생 견뎌 나가게 마련이었으니, 젊은 목사를 아들같이 사랑하고 하느님처럼 섬기는 총명하고 세상 경험이 많고 인자한 이 의사야말로 늘상 목사의 몸 가까이에서 시중을 들 수 있는 세상에 단 하나뿐인 인간인 성싶었다.

이 두 친구가 새로이 기거하게 된 집은 지체 높은 집안 출신인 믿음이 두터운 과부의 집으로, 뒷날 장엄한 킹스 채플 건물이 서는 터전 근처 일대를 차지하고 있었다. 이곳 한 가장자리엔 본래 아이작 존슨네 소유지였던 묘지가 있었다. 진지한 사색을 북돋우기에 알맞은 환경이어서 목사나 의사가 제각기 일하기엔 안성맞춤이었다. 과부는 어머니 같은 마음씨에서 딤즈데일 목사에게 현관 쪽 방을 차지하게 했다. 이 방은 양지 바른 편이었으나 창문에 묵직한 커튼이 드리워져 있어서 필요할 때엔 대낮이라도 그늘을 지게 할 수 있었다. 사방 벽에는 고블랑 직(織)인 벽포장이 쭉 드리워져 있었는데, 빛깔이 아직 바래진 않아서 딴에는 다윗과 밧세바 그리고 예언자 나단에 관한 성경 이야기7)를 나타내긴 했으나 그 장면에 한 자릴 차지한 미녀의 모습은 재화를 예고하는 예언자처럼 험상궂은 미모로 보이게 했다. 여기에다 창백한 목사는 초기 교부들이 지은 양피지로 장정한 반절판이며 유태교회 목사들의 총서며 수도승들의 박식을 실은 서적들이 수두룩히 섞인 장서를 싸놓았다. 오늘날 신교의 목사들은 이런 종류의 저자들을 몹시 비난하면서도 그들의 저서를 부득이 이용하는 경우가 비일비재하다. 이 집의 다른 한귀퉁이에 로저 칠링워드 노인은 서재 겸 실험실을 마련했다. 그러나 현대의 과학자들이 제법 알뜰하다고 여길 만한 것은 못 되고, 고작 증류기 하나와 능숙한 연금사들이 그 활용법을 잘 알고 있는 약재와 화학 약품을 조재하는 기구가 갖추어져 있을 따름이었다. 이렇듯 아늑한 환경에서 두 학자는 제각기 자기의 세계 안에 자리잡고 들어앉았으나, 이따금 다정스럽게 서로의 방을 찾아가서 피차의 일들을 흥미롭게 살펴보곤 했다.

그런데 아서 딤즈데일 목사의 친구들 중에서도 유달

---

7) 사무엘 하 11장.

리 총명한 자들은 앞서도 말했듯이 젊은 목사의 건강을 회복케 하려 목적—숱한 사람들이 공석에서나 가정에서나 혹은 남몰래 기도드리고 이루어지길 원했던—에서 하느님이 이 모든 것을 꾸며 주셨다고들 상상했는데, 이것은 매우 지당한 짐작이었다. 그러나 지금 한 가지 밝혀 둘 일이 있으니, 그것은 이즈음 일부 읍내 사람들 중에는 딤즈데일 목사와 수수께끼 같은 노 의사와의 관계를 두고 색다른 견해를 가지기 시작한 자가 있다는 사실이다. 무식한 군중들이 제멋대로 독자적인 관찰을 꾀하면 십중팔구 그릇 판단하게 마련이다. 그러나 군중들이 너그럽고도 따스한 가슴에서 우러난 직관을 바탕으로 해서 독자적인 판단을 내리는 경우에는 그 결론이 대개 심오하고 정확해서, 마침내는 신비롭게 제시된 진리와도 같은 성격을 지니는 것이다. 이번 경우만 하더라도 이 군중은 로저 칠링워드에 대한 편견이 옳다고 주장함에 있어서 그리 자신 있는 반박거리가 됨직한 사실이나 논거를 내세웠던 것은 아니다. 사실인즉 약 30년 전 토마스 오버베리 살해사건 당시 런던의 시민이었다는 늙수그레한 수직공(手職工)이 하나 있었는데 이 사람이 하는 말이 뭐라고 했는지는 잊어버렸지만, 어쨌든 지금과는 다른 이름을 가진 이 의사가 오버베리 사건에 관련된 이름난 노 마술사 포먼 박사와 함께 어울리는 것을 자기가 보았다는 것이었다. 한편 이 의사는 토인에게 갇혔을 때 토인 승려들과 어울려 주문을 읽음으로써 의학의 지식을 넓혔다고 말하는 자들도 몇 사람 있었다. 당시 이 토인 승려들은 능수능란한 요술쟁이여서 번번이 마술을 부려 신통하게 병을 고쳐 준다고들 알려져 있었다. 숱한 사람들—그런데 그 중 적지 않은 사람들이 판단력이 냉철하고 관찰력이 실제적인 위인들이라면 문제가 달라져서 그들의 소견도 소중히 여겨졌을지도 모른다—은 로저 칠링워드의 얼굴은 이곳 읍내에서 사는 동안에 더욱이 딤즈데일 목사와 동거하게 된 뒤로부터 몹시 변모했다고들 장담했다. 본래 그의 표정은 의젓하고 명상적이며 학자다웠으나, 지금은 그 얼굴에 전에 볼 수 없던 추잡하고 흉악한 무엇이 어려 있어 그를 자주 바라볼수록 더욱더 뚜렷이 눈에 띄었다. 무식한 사람들의 소견에 귀를 기울이면 실험실의 불은 지옥에서 얻어다가 지옥의 땔감으로 피우는 것이라서, 그의 얼굴이 연기에 그을려 거무스름하다는 것이다.

요컨대 아서 딤즈데일 목사는 그리스도교 세계에서 각 시대마다 나타났던 남달리 신성한 여러 인물들과 매한가지로 사탄 자신이나 혹은 로저 칠링워드의 허울을 쓴 사탄의 앞잡이한테 괴로움을 받고 있다는 이야기가 널리 퍼지고 있었다. 이 악마의 앞잡이는 하느님의 허락을 받아 잠시 동안 목사와 친교를 맺고 그의 영혼을 좀먹으려고 흉계를 꾸미고 있다지만, 눈치가 빠른 사람들은 어느 쪽이 승리할 것인가는 의심할 여지도 없을 거라고 고백했다. 읍내 사람들은 철석 같은 희망을 가지고 목사가 그 싸움에서 영락없이 얻고야 말 승리의 영광으로 변모하여 돌아오기를 바라 마지않았다. 그렇

지만 목사가 승리를 바라며 싸워 나갈 때 아마도 겪어
야 할 뼈저린 고통을 생각하니 매우 가슴이 아팠다.
　아뿔사! 가엾은 목사의 두 눈 깊숙이 어리는 침울과
공포의 빛으로 미루어 보건대 그 싸움은 아마도 치열할
것이요, 그 승산 역시 확실하진 않았다.

10. 의사와 환자

　로저 칠링워드 노인은 성미가 온후한데다 따스한 애
정은 없었을망정 다정한 편이었고, 바깥 세상과의 모든
사교에서는 한결같이 순박하고 고지식한 위인이었다.
그가 무엇을 탐구하기 시작하면 제딴은 판사처럼 엄정
하고 결백하게 오직 진리를 찾는 데만 골몰하는 품이,
그가 문제삼는 건 인간의 애정이나 남한테서 받은 푸대
접 따위가 아니라 허공에 그리는 기하 문제의 선이며
도형 같은 것이 고작이라는 듯한 인상을 주었다. 그러
나 이런 탐구가 진행됨에 따라 무서운 매력이랄까, 잠
잠하면서도 줄기찬 필연성이랄까가 불현듯 노인을 손아
귀에 넣고서 분부대로 하지 않으면 좀처럼 놓아 주려
하지 않았다. 노인은 금을 찾는 광부나 혹은 시체의 가
슴에 달린 채 묻힌 보석을 찾으려고 무덤을 파는 일꾼
처럼 가엾은 목사의 가슴속을 파고 들어갔다. 그러나
무덤 속엔 썩은 시체밖엔 아무것도 없었을 것이다. 만

약 이것이 정작 그가 찾는 것이었다면 그의 영혼을 위하여 어찌 슬프지 않으랴!

이따금 의사의 눈에서 불길하게 번쩍이는 한 줄기의 파란 빛은 흡사 용광로 불의 반사 같기도 하고 혹은 《천로역정》에 나오는 산허리의 무시무시한 문간에서 뿜어 나와 순례자의 얼굴을 매만져 주던 흉측한 불길의 한 가닥 같기도 했다. 이 음흉한 광부가 일하는 땅은 아마 그의 기운을 북돋우는 무슨 표적을 나타냈는지도 모른다.

"이 사나이는……." 하고 노인은 이런 순간에 혼자 중얼거렸다. "모두 순결하다고들 여기지만—어디까지나 정신적인 인물같이 보이지만—사실은 아버지나 어머니한테서 엄청난 동물성을 물려받았어. 어디 이 방향으로 광맥을 좀더 캐어 볼까!"

그리하여 목사의 어두컴컴한 머릿속을 사뭇 파헤치고 들어가서 겨레의 복리를 바라는 고귀한 포부니 영혼에 대한 불타는 애정이니 순결한 감정이니 타고난 경건이니 하는 갖가지 고귀한 자료를 한참 뒤적거리다가—이런 것들은 사상과 연구로 북돋워졌고 하느님의 계시로 밝혀져 있었으나, 제 아무리 귀중한 가치를 지녔을망정 이 노인과 같은 탐광자에게는 한갓 초개에 지나지 않았을지도 모른다—노인은 이윽고 풀이 죽어서 다른 데로 탐색의 손길을 뻗치는 것이었다. 살그머니 조심스런 걸음걸이로 사방을 두루 살피며 더듬어 가는 노인의 태도는 선잠이 깨었거나 혹은 눈을 활짝 뜬 채 누워 있는

사람의 방으로 방주인이 소중히 여기는 보물을 훔치러
들어가는 도적과 흡사했다. 미리 조심을 했으나 방바닥
은 이따금 삐걱댔고, 옷자락이 스치는 소리가 났고, 너
무나 가까이 다가서는 바람에 그의 그림자가 방주인의
얼굴 위에 던져졌다. 달리 말하자면 신경이 날카로워서
종종 정신적 직관력이 생기는 딤즈데일 목사는 마음의
평화를 어지럽히는 무엇이 자기 신변에 덤벼들어 왔다
는 걸 어렴풋이나마 알아차리게 되었다. 그러나 로저
칠링워드 노인 역시 직관적인 지각을 가지고 있었다.
그리하여 목사가 노인한테로 소스라치게 놀란 눈길을
보낼 양이면 의사는 친절하고 주의 깊고 동정 많은, 그
러나 절대로 주제넘지 않은 친구로서 의젓이 앉아 있을
뿐이었다.

　만약에 병든 심정이 흔히 빠지기 쉬운 어떤 병적 상
태로 말미암아 딤즈데일 목사가 모든 사람을 의심하는
버릇만 없었던들 이 노인의 성격을 좀더 속속들이 살펴
볼 수 있었는지도 모른다. 목사는 아무도, 친구까지도
믿는 일이 없었기 때문에 정작 원수가 나타나도 그가
원수임을 알아차리지 못했다. 그래서 목사는 여전히 노
의사와 다정하게 사귀며, 매일같이 그를 서재로 반겨
주기도 하고 그의 실험실을 찾아가 보기도 하고 심심파
적으로 잡풀을 효능 있는 약으로 만드는 솜씨를 구경하
기도 했다.

　어느 날 목사는 한 손으로 이마를 짚고 묘지에 면하
여 열린 창문턱에 팔꿈치를 얹은 채, 마침 별 쓸모가

있을 것 같지 않는 풀 한 단을 뒤적이고 있는 로저 칠
링워드와 이야기를 나누고 있었다.

"어디서……." 하고 목사는 풀단을 곁눈질하면서 물었
다. 왜냐하면 요즈음 목사는 사람이건 물건이건 마주
보지 않는 이상한 버릇이 생겼기 때문이다. "어디서 선
생님은 이런 충충하고 시든 풀들을 모아 오셨지요?"

"바로 요 근처 묘지섭니다." 하고 의사는 일손을 멈추
지 않은 채 대답했다. "난 처음 보는 풀인데 어느 무덤
위에 자라고들 있더군요. 그 무덤엔 비석도 아무것도
없고 이런 잡풀들이 고작이었죠. 제딴엔 이 풀들이 죽
은 사람을 기념하는 구실을 맡았다는 꼴이더군요. 아마
송장의 심장에서 돋아나서 송장과 함께 묻힌 무서운 비
밀을 상징하는 건지도 모르죠. 그 작자도 살아 생전에
비밀을 고백했더라면 좋았을걸."

"아마……." 하고 딤즈데일 목사가 말했다. "그 사람
도 진정으로 고백하고 싶었으면서도 결국 못했는지도
모르죠."

"그건 또 무엇 때문일까요?" 하고 의사가 따졌다. "무
엇 때문에 고백을 못했을까요. 자연의 온갖 힘이 너무
극성스럽게 죄의 고백을 요구하는 바람에 이 충충한 풀
들이 다 무덤 속에 묻힌 가슴에서 솟아나서 숨긴 죄악
을 백일하에 드러내는 판인데?"

"그건 선생님, 당신의 망상에 지나지 않습니다." 하고
목사가 대답했다. "입바른 소리 같지만 하느님의 자비
심이 아니고서야 죽은 사람의 가슴째 묻혀 버릴지도 모

를 비밀을 입으로든 무슨 표적으로든 밝힐 수 있는 힘은 없을 겁니다. 이런 비밀을 숨김으로써 죄를 지은 가슴은 숨긴 것들이 깡그리 드러날 때까지는 그냥 감춘 채 버텨 나가는 법이지요. 나는 성경을 읽어도 인간의 생각이나 행실이 이때 밝혀진다고 해서 그게 무슨 형벌의 일부라고는 해석하지 않습니다. 그건 분명히 천박한 견해지요. 내 생각에, 큰 잘못이 없다면 이렇게 비밀을 밝힌다는 것은 온 지성인들의 지적 만족을 돋우어 주기 위한 것이겠죠. 이 사람들은 그날이 오면 암담한 이 세상 문제가 명백해지는 걸 보려고 기다린답니다. 이런 문제를 완전히 해결하려면 인간의 심중을 알아야 할 겁니다. 그리고 내 생각 같아선 당신이 운운하는 그 끔찍스런 비밀을 가진 마음은 마지막 날이 오면 마지못해서가 아니라 무척 기쁜 마음으로 그 비밀을 실토하고야 말 겁니다."

"그렇다면 어째서 그 비밀을 이승에선 고백하지 못하지요?" 로저 칠링워드는 목사를 넌지시 곁눈질하며 물었다. "무슨 까닭으로 죄 지은 자들은 말할 수 없이 흐뭇한 이 위안을 진작 누리지 못할까요?"

"왜요, 대개 그렇게 하지요." 목사는 괴로워서 가슴이 마구 뛰기라도 하는 듯이 가슴팍을 움켜쥐고 말했다. "많은 가엾은 사람들이 숨을 거두는 자리에서뿐만 아니라 한창 근력이 좋고 명망이 드높은 때인데도 나한테 고백을 하더군요. 그런데 이렇게 고백을 한 다음부터는 아아, 어쩜 그렇게도 후련해 하는지요. 그 죄 많은 형제들이 말입니다! 마치 자기의 더러운 입김으로 숨이 막혔다가 한참만에 비로소 시원한 공기를 들이쉬는 사람이나 다름없더군요. 그럴 수밖에 없지요? 무엇이 답답해서 사람을 죽인 불쌍한 작자가 당장에 시체를 내동이쳐 그 뒷치닥거릴 세상에다 맡기지 않고 자기 가슴속에다 영원히 묻어 두려 하겠습니까!"

"그러나 그렇게 비밀을 묻어 두는 사람들도 있기는 하죠." 하고 침착한 의사가 말했다.

"옳습니다. 그런 사람들이 있고말고요." 하고 딤즈데일 목사가 대답했다. "하지만 좀더 명백한 이유를 내세울 것도 없이 그 사람들은 성격 때문에 입을 다물었을지도 몰라요. 아니면—왜 충분히 짐작할 수 있지 않습니까?—설혹 죄가 있더라도 제딴에는 하느님의 영광과 겨레의 행복을 갈망하는 나머지 사람들 앞에서 자기가 흉측하고 추잡하다는 걸 차마 밝히지 못하는 거죠. 왜냐하면 일단 밝히고 나면 그 뒤론 영 선행을 할 수도 없고 선행을 한댔자 과거의 죄악을 속죄할 수도 없기 때문이죠. 그리하여 이루 말할 수 없는 괴로운 심정으로 동포들 사이를 드나들면서 갓 내린 눈같이 해맑은 체하지만 가슴속은 씻어 버릴래야 씻어 버릴 수 없는 죄악으로 온통 더럽혀져 있지요."

"그 사람들은 제 자신을 속이는 격이지요." 로저 칠링워드는 여느 때보다도 적이 강한 투로 말하면서 집게손가락을 조금 저었다. "마땅히 자기들이 당해야 할 치욕을 받기가 무서운가 보죠. 인간애니 하느님을 섬기려는 열성이니 하는 성스러운 감정은 그들의 가슴속에서 마귀와 뒤섞여 사는지도 모르고 안 사는지도 모르죠. 그들의 죄악이 문을 열고 불러들인 마귀는 가슴속에다 마귀의 씨를 퍼뜨리고 말 겁니다. 그런데 만약 그들이 하느님을 찬송하겠다면 그 더러운 손을 아예 하늘로 높이 쳐들게 해선 안 되지요! 겨레를 위해서 이바지하겠다면 스스로 겸손하게 뉘우쳐 우선 양심의 존재와 힘을 밝히도록 해야죠! 아아, 현명하고 경건한 선생님, 그래 당신은 하느님의 진리보다도 가장(假裝)이 더 낫고, 하느님의 영광과 인간의 행복을 위해서도 한결 더 보탬이 될 수 있다는 걸 내가 믿기를 바라시오? 정말이지 그런 사람들은 제 자신을 속이는 자들입니다!"

"그럴지도 모르죠." 젊은 목사는 마치 적당치 않거나 때에 맞지 않는 토론이라도 포기하는 듯이 쌀쌀한 태도로 말했다. 실상 목사는 지나치게 신경과민한 자기의 성미를 건드리는 화제라면 무엇이건 눈치빠르게 피해 버리는 재간이 있었다. "그런데 유능하신 의사 선생님께 여쭙고 싶습니다만, 당신이 허약한 이 몸뚱이를 친절히 돌보아 주신 결과 정말 내게 무슨 이로움이라도 있었다고 생각하십니까?"

로저 칠링워드가 미처 대답하기도 전에 맑고도 거침없는 어린아이의 목소리가 근처 묘지 쪽에서 들려왔다. 목사가 이내 열린 들창—여름철이었으니까—으로 내다보니 헤스터 프린과 귀여운 펄이 뜰을 가로지른 길을 따라 지나가고 있었다. 펄은 대낮처럼 아름다웠으나 마침 그 심술궂으면서도 유쾌한 기분에 사로잡혀 있었다. 이럴 때마다 펄은 동정이나 인간적 접촉의 세계에서 완전히 벗어난 사람같이 보였다. 펄은 어느 새 이 무덤에서 저 무덤으로 까불며 뛰놀다가 널따랗고 평평한 문장(紋章) 달린 어느 작고한 명사—아마도 ‘아이작 존슨—의 비석 앞에 이르자 그 위에서 춤을 추기 시작했다. 좀더 얌전하게 굴라고 달래기도 하고 애걸도 하는 어머니의 말을 따르는 듯이 펄은 춤을 멈추고 무덤가에 자란 길쭉한 우엉의 가시돋친 열매를 따모았다. 열매를 한 줌 쥐고 어머니의 가슴을 치장한 주홍글씨 둘레에 달아 주고는, 열매가 가시 때문에 떨어지자 또다시 붙여 준다. 헤스터는 우엉 열매를 떨어 버리려고도 하지 않았다.

마침 이때 로저 칠링워드가 창문께로 다가가서 미소를 머금은 무서운 낯으로 아래를 내려다보았다.

“저애는 법도 없고 권위를 존경할 줄도 모르고, 옳거나 그르거나 간에 남의 분부나 의견을 존중할 줄도 모르는 성질이거든.” 하고 그는 옆의 목사에게 건네는 듯 혼잣말인 듯 중얼거렸다. “일전엔 저애가 스프링 레인의 소 여물통이 있는 데서 하필 장관한테로 물을 뿌리는 걸 보았죠. 도대체 저애의 정체가 뭐죠? 저 요사스런 게 갈데 없는 마귀가 아닐까요? 저것도 애정이라는 걸 가졌을까요? 무슨 생존의 원칙 같은 거라도 지녔을까요?”

“천만에요, 깨진 율법의 자유밖에 아무것도 안 가졌

을걸요." 하고 조용히 대답하는 품이, 딤즈데일 목사가 이 문제를 진작부터 가슴속에서 생각하고 있었다는 기색이었다. "선한 일을 할 수 있을지는 나도 모르죠."

펄이 둘이 주고받은 이야기를 엿들었는지도 모른다. 왜냐하면 즐거움과 슬기가 뒤섞인 명랑한 미소를 장난꾸러기처럼 띠며 창문을 쳐다보고, 딤즈데일 목사한테로 가시투성이인 우엉 열매를 하나 던졌기 때문이다. 예민한 목사는 신경이 과민한 탓으로 가볍게 날아든 우엉 열매를 비키려고 움찔했다. 목사의 겁먹은 태도를 보고 펄은 신이 나서 좋아라고 조그마한 손바닥을 쳤다. 그리하여 헤스터 프린도 무심결에 위를 쳐다보았다. 이리하여 네 사람이, 젊은이도 늙은이도 하나같이 잠자코 서로를 바라보았다. 이윽고 펄이 깔깔 웃어대며 부르짖었다.

"이리 와요 엄마! 어서 와, 저기 저 늙은 마귀가 엄말 붙잡을 거야! 마귀는 벌써 목사님을 붙잡았는걸. 어서 와, 엄마. 안 오면 붙잡혀! 하지만 마귀도 난 못 잡는데!"

이렇게 어머니를 이끌고 무덤 사이를 변덕스럽게 뛰며 춤추며 깡충거리며 걸어가는 펄의 모습은 이미 세상을 떠나 묻힌 세대와는 무엇 하나 통하는 것도 없고 아무런 인연도 없다는 걸 인정하는 어떤 존재를 방불케했다. 펄은 또한 색다른 요소를 빚어서 새로이 만들어진 존재이므로 불가불 제 마음대로의 생활이 허용될 수밖에 없었고, 자기 자신이 자기를 위한 법이나 마찬가지이므로 그녀의 괴벽도 그리 죄라고 할 순 없는 그런 처지의 존재인 듯싶었다.

"저기 가는 저 여잔 말입니다," 하고 로저 칠링워드가 한참 만에 다시 말문을 열었다. "무슨 과실이 있더라도 견뎌 내기가 참 괴로울 거라고 당신이 금방 말씀하신 그 숨은 죄라는 비밀은 조금도 안 가진 사람이지요. 헤스터 프린은 가슴에 주홍글씰 달았으니까 그만큼 불행이 덜어졌으리라고 선생은 생각하십니까?"

"정말로 그러리라 믿습니다."라고 목사가 대답했다. "하지만 저 여인을 대신해서 함부로 뭐라고 대답할 순 없군요. 그녀의 얼굴엔 차라리 안 봤으면 싶은 정도의 괴로움이 어려 있어요. 그러나 비밀을 가진 자에게는 저 가엾은 여인 헤스터 프린 모양 괴로움을 마음대로 나타내는 게 가슴속에 숨겨 두는 것보다는 오히려 나을 겁니다."

또다시 침묵이 흘렀다. 이윽고 의사는 손수 모아 온 약초를 다시 뒤적거리며 챙기기 시작했다.

"당신은 조금 전에 제게 물으셨죠." 하고 의사가 입을 열었다. "선생의 건강에 관한 내 판단을?"

"네, 그랬었죠." 하고 목사가 대답했다. "들어 보았으면 좋겠습니다. 바른 대로 말씀해 주십시오, 죽든말든 상관없으니."

"그렇다면 기탄없이 말씀드리죠." 의사는 여전히 약초를 뒤적거리는 한편 딤즈데일 목사를 곰곰이 살펴보며 말했다. "병환이 좀 괴상하군요. 병 자체는 그리 대단치도 않고 별로 밖으로 나타난 것도 없습니다. 적어도 내

가 본 병 증세로 미루어본다면 말이죠. 허구한 날 당신
을 들여다보고 외모에 나타난 증세를 살핀 지 어느 새
몇 달째 되고 보니 당신을 대단한 환자로 여길 수밖에
없을 것 같아요. 하지만 유식하고 주의 깊은 의사가 고
칠 가망이 없다고 생각할 만큼 병환이 심한 건 아닙니
다. 그런데 뭐라고 해야 좋을지 병환의 정체가 알 듯하
면서도 모르겠군요."

"수수께끼와 같은 말씀이시군요, 선생님." 파리해진
목사가 창 밖을 곁눈질하면서 말했다.

"그럼 좀더 명백히 말씀드리겠습니다." 하고 의사는
말을 이었다. "그런데 용서하십시오, 선생님, 실례가 되
더라도 부득이해서 터놓고 드리는 말씀인데, 한 가지
묻겠습니다. 당신의 친구로서, 하느님의 뜻으로 당신의
생명과 육체의 행복을 도맡기로 한 자로서, 선생님은
병환의 증세를 나한테 곧이곧대로 낱낱이 밝혀 주셨던
가요?"

"어쩌면 그런 걸 다 물으시죠?" 하고 목사가 물었다.
"말은 바른 대로, 의사를 불러 놓고 아픈 델 감춘다면
그게 어린애들 장난이지 뭡니까!"

"그러면 내가 죄다 알고 있다는 말씀이시군요?" 로저
칠링워드는 몹시도 총명한 빛이 번쩍이는 눈으로 목사
의 얼굴을 슬그머니 바라보면서 조심스레 말했다. "그
래도 좋아요! 허지만 한 번만 더 실례하겠습니다! 고작
해야 신체 밖으로 나타난 증세밖에 모르는 의사는 고쳐
달라는 병환의 정체를 반밖에 모르는 수가 많지요. 육

체의 병이란 육체 자체의 병으로 그치는 것이라고들 생각하는 모양이지만, 사실은 정신적인 병환의 징후에 불과한 겁니다. 내 말이 선생님의 비위에 거슬린다면 다시 용서를 빌겠습니다. 내가 아는 사람들 가운데서 당신이야말로 육체가, 이를테면 그를 도구로 삼는 정신과 긴밀히 결합되고 혼연일체가 되어 있는 분이지요.”

“그렇다면 나는 이 이상 더 부탁드리진 않겠습니다.” 하고 목사가 의자에서 허겁지겁 일어서면서 말했다. “당신은 영혼에 사용할 구제약을 취급하시진 않는 것 같으니 말이오!”

“그래 정신의 병환은……” 하고 로저 칠링워드가 목사의 말을 못 들은 체 조금도 변함없는 말투로, 그러나 불쑥 일어나서 나지막하고 거무스름한 약간 불구인 몸뚱이를 초췌하고 창백한 목사 앞으로 다가세우면서 말을 이었다. “즉 당신의 정신에 아픈 데가 생기면 당장에 그와 관련된 병이 육체 속에 나타나게 마련이지요. 따라서 당신의 육체의 병을 의사가 고쳐 주길 바라신다면 우선 의사한테 영혼의 상처나 괴로움을 밝혀 주셔야 할 겁니다.”

“천만에요! 당신에겐 안 돼요! 속세의 의사에겐 안 될 말이죠!” 딤즈데일 목사가 휘둥그래 번득여서 어딘지 매서워 보이는 눈초릴 로저 칠링워드 노인한테로 돌리면서 버럭 소리를 질렀다. “당신에겐 어림도 없어요! 그러나 내 영혼에 정작 병이 있다면 단 하나뿐인 영혼의 의사한테 내 몸을 맡기겠소! 하느님께서 기분이 내키시면 고쳐 주실 게고 아니면 죽여 주실 수도 있겠지요! 하느님은 정의와 예지에 비추어서 가당하다고 생각하는 대로 나를 처분해 주실 겁니다. 그런데 이런 문제에 간섭하는 당신은 도대체 누구죠? 주제넘게 환자와 하느님 사이에 나서려는 당신은 대관절 누구란 말이오?"

목사는 미친 사람처럼 방에서 뛰쳐나갔다.

"이런 수를 쓴 것도 괜찮아." 로저 칠링워드는 목사의 뒷모습을 바라보며 의미심장한 웃음을 머금은 채 혼자 중얼거렸다. "사실 밑진 것도 없어. 이내 또 화해하게 될 테지. 그런데, 거참 사람도 어쩜 그렇게 화끈 달아 가지고 미친 사람 꼴이 된담! 지금 격정에 사로잡혔듯이 다른 때도 마찬가질걸! 필시 이 작자가 전에 망측한 짓을 저질렀어. 이 믿음이 두텁다는 딤즈데일 선생이 불타는 욕정을 이기지 못해서 말이야!"

둘이 전과 다름없는 처지에서 그전과 같은 친분을 다시 맺는다는 것은 어렵지 않은 일이었다. 젊은 목사는 홀로 몇 시간을 보낸 끝에 자기의 신경이 어지러워서 민망하게도 화를 버럭 냈다는 걸 깨달았다. 사실 아무리 생각해 봐도 자기의 행실의 핑계가 될 만한 건덕지를 의사의 말 속에서 찾아볼 순 없었다. 실상 목사는 자기가 특히 원했던 충고를 친절한 노 의사가 단지 직책상으로 베풀어 주었는데도 불구하고 노인을 쫓아 버린 제 자신의 난폭한 행패에 새삼 놀랐다. 이렇듯 뉘우치는 마음으로 목사는 의사에게 일찍감치 충분한 사과를 하고 치료를 계속해 달라고 부탁했다. 사실 그 치료의 덕택으로 건강의 회복엔 성공하지 못했을망정 이날 이때까지 가냘픈 생명을 지탱해 왔는지도 모른다. 로저 칠링워드도 기다렸다는 듯이 응낙하고 목사의 건강을 계속 보살펴 주었다. 여하튼 목사를 위하여 성의껏 최선을 다했으나 의사로서 환자를 만나보고 방을 물러나올 때엔 언제나 입가에 정체 모를 미소를 띠곤 했다. 딤즈데일 목사 앞에선 이런 기색은 안 보였으나 문턱을 넘어서기가 바쁘게 그 표정은 뚜렷해졌다.

"보기 드문 증세야!" 하고 그가 중얼거렸다. "더 깊이 살펴봐야겠는걸. 영혼과 육체가 이상하게 통하고 있단 말이야! 의술상의 목적만을 위해서라도 이 문제는 속속들이 캐봐야겠어!"

앞서 말한 장면이 벌어진 얼마 후의 일이었다. 대낮에 딤즈데일 목사가 의자에 앉은 채 저도 모르는 사이에 아주 깊이 잠들었다. 앞의 책상 위에는 시커먼 활자로 찍은 큼직한 책 한 권이 펼쳐진 채 놓여 있었다. 필시 독자에게 졸음을 일으키는 따위의 문학에 속하는 걸작이었을 것이다. 목사가 이처럼 깊이 잠들었다는 것은 지극히 놀라운 일이었다. 왜냐하면 목사는 평소에는 나뭇가지에서 뛰노는 작은 새 모양 가볍게, 변덕스럽게 그리고 금세라도 날아갈 듯한 겁쟁이처럼 잠자는 버릇이 있었기 때문이다. 그러나 그날따라 그의 정신은 전과는 달리 몸채 깊숙이 스며들었기 때문에 로저 칠링워드 노인이 별로 조심하지 않고 방으로 들어와도 목사는 의자에서 꼼짝도 안했다. 의사는 환자 앞으로 곧장 다가서서 환자의 가슴에다 한 손을 얹고 여태까지 늘 가슴을 뒤덮은 채 의사도 들여다보지 못하게 했던 옷을 풀어 젖혔다.

사실인즉 이때 딤즈데일 목사는 몸을 부르르 떨며 한 순간 꿈틀했다.

의사는 잠시 가만히 있다가 자리를 떴다.

이 순간 의사의 얼굴에는 놀라움과 기쁨과 무서움의 빛이 뒤섞여 있었다! 보기가 흉할 정도로 미칠 듯 기뻐하는 표정이었다. 이를테면 너무나 기쁜 나머지 눈과 얼굴만으로는 그 기분을 넉넉히 나타낼 수가 없음인지 볼품없는 온 몸뚱이가 기쁨을 내뿜는 듯했다. 그리고 미친 듯이 두 팔을 천장께로 뻗치고 방바닥에다 발을 쿵쿵 구르며 요란스레 기쁨을 나타내는 것이었다! 이처럼 기뻐서 어쩔 줄 몰라하는 로저 칠링워드 노인을 본 사람이 있었다면, 소중한 인간의 영혼이 천국에 가지 못하고 지옥살이 신세가 되었을 때 사탄이 어떤 태도를 취하는가를 구태여 남에게 물어 볼 필요도 없었을 것이다.

그러나 의사의 희열이 사탄의 그것과 다른 점은 그 기쁨 속에 한 가닥 놀라움이 깃들어 있었다는 사실이다.

11. 마음속

앞서 이야기한 일이 있은 후로 목사와 의사와의 사귐

은 겉으로는 별다름이 없었으나 실은 전과 딴판이었다. 로저 칠링워드의 지력(知力) 앞에는 아주 훤한 길이 틔었다. 실상 그 길은 자기가 더듬으려고 마련했던 것과는 생판 달랐다. 얼핏 보기에 이 가엾은 노인은 온후하고 냉철해 보였으나 요즈음엔 여태껏 잠잠히 숨어 있었던 악의가 요동했음인지 일찍이 아무도 제 원수에게 갚아 보지 못했던 무서운 복수를 생각하게 되었다. 즉, 두려움이며 양심의 가책이며 괴로움이며 보람없는 뉘우침이며 뿌리쳐도 자꾸만 짓궂게 치솟는 죄스러운 감정을 죄다 고백받을 만한 유일한 믿음직한 친구가 되고 싶었다! 세상은 마음이 너그러우니까 가엾어하고 용서했을지도 모를 죄 많은 슬픔의 비밀이 무자비하고 용서할 줄 모르는 자기에게 낱낱이 밝혀지기를 원했다! 그 불길한 보물이 바로 자기에게 아낌없이 주어지길 바랐다. 왜냐하면 그밖엔 자기가 복수의 빚을 충분히 갚을 도리가 없었기 때문이다!

목사가 수줍어하고 예민한데다가 속을 통 안 주는 바람에 이런 계획은 지장이 많았다. 그러나 로저 칠링워드는 그렇다고 해서 이와 같은 사태를 섭섭히 생각하는 기색은 없었다. 왜냐하면 이것도 하느님이 복수하는 자와 받는 자를 아울러 자기 뜻대로 이용하여 십중팔구 벌주어야 할 것을 도리어 용서하고 의사의 흉계 대신으로 마련한 결과였기 때문이다. 의사에게 하느님의 계시가 있었대도 무방했을 것이다. 그의 목적을 위해서는 그 계시가 하늘에서 왔거나 다른 데서 왔거나 별 상관이 없었다. 여하튼 계시의 덕택으로 의사는 그 뒤로부터 딤즈데일 목사와의 온갖 관계에서 목사의 외모뿐 아니라 마음속의 영혼까지도 눈앞에 나타나는 듯싶어 그 움직임을 일일이 들여다보고 이해할 수가 있었다. 그 후로 의사는 가엾은 목사의 마음속 세계에서 한갓 구경꾼이 아니라 주연배우의 구실을 하게 되었다. 그는 마음내키는 대로 목사를 희롱할 수 있었다. 고뇌의 물결로 목사를 뒤흔들어 주고 싶다면 가엾은 목사는 늘 고문대에 올라 있는 격이었으므로 고문대를 움직이는 스프링 장치만 알면 그만이었다. 의사는 이 장치를 잘 알고 있었다! 의사가 난데없이 공포를 일으켜 목사를 놀래려 들면 마치 요술쟁이가 지팡이를 휘두르자 무서운 유령이 솟아나듯이 숱한 유령들이 저마다 주검 혹은 그보다도 더 무서운 치욕의 갖가지 탈들을 쓰고 우우 몰려나와서 목사를 둘러싸고 제각기 그의 가슴을 손가락질했다.

이런 일은 모두 너무나 교묘하게 이루어졌으므로 목사도 무슨 흉악한 존재가 자기를 감시하고 있다는 걸 항상 어렴풋이 느꼈지만 그 정체가 바로 무엇인지는 좀처럼 알 수 없었다. 실상 목사는 수상하고도 무섭다는 듯이—때로는 끔찍스럽고도 몸서리나게 밉다는 듯이—약간 불구인 늙은 의사의 모습을 슬그머니 바라보곤 했다. 목사의 눈에는 의사의 몸짓이며 걸음걸이며 희끗희끗한 턱수염이며 자질구레하고도 무관심한 행동이며 옷차림새까지가 하나같이 밉살스러웠다. 이로 미루어 볼 때 목사 자신이 선뜻 인정할 수 있는 이상의 심각한 반감이 심중에 싹트고 있다는 것을 어렴풋이 알 수 있었다. 딤즈데일 목사는 이러한 의심과 혐오의 이유를 꼬집어 낼 수가 없으므로 가슴의 한 구석을 좀먹는 독소가 온 가슴속에 퍼지고 있는 줄 알고 자기의 모든 예감도 바로 그 때문이라고만 생각했었다. 목사는 로저 칠링워드에게 언짢은 감정을 품은 것에 대해서 제 자신을 나무라는 동시에 그런 감정 속에서 얻었을지도 모를 가르침을 따르기는커녕 최선을 다해서 뿌리째 없애 버리려고 했다. 목사는 이 뜻을 이루진 못했을망정 무슨 주의(主義)처럼 전과 다름없이 노 의사와 사귀어 친분을 두텁게 했다. 그 결과 도리어 의사에게 흉계를 성취할 수 있는 기회를 항상 주었다. 이 흉계를 위하여 복수자는 온갖 힘을 다 기울이고 있었지만 실은 그가 노리는 자보다도 한층 비참한 신세였다. 하긴 의사도 물론 가엾고 외로운 사람이었지만, 이렇듯 육체의 병으로 고민하고 암담한 영혼의 고뇌에 시달리고 불공대천의 원수의 흉계에 사로잡혀 있으면서도 딤즈데일 목사는 성직자로서 명망이 자못 드높았다. 사실 그 명망은 대부분 슬픔으로 해서 얻어진 것이었다. 목사의 타고난 지혜며 도의적인 지각이며 감정을 느끼고 전달하는 힘은 일상 생활에서의 가책과 고뇌로 말미암아 비상하게 활발히 작용하고 있었다. 날로 높아가는 그의 명망은 몇몇 고명한 자도 섞여 있는 동료 목사들의 명성을 벌써 무색하게 할 정도였다. 이 목사들 가운데엔 딤즈데일 목사의 생애보다도 더 장구한 세월을 바쳐 성직에 관한 심원한 학문을 닦았기 때문에 이 젊은 형제보다도 그 견실하고 가치 있는 학식에 조예가 깊다고 해도 과언이 아닐 학자들도 섞여 있었다. 그리고 딤즈데일 목사보다 바탕이 야무진 정신과 날카롭고도 무쇠나 화강석같이 굳건한 이해력을 훨씬 많이 지닌 자들도 있었다. 이런 이해력에다 상당한 분량의 교의(敎義)를 적당히 배합하면 매우 훌륭하고 유능하나 무뚝뚝한 종류의 목사가 생겼다. 또한 그 능력이 많은 서적을 고달프게 뒤적거리며 꾸준히 사색하는 통에 알뜰히 달구어진데다 더 나은 세상과의 정신적인 교류로 말미암아 영화(靈化)된 진실로 성도다운 교부들도 있었다. 이 성자들의 생활은 너무나 성스러워서 몸에는 인간의 옷을 걸쳤지만 더 나은 세상으로 들어갈 차비가 거의 다 되어 있는 성싶었다.

그런데 이들에게 모자라는 것이 하나 있었으니, 그것은 성령강림제8)에 뽑힌 그리스도의 제자들에게 불[火]의 혀로서 강림했던 재주였다. 이것은 낯선 남의 나라 말로 말하는 언변이 아니라 가슴속에서 우러나오는 말로 온 인류에게 건네는 언변을 뜻했을 것이다. 이들 교부는 다른 점으로 보아선 갈 데 없는 사도감들이었으나 공교롭게도 하느님이 맨 나중에 주시는 귀중한 성직자 증명서 격인 '불의 혀'를 갖지 못했다. 그들은—제아무리 원했던들—알기 쉬운 말과 형상이라는 가장 비근한 수단으로 고원한 진리를 표현하려 들었댔자 소용이 없

---

8) 역주:그리스도 수형 후 50일째 그 제자에게 성령이 강림한 날

었을 것이다. 그들의 음성은 그들이 늘 살고 있는 드높은 데서 까마득히 희미하게 들려왔다. 딤즈데일 목사는 성격상의 여러 특징으로 미루어 보아 자연 후자의 무리에 속하는 위인임에 틀림없었다. 목사가 짊어지고 허덕여야 했던 죄악이나 고뇌의 무거운 짐이 방해가 되지 않았다면 그는 숭고한 신앙과 신성의 산꼭대기에 벌써 다다랐을 것이다. 바로 그 때문에 딤즈데일 목사는, 즉 천국에 갈 소질이 풍부한 목사는 아주 얕은 데서 허덕이고 있었다. 사정만 달랐더라면 천사들도 그의 목소리에 귀를 기울이고 대답을 해주었을지도 모른다! 그러나 죄 많은 형제들에게 깊은 동정을 가지게 한 것은 바로 이와 같이 무거운 짐이 있었기 때문이었다. 목사의 마음은 형제들과 함께 떨기도 하고 그들의 괴로움을 받아들인 다음 제 자신의 괴로움의 물결을 슬프고도 박력 있는 웅변에다 담고 수많은 형제들의 가슴속으로 뿜어 넣어 주기도 했다. 언제나 설복의 힘이 넘쳤고 때로는 무시무시할 정도였다! 사람들은 저들을 이처럼 감동시키는 것이 도대체 무엇인지 알 도리가 없었다. 그들은 이 젊은 목사야말로 신성이 빚어낸 기적이라고들 여겼다. 그리고 슬기와 나무람과 사랑에 관한 하느님의 복음을 전달하는 자라고도 생각했다. 그들의 눈에는 목사가 거니는 땅바닥까지도 신성해지는 듯싶었다. 교회의 처녀들은 목사의 둘레에 서면 얼굴이 창백해졌다. 종교적 감정에 몹시도 물든 연정에 사로잡힌 처녀들은 그 연정이 곧 종교인 줄 알고 훌륭한 제물인 양 새하얀 가슴속에 안은 채 제단 앞에 버젓이 내바쳤다. 신도 가운데 늙은 축들은 제 자신들이 노쇠해서 주름살이 쪼글쪼글한데도 딤즈데일 목사의 나약한 신체를 보고 목사가 자기들보다 먼저 세상을 떠나려니들 생각했음인지, 죽거들랑 늙은 뼈다귀를 젊은 목사의 성스러운 무덤 가까이에다 묻어 달라고 어린 자식들에게 신신 당부했다. 그런데 이 동안 내내 딤즈데일 목사는 제 자신의 무덤을 생각하며 그 무덤 위엔 제대로 풀이 돋아날까 어떨까 하고 제 자신에게 묻곤 했다. 왜냐하면 필시 저주받은 무엇이 그 무덤 속에 묻혀야겠기 때문이다.

뭇사람들이 목사를 존경하기 때문에 오히려 그가 느끼는 괴로움이란 이루 짐작할 수도 없었다. 진리를 존중하고 무엇이나 생명 속의 생명인 양 신성한 본바탕을 속에 지니지 않은 것은 한갓 그림자요, 아무런 무게나 가치도 없는 것이라고 여기는 게 그의 거짓 없는 진심이었다. 그러면 목사의 정체는 도대체 무엇이었을까? 실체였을까? 아니면 뭇그림자 가운데서도 그 중 희미한 그림자였을까? 목사는 강단에서 목청을 돋우어 신도들에게 자기의 정체를 밝혀 주고 싶었다.

"여러분들이 보시다시피 검은 목사 차림을 한 이 사람은, 신성한 강단에 올라서 창백한 얼굴로 하늘을 우러러보며 여러분들을 대신해서 전지전능하신 하느님과 더불어 사귀어야 할 이 사람은, 길을 걸을 적마다 한 가닥 빛을 남기고 이 빛을 등불삼아 뒤따라오는 순례자들을 천국으로 이끌어 주려니들 생각하시는 이 사람은,

당신네 자녀들 위에 세례의 손길을 얹었던 이 사람은, 숨을 거두는 여러분의 친구들에게 마지막 기도를 올려 주면 마지막 아멘 소리가 막 등지고 온 세상에서 희미하니 들려오게 해준다는 이 사람은, 여러분들의 목사라고 그처럼 존경하고 믿어 주시는 이 사람은 사실은 몽땅 썩어빠진 거짓말쟁이입니다!"

딤즈데일 목사는 이번에 강단에 올라서면 이와 같이 말하지 않고선 절대로 층계를 내려오지 않겠노라고 제 자신에게 다짐한 적이 한두 번이 아니었다. 헛기침을 하고 떨면서 긴 한숨을 깊이 들이쉰 적도 한두 번이 아니었다. 그리고 들이쉰 숨을 다시 내쉬면 그 숨 속엔 영혼의 흉측한 비밀이 어려 있었다. 한 번 이상—아니 몇백 번도 더—그는 정작 말을 했었다! 분명히 말을 했었다! 그런데 어떻게 말했었을까? 목사는 자기가 아주 비열하기 이를 데 없는 자요, 극악무도한 죄인이요, 침 뱉을 사람이요, 상상할 수 없을 만큼 간악한 자라고 하며 자기의 더러운 몸뚱이가 전지전능하신 하느님의 불길 같은 노여움으로 말미암아 날로 시들어 가는 걸 사람들이 보고도 모르다니 이상한 노릇이라고 신도들에게 말했었다! 이보다 더 솔직한 설교가 세상에 달리 있었을까? 그리하여 신도들은 깜짝 놀라 의자에서 일시에 벌떡 일어나서 그가 더럽힌 강단에서 목사를 끌어내리려고들 하진 않았었는지? 그러나 정작 그렇진 않았다! 신도들은 한 마디도 남김없이 다 듣고서도 목사를 더욱 존경할 따름이었다. 목사가 자기 스스로를 책망하는 그

말 속에 얼마나 끔찍스런 뜻이 숨어 있는가를 신도들은 전혀 짐작하지 못했다. "믿음이 깊은 젊은이!" 하고 그들은 저희들끼리 말할 따름이었다. "지상의 성자이셔! 아아, 목사님은 자신의 해맑은 영혼 속에 그처럼 심각한 죄악의 그림자를 살피시니 당신이나 내 영혼은 얼마나 끔찍스런 꼴로 보이겠소!" 목사는—교묘하면서도 뉘우칠 줄 아는 위선자였으나—자기의 막연한 고백이 신도들 눈에 어떻게 비칠 것인가를 잘 알고 있었다. 목사는 죄 지은 양심을 밝힘으로써 제 자신을 속이려 했으나 도리어 또 하나의 죄와 자기 스스로 인정한 치욕을 얻었을 뿐, 잠시나마 제 자신을 속였다는 안도감을 맛보지는 못했다. 그는 진정 거짓 없는 진리를 말했으나 그 진리를 도리어 갈 데 없는 거짓으로 변하게 한 셈이었다. 그러나 목사는 성질상 남달리 진실을 사랑하고 거짓을 미워했다. 따라서 비참한 제 자신을 무엇보다도 싫어했다.

목사는 마음속의 고뇌를 이기지 못하여 그가 나면서부터 자라오는 동안 내내 익혀 온 교회의 훌륭한 가르침보다도 옛날 로마교의 부패한 신앙에 알맞는 행동을 하게 되었다. 딤즈데일 목사의 벽장 속에는 피비린내 나는 회초리가 쇠로 잠겨져 있었다. 신교도 가운데 청교도인 딤즈데일 목사는 제 어깨에다 마구 회초리질을 했다. 회초리질을 하면서 제 자신에 대해 쓰디쓰게 웃어댔고 또 웃는 바람에 더욱더 모질게 회초리를 대곤 했다. 믿음이 두터운 뭇청교도들처럼 그도 역시 단식을 하는 버릇이 있었다. 그네들처럼 육체를 정화시켜 하늘의 광명을 받아들이기에 좀더 알맞게 하려는 때문이 아니라 죄 갚음을 하는 일종의 고행으로 모질게 두 무릎이 떨릴 때까지 했었다. 목사는 또 날마다 밤을 새워가며 기도를 올리기도 했다. 때로는 칠흑 같은 어둠 속에서, 때로는 희끄무레한 등불 밑에서, 때로는 거울 속에다 밝은 빛을 던져 놓고 그 속에 비친 제 얼굴을 들여다보면서 철야 기도를 했다. 목사는 자기를 항상 괴롭히는 내성(內省)을 이렇게 표현했지만 육체가 정화되지는 않았다. 철야 기도가 오래 가면 번번이 머릿속이 빙빙 도는 듯하고 눈앞에서는 무슨 환상이 가물거렸다. 그 환상은 어렴풋이나마 그 자체가 품는 희끄무레한 빛으로 해서 방 저 한 귀퉁이 어두운 데서 보이기도 하고 목사 바로 곁의 거울 속에 좀더 뚜렷하게 보이기도 했다. 한 무리의 마귀처럼 이를 드러내고 히죽거리며 파랗게 질린 목사를 비웃어대고 따라오라는 듯이 손짓을 하는가 하면, 한 무리의 눈부신 천사처럼 처음에는 슬픔에 가득 차 무거워 보였으나 하늘로 높이 날아가는 동안에 차츰 홀가분해지는 듯 보이기도 했다. 그러자 이미 세상을 떠난 젊었을 때의 친구들이며 성자처럼 상을 찌푸린 턱수염이 새하얀 아버지며 얼굴을 모로 돌리고 지나가는 어머니의 모습이 연거푸 나타났다. 어머니의 유령—너무도 희미한 어머니의 환상—그래도 아들에게 연민의 눈길이나마 던져 줄 법도 한 어머니였으련만! 이번에는 이 따위 유령들을 생각하느라고 무서워진 방안을 헤스터 프린이 주홍빛 옷을 걸친 펄을 데리고 스르르 지나갔다. 펄은 처음엔 헤스터의 가슴팍 주홍글씨를 손가락질하더니 뒤이어 목사 자신의 가슴을 가리켰다.

이런 환상들에게 목사가 아주 속아넘어간 적은 없었다. 어느 순간에도 목사는 의지의 힘으로 안개처럼 몽롱해도 실체를 분간하여, 이것들이 저기 저 조각 장식이 있는 떡갈나무 탁자나 가죽을 씌우고 놋쇠조각으로 쥔 네모난 큼직한 성경처럼 실제로 존재하는 것이 아니라는 걸 확신했다. 그럼에도 불구하고 그것들은 어떤 의미에서는 가엾은 목사가 지금 상대한 것들 중에서 가장 진실되고 실질적인 것이었다. 우리 주변의 온갖 현실에서 하느님이 정신의 기쁨과 자양분이 되도록 마련하신 진수(眞髓)와 본체를 빼앗긴다는 것은 목사처럼 거짓 삶을 사는 자에게는 이루 말 할 수 없는 불행이었다. 진실하지 않은 자에게는 온 우주가 거짓이요, 허무요, 붙잡기가 무섭게 아무 흔적도 남지 않는 것이다. 그리고 목사 자신도 거짓의 빛을 쏘이면 그림자가 되어 버리거나 아주 자취를 감추어 버리고 만다. 딤즈데일 목사로 하여금 이 세상에 실재하는 존재가 되게 하는 오직 하나의 진실은 그의 영혼 속의 고뇌와 그 용모에 역력히 엿보이는 고뇌의 자취였다. 그가 웃음을 띠고 즐거운 표정을 지을 줄 알았다면 딤즈데일이란 사람은 벌써 자취를 감추어 버렸을 것이다.

우리가 잠깐 비치기만 하고 자상히 묘사하질 못했던 그 흉측한 밤이나 별로 다르지 않은 어느 날 밤, 목사

는 의자에서 퍼뜩 일어섰다. 무슨 새로운 생각이 문득
머리에 떠올랐기 때문이다. 그 생각대로 한다면 혹시
잠시나마 마음이 편해질는지도 모른다. 목사는 교회로
예배를 보러 갈 때와 똑같이 조심스레 옷을 차려입고
층층대를 슬며시 내려와서 문을 열고 밖으로 나갔다.

12. 목사의 밤새움

　이를테면 몽롱한 꿈속에서 헤매듯, 그리고 마치 일종
의 몽유병에라도 걸린 양 거닐어서 딤즈데일 목사는 오
래 전에 헤스터 프린이 난생 처음 군중들 앞에서 몇 시
간 모욕을 당했던 그 장소에 다다랐다. 기나긴 7년 동
안에 모진 비바람과 햇볕에 시달려 우중충하게. 더럽혀
진데다. 그후에 오르내린 수많은 죄수들의 발굽 밑에 닳
아진 그 당시 그대로의 처형대가 예나 다름없이 교회당
발코니 아래 서 있었다. 목사가 층층대로 올라갔다.
　5월 초순의 어느 어스름 밤이었다. 한결같이 시커먼
구름의 장막이 하늘 꼭대기에서 지평선까지를 온통 뒤
덮었다. 헤스터 프린이 벌을 받는 동안 구경나와 섰던
바로 그 사람들이 다시 불려나왔더라도 캄캄한 한밤중
이라서 처형대 위에 있는 사람의 얼굴이며 모양을 알아
보진 못했을 것이다. 읍내는 온통 잠들었으므로 발견될
위험도 없었다. 목사가 마음이 내킨 김에 먼동이 터서

동녘이 불그레 물들 때까지 계속 처형대 위에 서 있더라도 별다른 위험은 없고, 고작해야 축축하고 싸늘한 밤공기가 그의 몸뚱이에 스며들어 류머티즘을 일으켜 사지를 뻣뻣하게 하고 목구멍을 기침으로 막히게 하며, 따라서 이튿날의 기도와 설교를 고대하는 신도들의 기대를 어길 따름이었을 게다. 목사가 밀실에서 피투성이인 회초리를 휘드르는 걸 본 그 잠잘 줄 모르는 작자 외엔 아무도 그를 볼 수 없었다. 그러면 목사는 무엇때문에 여길 왔단 말인가? 참회를 흉내를 내려는 심산이었을까? 물론 흉내내었지만 그 흉내 속에서 목사의 영혼은 제 자신을 희롱하는 것이었다! 그것은 천사들이 보고 낯을 붉히며 우는 반면에 마귀들이 비웃어대며 좋아할 그런 흉내였다! 목사는 어디든지 자기를 뒤따라다니는 '회개'의 충동에 쫓기다 못해 여기까지 이끌려 왔으나, '회개'의 누이동생이자 막역한 친구인 '비겁'은 초조하게 막 고백하려는 순간 영락없이 그를 떨리는 손아귀로 움켜쥐고 잡아당겼다. 가엾고 비참하기 이를 데 없는 사나이! 무슨 권리가 있대서 이처럼 나약한 사나이가 죄악의 무거운 짐을 짊어져야 하는가? 죄악이란 신경이 무쇠같이 강해서 견뎌 내든지, 혹은 그 죄악의 짐이 너무나 살에 배겨 참을 수 없으면 좋은 목적을 위하여 매섭고 잔인한 힘을 쏟고 죄악을 당장에 내동댕이 치든지, 어쨌든 그 둘 중 하나를 택할 수 있는 사람들이나 차지할 물건이다! 누구보다도 마음이 연약하고 섬세한 목사는 이리도 저리도 할 능력이 없으면서도 이랬다 저랬다 흐지부지하는 바람에 마침내는 하느님을 업신여기는 죄의 괴로움과 보람없는 회개의 괴로움이 풀어 헤칠 수 없게 뒤엉키게 되었다.

 그래서 이렇듯 보람없는 속죄의 흉내를 내며 처형대 위에 서 있는 동안, 딤즈데일 목사는 마치 온 우주가 그의 벌거숭이 가슴 바로 심장 위에 있는 주홍빛 표적을 들여다보고라도 있는 듯이 극심한 공포에 사로잡혔다. 실상 거기엔 오래 전부터 독기 품은 이빨에 쏠리우는 듯한 육체의 고통이 있었고 지금도 여전했다. 의지의 노력도 억누를 힘도 없이 그는 드높게 소리를 질렀다. 그 외침은 밤하늘을 타고 사방으로 우렁차게 흘러서 집집마다에 부딪혀 반향을 일으켰고 읍 뒷산에서도 되울려 왔다. 마치 마귀떼들이 그 울림 속에 가득 찬 불행과 공포를 발견하자 좋아라고 그 소리를 장난감삼아 이리 던지고 저리 던지는 것 같기도 했다.

 "기어코 해버렸어!" 목사는 두 손에 얼굴을 파묻고 중얼거렸다. "온 읍내가 벌통처럼 뒤집히고 뭇사람들이 헐레벌떡 뛰쳐나와 여기 있는 날 발견하고야 말걸!"

 그러나 사실은 그렇지 않았다. 아마도 이 고함 소리는 제풀에 놀란 목사의 귀에는 사실보다 훨씬 우렁차게 들렸을 것이다. 읍내 사람들은 잠에서 깨지 않았다. 혹시 잠이 깼더라도 선잠이 깼을 터이니 그 고함 소리를 꿈결에 본 무서운 것의 소리나 왁자지껄하는 마귀들의 소리려니 생각했다. 당시엔 사탄과 함께 거류지나 외떨어진 오두막집 상공을 나는 마녀들의 소리가 번번이 들렸었다. 그리하여 목사는 조금도 소란스러워지는 기척이 없었으므로 두 눈을 뜨고 주위를 휘둘러보았다. 한길 위 저만큼에 있는 벨링엄 장관 댁 들창 한 군데에는 노 장관의 모습이 보였다. 한쪽 손에는 램프를 들고 머리에는 하얀 잠모자를 쓰고 희고 길다란 잠옷을 걸친 장관은 흡사 무덤에서 불려나온 유령과도 같았다. 고함 소리에 놀랐음이 분명했다. 장관 댁 다른 들창에도 역시 램프를 든 장관의 동생 히빈즈 노파가 보였는데, 그처럼 거리가 먼데도 램프 불로 해서 그녀의 심술궂고 불만스러운 얼굴 표정이 환히 바라다보였다. 그녀는 창살 사이로 머리를 비죽 내밀고 불안스레 하늘을 쳐다보았다. 의심할 나위 없이 이 늙수그레한 마녀는 딤즈데일 목사의 고함 소리와 수많은 메아리 소릴 듣고 마귀와 마녀의 왁자지껄하는 소리려니 생각했다. 히빈즈 노파가 이들과 숲속을 싸다닌다는 이야긴 잘 알려진 사실이었다.

벨링엄 장관의 램프 불빛을 보기가 무섭게 노파는 자기의 램프 불을 끄고 사라졌다. 아마 구름 속으로 날아갔는지도 모른다. 목사의 눈에는 노파의 거동이 다시는 보이지 않았다. 장관은 조심스레 어둠 속을 살펴본 다음―절구 속 모양 아무것도 보이지 않았다―들창가에서 자취를 감추었다.

목사는 적이 마음이 가라앉았다. 그러나 멀찌감치서 이쪽으로 다가오는 희끄무레한 조그만 등불이 이내 눈에 띄었다. 그 등불은 기둥이며 정원 울타리며 살창이며 물이 가득 찬 통이 달린 펌프며 무쇠 노커9)가 달리고 문 앞 층층대삼아 거친 통나무가 놓인 아치형의 떡갈나무 문을 여기저기 비춰 살펴보았다. 딤즈데일 목사는 지금 들려오는 발소리를 따라 제 생명의 끝장이 슬며시 다가오고 있다는 것과 잠시 후에 저 등불이 자기를 비춰 오래 숨겼던 비밀을 들추어 내리라는 걸 굳게 확신하면서 이런 장면을 놓칠세라 일일이 살펴보고 있었다. 등불이 다가옴에 따라 둥그렇게 퍼진 불빛 속에 목사들의 어버이자 소중한 벗인 윌슨 목사의 모습이 보였다. 딤즈데일 목사가 짐작컨대 윌슨 목사는 누가 숨을 거두는 자리에서 마지막 기도를 올리고 돌아오는 모양이었는데, 사실 그렇기도 했다. 윌슨 노 목사는 조금 전에 이승에서 천국으로 떠난 윈스럽 장관이 운명한 방에서 돌아오는 길이었다. 윌슨 목사는 옛 성자다운 사람들처럼 이 암담한 죄악의 밤 속에서 빛나는, 휘황한 후광에 휩싸인 채 마치 세상을 떠난 장관이 영광을 물려 준 듯이 그리고 순례자가 득의만면해서 천국의 문으로 들어가는 걸 보고자 하늘을 우러러보는 통에 제 자신도 아득히 비쳐 오는 천국의 빛을 온몸에 받은 듯이, 요컨대 윌슨 목사는 마침 등불로 발 밑을 비추면서 집으로 돌아가는 길이었다! 사실은 희뿌연 등불빛이 딤즈데일 목사에게 이런 엉뚱한 생각을 머금게 했었다. 그는 슬며시 웃음이 나왔다. 아니 그런 생각을 비웃는 듯 싶었다. 이윽고 내가 미치지나 않을까 하는 생각이 불

---

9) 현관문에 달린 문 두드리는 쇠.

현듯 머리에 떠올랐다.

윌슨 목사가 한쪽 손으로 제네바 클로크를 바짝 당겨 여미고 다른 쪽 손으로 등불을 가슴 앞에 쳐든 채 처형대 앞을 지나치는 순간 딤즈데일 목사가 말문을 열지 않고선 배길 수 없었다.

"안녕하십니까, 윌슨 목사님! 자, 어서 이리 올라오십시오. 그리고 저와 함께 재미있는 시간을 보내시지요!"

하느님 맙소서! 그래 딤즈데일 목사는 진짜로 이런 말을 했단 말인가? 한순간 정말 이렇게 말했노라고 그는 믿었다. 그러나 사실은 머릿속에서 말했을 따름이었다. 윌슨 목사는 발밑의 진창길을 조심스럽게 살필 뿐 단 한 번도 죄많은 처형대를 돌아다보지 않은 채 느린 걸음걸이로 계속 걸어가고 있었다. 희미한 등불이 아주 사라지자 온몸의 맥이 풀림으로써 목사는 조금 전의 몇 순간이야말로 끔찍스런 불안이 극도에 다다랐던 때였음을 깨달았다. 하기야 무심결에 고약스런 장난으로 잠시나마 마음을 홀가분하게 하려고 했었지만.

뒤이어 또다시 소름끼치는 장난 기분이 그의 사념이 빚어낸 엄숙한 환각 속으로 슬며시 스며들었다. 몸에 익숙지 않은 냉랭한 밤공기 때문에 사지가 뻣뻣해져 처형대 층층대를 내려갈 수 있을는지 자못 의심스러웠다. 먼동이 트면 여기 서 있는 내가 발견될 것이다. 동네 사람들이 잠을 깨기 시작할 테지. 먼저 깨어 희뿌연 아침 놀 속으로 뛰쳐나온 사람이 치욕의 처형대 위에 우뚝 선 사람의 어슴푸레한 모습을 발견하겠지. 그러면 놀라움과

호기심 때문에 어쩔 줄 모르고 미친 듯이 집집마다 문을
두드려 모두 끌어낸 뒤 죽은 죄인의 유령—필시 유령이
려니 생각할 테지—을 구경하라고 야단법석일 게다. 이
윽고 아침 햇빛이 차차 짙어지면 나이 많은 가장(家長)
들은 저마다 플란넬 겉옷 바람으로 허겁지겁 일어나고
아낙네들은 잠옷을 갈아입을 경황도 없이 법석이겠지.
여태까지 머리칼 하나 흩어진 꼴을 남한테 보인 적이 없
는 단정한 축들이 간밤에 꿈자리가 사나웠는지 어지러
운 표정으로 떼를 지어 군중들 사이로 나오겠지. 벨링엄
노 장관은 제임스 왕조풍의 주름깃을 비뚤어지게 단 채
무서운 낯으로 스커트 자락에, 숲속의 나뭇가지가 붙은
히빈즈 노파가 밤새 싸다녔기 때문에 한잠도 이루질 못
해서 유달리 시큰둥한 표정으로, 윌슨 목사는 임종의 자
리에서 밤을 새우다시피한 뒤 겨우 눈을 붙이고 영광스
런 성자들의 꿈을 꾸다가 새벽같이 잠이 깨인 바람에 기
분이 언짢은 채 나올 것이다. 게다가 딤즈데일 목사의
교회 장로이며 집사들도 그리고 목사를 존경하는 나머
지 순결한 가슴속에 그를 위하여 성당을 마련한 앳된 처
녀들도 허겁지겁 허둥대는 바람에 목도리로 가슴을 가
릴 경황도 없이 달려들 오겠지. 요컨대 온 장안 사람들
이 문지방에 걸릴 뻔하면서 처형대 둘레로 모여들어 놀
라움과 공포에 싸인 얼굴로 쳐다볼 것이다. 그들은 붉은
동녘 햇빛을 이마에 받고 거기에 선 사람을 도대체 누구
로 알았을까? 치욕을 이기지 못한 채 꽁꽁 얼어 빈사
상태가 되어 헤스터 프린이 일찍이 올라섰던 자리에 서

있는 것은 아서 딤즈데일 목사가 아니고 누구였으랴!

눈앞에 벌어진 기괴하고도 무서운 장면에 넋을 잃은 목사는 무심결에 한바탕 껄껄 웃어대고는 소스라치게 놀랐다. 웃음소리에 답하는 양 뒤이어 공기처럼 경쾌한 어린아이의 웃음소리가 들렸다. 목사는 가슴이 오싹하면서—몹시 괴로워선지 반가워선지는 알 수 없었으나—그 속에 귀여운 펄의 목소리를 느꼈다.

"펄! 귀여운 펄!" 하고 목사가 잠시 가만히 있다가 외치고 낮은 음성으로, "헤스터! 헤스터 프린! 당신 아니오?"

"저예요, 헤스터 프린이에요!" 하고 그녀는 놀란 소리로 대답했다. 이윽고 헤스터가 지나가던 길에서 목사 쪽으로 다가오는 발소리가 들렸다. "저하고 펄이에요!"

"어디서 오는 길이오, 헤스터?" 하고 목사는 물었다. "웬일로 여길?"

"돌아가신 분이 계셔서." 하고 헤스터 프린이 대답했다. "윈스럽 장관이 운명을 하셔서 거기서 옷 기장을 재 가지고 막 집으로 돌아가는 길이에요."

"이리 올라와요, 헤스터, 펄도 같이." 하고 딤즈데일 목사가 말했다. "당신네들은 전에 올라왔던 적이 있었지. 그땐 내가 옆에 없었지만. 자, 한 번만 더 이리 올라와요, 그럼 우리 셋이 나란이 설 수 있잖소!"

헤스터는 말없이 층층대를 올라 펄의 손목을 잡고 처형대 위에 섰다. 목사도 펄의 손을 더듬어 쥐었다. 손을 쥐자마자 자기와는 딴판인 새 생명이 줄기차게 솟구쳐 그의 심장 속으로 밀물처럼 밀려들어 온몸의 핏줄로 재빨리 퍼져나가는 기분이었다. 마치 두 모녀가 저들의 따스한 생명을 목사의 거의 마비된 오장육부에 부어 넣어 주는 것인가도 싶었다. 세 사람은 이를테면 전기가 통한 쇠사슬과도 같았다.

"목사님!" 하고 펄이 속삭였다.

"왜 그러니 응?" 하고 딤즈데일 목사가 물었다.

"내일 정오에 엄마하고 나하고 셋이서 같이 여기 서 주실래요?" 하고 펄이 물었다.

"아냐! 그건 안 돼, 펄!" 하고 목사가 대답했다.

왜냐하면 이때 용솟음친 새로운 기운과 더불어 뭇사람들에게 비밀을 드러내길 꺼리던 온갖 공포심—지금까지 한시도 떠날 줄 모르던 괴로움이었다—이 되살아났기 때문이다. 목사는 자기도 한 몫 끼게 된 야릇한 기쁨을 느끼면서 셋의 연결을 생각하고 벌써 떨고 있었다.

"그건 안 돼, 펄. 내일은 아니라도 어느 날이고 너희 엄마랑 너랑 정말 같이 서주마."

펄은 웃으면서 손을 빼려 했으나 목사는 놓칠세라 꼭 쥐었다.

"조금만 더 펄!" 하고 그가 말했다.

"하지만 약속을 해주시겠어요," 하고 펄이 물었다. "내일 정오에 내 손과 엄마 손을 쥐어 주시겠다고?"

"내일이 아니라 펄," 하고 목사는 말했다. "다른 때에."

"다른 때라니요?" 하고 펄이 되물었다.

"저 마지막 심판날에 말이야." 하고 목사가 속삭였다.

이상하게도 자기가 진리를 의무삼아 가르치는 자라는

의식으로 말미암아 목사는 어린아이에게 이렇게 대답했던 것이다. "그날 그 심판의 자리에서 너희 엄마하고 너하고 나는 함께 서야겠지만, 이 세상의 햇빛 아래선 셋이 설 수 없어!"

펄이 다시금 웃었다.

그러나 딤즈데일 목사가 미처 이야기 끝을 맺기도 전에 구름에 뒤덮인 하늘 사면 팔방으로 한 줄기 빛이 번쩍였다. 밤하늘을 지켜보는 사람들이 종종 볼 수 있듯이 망망한 허공 속에서 불타다 쇠진하는 유성의 조화일 게 분명했다. 그 광채가 하도 강해서 하늘과 땅 사이에 자욱이 낀 구름을 골고루 환히 비춰 주었다. 큼직한 궁륭형의 하늘은 둥근 지붕 모양의 커다란 램프처럼 환해졌다. 그 광채 때문에 길거리의 눈익은 장면이 대낮처럼 환히 그러나 낯익은 장면에다 낯선 빛을 비췄을 때처럼 무시무시하게 보였다. 불룩하게 치솟은 이층과 괴상한 박공 꼭대기가 있는 목조건물들이며, 둘레에 일찌감치 풀이 돋은 문앞 층층대와 문지방이며, 갓 파헤쳐 놓은 흙이 시커먼 정원이며, 장터 안인데도 양쪽 가장자리에 푸른 풀이 자라고 조금 팬 마찻길 등등이 골고루 보였다. 하나같이 괴상한 인상을 풍겨 이 세상 것들에게 그전과는 딴판인 정신적 해석을 주는 것 같았다. 그리고 목사는 가슴에 손을 얹은 채, 헤스터 프린은 가슴팍에 희뿌옇게 빛나는 수놓은 글씨를 단 채, 펄은 둘을 얽매어 주는 무슨 상징인 양 제각기 서 있었다. 셋은 이상하게도 장엄스런 대낮 같은 광채에 휩싸여 서 있었는데 이는 온갖 비밀을 들추어 내는 빛이나 인연이 있는 자들을 끼리끼리 그런데 뭉치게 하는 여명 같았다.

어린 펄의 눈 속에는 마력이 어렸고, 목사를 쳐다보는 얼굴에는 번번이 새끼 요정같이 보이게 하는 장난스런 웃음이 담겨 있었다. 펄은 딤즈데일 목사의 손아귀에서 손을 빼어 한길 건너를 가리켰다. 그러나 목사는 가슴 앞에 두 손을 깍지낀 채 하늘 꼭대기를 우러러보았다.

이 당시에는 일월(日月)의 출몰처럼 정기적으로 일어나지 않는 유성의 출현이나 그밖의 자연 현상을 초자연의 존재가 베푸는 갖가지 계시라고들 예사롭게 여겼다. 따라서 한밤중 하늘에 나타나는 불길을 뿜는 창검이나 활이나 화살은 인디언과의 전쟁의 전조라고들 했다. 악질(惡疾)이 돌기 전엔 주홍빛깔의 광채가 소나기처럼 쏟아지는 줄 알았다. 식민지 시대부터 혁명 시대에 이르는 사이에 뉴잉글랜드에 일어난 유명한 사건—좋고 나쁘고 간에—치고 전조로 이런 성질의 현상을 주민들에게 미리 보여 주지 않은 것이 과연 있었는지 자못 의심스럽다. 사실 뭇사람들이 번번이 그런 현상을 직접 목격했었다. 그러나 사실은 돋보이게도 하고 찌그러져 보이게도 하는 상상력이란 색안경을 거쳐 신비스런 현상을 혼자서 본 다음에 여러 궁리를 해가지고 그 형체를 좀더 뚜렷하게 만들어 놓은 어느 한 목격자의 말을 듣고 뒤따라 만든 경우가 더욱 많았다. 국가의 운명이 넓은 천체에 이처럼 무서운 상형문자로 씌어진다는 것은 생각만 해도 과연 엄숙한 일이었다. 하늘이라는 워낙 넓은 두루마리 책장일지라도 하느님이 그 속에 사람들의 운명을 적으려면 그리 넓은 폭도 아닐지 모른다. 우리의 조상들은 하느님이 유달리 다정스럽게 그리고 엄연히 우리의 어린 나라를 보호해 준다는 증거로 으레 이러한 신념을 즐겨 내세웠었다. 그러나 어느 한 사람이 넓은 치부장에 자기 자신만을 위한 하느님의 계시를 보았노라고 할 때 우리는 뭐라고 대꾸해야 할 것인지! 이런 경우의 계시란 지극히 어지러운 정신 상태가 나타내는 하나의 징후에 지나지 않을지도 모른다. 사람은 오랫동안 남몰래 극심한 고통을 당하면 병적인 자기 중심의 명상에 사로잡혀 자연 전체에다 자아중심주의를 내뿜으며, 결국에는 하늘 자체가 자기의 영혼의 역사와 운명을 적기에 안성맞춤인 종잇장이나 매한가지로 보이는 경우도 있는 것이다! 따라서 하늘을 우러러본 목사가 검붉은 광채로 모양을 갖춘 거창한 글씨—A자—를 본 것은 주로 그의 눈과 가슴속의 병 때문이라고 우리는 생각한다. 하기야 마침 그때 유성이 나타나 구름장 속에서 희미한 불길을 뿜지 않았다는 건 아니다. 그랬다손치더라도 그의 죄 많은 상상력이 빚어냈던 따위의 모습을 갖진 않았을 것이다. 적어도 그 형체가 지극히 희미했었을 테니까 다른 죄를 지은 자가 보았더라면 다른 상징이 보였을 것이다.

이때 딤즈데일 목사의 심리 상태의 특징을 드러내게 한 이상한 일이 있었다. 목사는 하늘을 쳐다보면서도 펄이 처형대에서 그다지 멀지 않은 데 서 있는 로저 칠링워드 노인을 손가락질하고 있었다는 사실을 분명히 느꼈다. 목사는 그 기적 같은 글씨를 발견했던 눈으로 노인을 알아본 모양이었다. 노인의 얼굴도 나머지 형체들이나 매한가지로 유성의 빛을 받아 색다른 표정을 띠었다. 아니면 이때 의사는 여느 때처럼 목사를 바라다볼 때 악의가 엿보이지 않게 조심하지 못했는지도 모른다. 확실히 유성이 하늘을 환히 비춰 주고 땅을 밝혀 헤스터 프린과 목사가 느끼는 심판날에 훈계받는 따위의 무서움을 온 천지에 어리게 한다면, 로저 칠링워드는 미소와 쓸쓰름한 표정으로 자기 몫을 요구하며 섰는 우두머리 마귀같이 그들에게 보였을 것이다. 의사의 표정은 지극히 뚜렷했다. 뚜렷했다기보다는 목사의 눈이 너무도 날카롭게 그 표정을 살폈다고나 할까. 여하튼 유성이 사라지고 길거리와 그밖의 모든 것들이 당장에 소멸된 것 같은데도 그의 표정은 여전히 어둠 속에 아로새겨진 듯싶었다.

"저 사람이 도대체 누구요, 헤스터?" 하며 딤즈데일 목사는 공포를 이기지 못해 씨근거렸다. "저자를 보면 치가 떨리는구려! 당신은 저게 누군질 아오? 난 저자가 싫소, 헤스터!"

헤스터는 자기의 맹세를 상기하고 잠자코 있었다.

"저 작자를 보면 내 영혼이 떨리는구려!" 하고 목사는 다시 중얼거렸다. "저게 누구요? 저게 누구난 말이오? 당신은 날 도와줄 수 없소? 저자를 보면 웬일인지 두렵소!"

"목사님!" 하고 펄이 입을 열었다. "저 사람이 누군지 제가 가르쳐 드릴게요!"

"그래, 어서 빨리 애야!" 목사는 펄의 입가에다 귀를 바짝 들이대고 말했다. "어서 빨리! 되도록 낮은 목소리로 말해 다오."

펄이 목사의 귀에 대고 속삭인 말은 사람의 말 같긴 했으나 아이들이 한 시간씩이나 혼자서 뭐라 종알거리며 노는 수작처럼 도대체 무슨 말인지 알아들을 수 없었다. 설령 그 속에 로저 칠링워드 노인에 관한 무슨 비밀 이야기가 담겨 있었다손치더라도 박식한 목사도 알 수 없는 말들이었으니 목사의 마음은 도리어 더욱더 갈피를 잡을 수 없게 되었다. 이때 요정 새끼 같은 펄이 웃음보를 터뜨렸다.

"넌 나를 놀리는 거냐?" 하고 목사가 말했다.

"아저씬 겁보예요, 거짓말쟁이예요!" 하고 펄이 대답했다. "내일 정오에 내 손과 엄마 손을 잡아 주겠다고 약속도 안하시는걸 뭐!"

"선생님," 어느새 처형대 밑까지 다가온 의사가 입을 열었다. "딤즈데일 목사님이 아니시오? 옳지 옳아, 정말이야! 책 속에 머리를 붙박고 연구하는 사람들은 엄격한 감시가 필요해요! 눈 뜨고도 꿈꾸고 잠자면서도 걸어다니니 말이오. 자 선생님, 어서 내가 댁으로 모셔다 드리지요!"

"내가 여기 있는 줄은 어떻게 아셨죠?" 하고 목사는 무서운 듯이 물었다.

"사실은 말씀이야……." 하고 로저 칠링워드가 대답했다. "나야 아무것도 모르고 있었지요. 윈스럽 장관이 누워 계신 데서 솜씨야 서투르지만 조금이라도 편하게 해드리려고 밤이 이슥하도록 눌러 있었지요. 결국 그분도 좋은 세상으로 돌아가시길래 나도 막 집으로 물러가는 길이었는데 이상한 불빛이 비쳐오길래. 자 날 따라오시오, 목사님. 까딱 잘못하면 내일 주일예배도 제대로 못 치르시겠소. 아하! 거 보십쇼, 그놈의 책들이 골머릴 아프게 한단 말예요! 고얀 놈의 책들이 말입죠. 책은 좀 덜 읽으시고 무슨 오락에라도 취밀 붙이셔야겠어요. 자칫하면 이런 밤중의 변덕이 고질이 될지도 모르니."

"함께 돌아가지요." 하고 딤즈데일 목사가 말했다. 흉측한 꿈에서 깨어나 온몸에 맥이 빠진 사람처럼 싸늘한 절망에 사로잡힌 목사는 의사가 하라는 대로 뒤를 따라갔다.

그러나 주일인 이튿날 목사는 여태까지 그의 입에서 흘러나온 어느 것보다도 내용이 풍부한데다 힘차고 하느님의 감화력이 충만한 설교를 했다 이날의 훌륭한 설교 덕택으로 진리를 깨닫고 여생을 통하여 딤즈데일 목사에 대한 성스러운 고마움을 한결같이 간직하겠다고 마음속으로 맹세한 신자들이 여럿 있었다 한다. 그런데 목사가 강단 층계를 내려설 때 수염이 희끗희끗한 교회당 머슴이 다가와서 검은 장갑 한 켤레를 내밀었다. 목사는 그것이 자기 것임을 대뜸 알아차렸다.

"이걸 주웠어요." 하고 머슴이 말했다. "오늘 아침에 죄 지은 사람들이 구경꾼들 앞에서 욕을 당하는 처형대 위에서예요. 사탄이 무엄하게도 목사님을 한 번 놀려 보려고 이걸 거기다 떨어뜨린 것 같아요. 그런데 정말이지 마귀란 놈은 역시 눈먼 멍텅구리지요. 깨끗한 손은 장갑으로 가릴 필요도 없잖아요!"

"고맙네." 하고 목사는 마음속으론 놀라면서도 점잖게 말했다. 기억이 너무나 헷갈려서 간밤의 일들이 한갓 환상같이 생각되었기 때문이다. "음, 분명히 내 장갑 같구먼!"

"그런데 사탄이 이걸 훔치는 게 좋다고 생각하는 모양이니까 이제부터 목사님은 장갑 없이 맨손으로 그놈을 다루셔야 할까 봐요." 하고 늙은 머슴은 무서운 미소를 띠며 말했다. "그리고 목사님은 간밤에 나타났다는 전조인지 무엇인지의 애길 들으셨나요? 하늘에 나타났다는 거창한 주홍글씨, 왜 그 A자 말이에요. 저희들은 그게 Angel(천사)을 뜻하는 줄 아옵죠. 왜냐하면 윈스럽 장관님이 간밤에 천사가 되셨으니까 마땅히 무슨 예고라도 있었어야 옳다고들 생각했습죠!"

"아니." 하고 목사가 대답했다. "금시초문이야."

13. 헤스터의 새로운 모습

이번에 딤즈데일 목사와 더불어 기구하게 만났던 자

리에서 헤스터 프린은 목사가 당한 처지를 보고 적이 놀랐다. 목사의 신경은 여지없이 파괴되었고 정신력은 아이들보다도 더 나약해졌다. 지능은 본래의 힘을 보존했거나 병환에나 걸리면 으레 생기는 따위의 병적인 힘을 얻었음에도 불구하고 정신력은 밑바닥을 형편없이 헤매다니는 형국이었다. 온 세상이 모르는 갖가지 곡절을 잘 알고 있는 헤스터는 목사 자신의 양심이 정상적으로 작용하는 이외에 어떤 가공할 존재가 목사의 행복이며 안정과 인연을 맺고 무슨 작용을 미치고 있노라고 이내 판단을 내릴 수 있었다. 가엾게도 타락한 이 사나이의 과거를 잘 아는 헤스터의 마음은 사나이가 본능적으로 눈치챈 원수의 마수로부터 지켜 달라고 자기—버림받은 여인—에게 애걸할 때의 그 소름 끼치는 공포의 빛을 보고 여지없이 뒤흔들렸다. 게다가 그녀는 사나이가 자기의 절대적인 조력을 요구할 권리가 있다는 단정을 내렸다. 헤스터는 그동안 사회와 손을 끊고 사는 바람에 시비곡직에 대한 관념을 자기 이외의 표준으로 판단하는 데 서툴러졌으나, 목사에 관해선 그밖의 어느 누구에게도 품어 보지 못한 책임감을 느끼게 되었음을 깨달았다. 아니 깨달은 성싶었다. 그녀와 그밖의 모든 인간들을 맺어 주는 사슬, 예컨대 화초며 비단이며 금붙이며 그밖의 갖가지 물건이란 사슬의 고리들은 몽땅 끊어져 버리고 말았다. 그러나 공동의 죄라는 무쇠 사슬만은 목사도 헤스터도 끊을래야 끊을 수가 없었다. 다른 온갖 인연이나 매한가지로 그것은 의무라는 것을 가져왔다.

이제 헤스터 프린은 욕을 보았던 첫 무렵과 똑같은 처지에 있진 않았다. 그새 몇 해가 바뀌었다. 펄도 어느덧 일곱 살이 되었다. 괴상하게 수놓은 주홍글씨가 가슴에 빛나는 그녀의 어머니는 벌써부터 읍내 사람들의 눈에 익은 존재가 되었다. 세상에서 두드러지게 눈에 띄는 존재이면서도 공사간에 이해나 편의를 아랑곳 않는 사람들의 경우에 흔히 그러하듯이, 헤스터 프린에 대해서도 기어코 많은 사람들의 존경이 싹트게 되었다. 인간의 천성은 이기심이 동하지 않는 한 남을 미워하기보다도 좋아하게 마련임은 인간의 천성을 위해 영광스런 일이라 하겠다. 본래의 적의를 자꾸만 새로이 건드려 방해하지 않는 한 미움도 차츰 사랑으로 변한다. 헤스터 프린의 경우를 본다면, 남을 건드리는 일도 귀찮게 구는 일도 없었다. 그녀는 남들과 다투지 않고 아무 말 없이 푸대접을 받아들였다. 고뇌의 대가를 세상에 바라지도 않았고 세상의 동정에 기대지도 않았다. 게다가 세상에서 들어앉아 치욕을 견디어 나가는 동안에 흠잡을 데 없이 깨끗한 생활을 했다는 사실 역시 그녀의 입장에선 유리했다. 인간의 입장에서 볼 때 이젠 잃을 것도 없고 얻을 희망도 욕망도 없고 보니, 이 가엾은 방랑자가 다시 제대로 인간의 길을 걸으려면 진정으로 미덕을 존중하는 수밖에 없었다. 헤스터는 아무나 마셔도 좋은 공기를 들이쉬거나 몸소 정성껏 일해서 자기와 펄의 하루하루의 양식을 버는 이외에는 조금도 세상의 특권을 외람되게 탐내지 않았지만, 남에게 적선을 할 때마다 서슴지 않고 자기도 겨레의 한 사람이라고 자처했다는 사실도 역시 세상이 알게 되었다. 가난한 사람들이 동냥할 적마다 아쉬운 속에서 나누어 주는 데 그녀만큼 시원스런 사람도 없었다. 하기야 심술궂은 가난뱅이가 꼬박꼬박 문전까지 갖다 주는 음식이나 왕의 옷에라도 수놓을 수 있는 솜씨로 바느질 한 옷가지를 받는 대가로 비웃어대는 일도 있었지만.

사나운 유행병이 읍내에 퍼졌을 때 헤스터처럼 발벗고 나서서 애쓴 사람도 없었다. 실상 일반적이건 개인적이건 어느 경우를 막론하고 무슨 재화가 일어날 적마다 세상에서 버림받은 헤스터는 재빨리 자기가 일할 자리를 마련했었다. 그녀는 불행으로 암담해진 집안의 문을 손님으로서가 아니라 어엿한 가족으로서 두드렸다. 컴컴한 어둠이야말로 그녀가 이웃들과 이야길 나누는 데 알맞은 분위기라고 생각하는 성싶었다. 수놓은 글씨는 이 세상 것 같지 않은 빛 속에 위안를 풍기면서 빛나고 있었다. 다른 데서는 죄악의 표적에 지나지 않은 주홍글씨도 병실에서는 방안을 환히 밝혀 주는 초 심지나 마찬가지였다. 환자가 숨을 거두려는 순간에는 시간의 한계를 벗어난 아득한 저편까지 어슴푸레한 빛을 비춰 주었다. 그리하여 이승의 빛이 재빨리 어두워 가면서도 저승의 빛이 미처 나타나지 않았을 때 그 환자의 영혼이 밟고 갈 곳을 가르켜 주었다. 이처럼 위급한 자리에 나서는 헤스터의 천성은 온정이 넘치고 풍요해 보였다. 모든 인간의 거짓 없는 갈증을 반드시 축여 줄 수 있었고, 아무리 떼를 지어 보채도 메마를 줄 모르는 따스한 인정의 샘터나 마찬가지였다. 치욕의 표를 단 그녀의 가슴은 베개가 필요한 사람의 머리를 위해서는 폭신한 베개가 될 따름이었다. 그녀는 제 자신이 임명한 자선단의 한 사람이었다. 혹은 세상이나 그녀가 이런 결과를 전혀 바라지도 않았을 때 세상의 슬픈 손길이 임명했다고나 해야 할 것이다. 주홍글씨는 그녀의 직업을 상징했다. 그녀는 남을 돕는 힘도 동정하는 힘도 많았으므로, 주홍글씨 A를 본래의 뜻대로 해석하려 들지 않는 사람들도 무척 많았다. 그들의 해석을 빌린다면 주홍글씨는 Able[10])을 뜻한다는 것이다. 여하튼 헤스터 프린이 지닌 여인으로서의 힘은 강하기가 이를 데 없었다.

그녀를 맞아들일 수 있는 집은 어둠이 깃든 집뿐이었다. 어둠 속에 햇빛이 스며들면 그녀는 자취를 감추고 그녀의 그림자는 문지방 밖으로 사라지는 것이었다. 이 도움이 된 동거자는 자기가 정성껏 돌봐 주었던 사람들 가운데 혹시 진심으로 고마워하는 사람이 있더라도 그들의 감사의 뜻을 일일이 받을 양으로 한 번도 뒤돌아보는 일없이 그냥 떠나고 말았다. 길거리에서 서로 만나더라도 헤스터는 숙인 고개를 들어 인사를 받으려 하진 않았다. 그래도 그들이 굳이 인사를 하려 들면 주홍글씨 위에 손가락을 얹고 그대로 지나쳐 버렸다. 이것

---

10) 유능

은 혹시 그녀의 긍지를 뜻했을지도 모른다. 그러나 워낙 겸손했으므로 상대편의 마음속에도 겸손이란 미덕이 지니는 부드러움이 싹트게 마련이었다. 대중들의 기질에는 전제적인 데가 있다. 따라서 예사로운 정의라도 무슨 권리인 양 우격다짐으로 요구하면 그들은 거절하려 든다. 그러나 전제자들의 구미에 맞게 주로 그들의 관대한 처분을 호소하면 정의보다 더한 것이라도 선뜻 내주는 경우가 가끔 있다. 사회는 헤스터 프린의 행실을 이런 성질의 호소라고 해석한 나머지 지난날의 죄인에게 그녀가 바랐던 이상으로, 혹은 의당 받아야 할 정도 이상으로 인자한 표정을 보여 주려 했다. 이 사회의 통치자들이며 현인 학자들은 헤스터의 좋은 특성이 가진 감화력을 인정하는 데 보통 사람들보다는 시간이 더 지체되었다. 그네들이 보통 사람들이나 마찬가지로 헤스터에게 품었던 편견은 이성이란 무쇠틀 속에 꽉 박혀 있었으므로, 그것을 빼낸다는 것은 그리 수월한 일이 아니었다. 그러나 날이 갈수록 음산하고 엄숙한 얼굴의 주름살은 차츰 펴져 적당한 때가 되면 인자한 표정으로 변할 것 같았다. 신분이 높기 때문에 대중들의 도의를 보살펴야 하는 고관대작들의 경우도 마찬가지였다. 한편 일반인들도 헤스터 프린의 죄는 여인의 나약함 탓이라고 그녀를 아주 용서해 주었다. 아니 용서해 주었다 뿐이랴! 주홍글씨를, 그녀로 하여금 오랫동안 지루하도록 뉘우치게 했던 그 한 가지 죄의 표적이 아니라 그후의 여러 선행의 표적으로 여기기 시작했다. "수놓은 표

를 단 여인이 보입니까?" 하고 그들은 낯선 사람들에게
말하곤 했다. "우리 헤스터죠. 이 읍내에 사는 헤스터예
요. 가난한 사람들에겐 무척 친절하고, 환자들에겐 매
우 도움이 되고, 괴로운 사람들에겐 여간 위로가 되는
게 아니죠!" 사실 그런 말을 하고 나서는 남의 불행한
일이라면 발설하고 싶은 것이 인간의 천성이라서 그들
은 예사로이 지난날의 추잡한 이야길 속삭이곤 했다.
그러나 이렇게 이야기를 발설한 장본인들의 눈에 주홍
글씨가 마치 수녀 가슴 위의 십자가같이 보였다는 것도
사실이었다. 주홍글씨는 그것을 달고 다니는 헤스터에
게 일종의 신성성을 지니게 하여, 그녀로 하여금 온갖
위험 속을 무사히 벗어나게 했다. 헤스터가 도적 패 속
에 걸려들었더라도 주홍글씨가 무사히 지켜 주었을 것
이다. 어떤 토인 하나가 주홍글씨를 겨누고 활을 당겨
쏘아 맞추긴 했으나 화살이 상처 하나 입히지 않고 땅
바닥으로 떨어졌다는 이야기가 널리 퍼졌고, 이 풍설을
믿는 자도 많았다 한다.

이 상징이라기보다도 상징이 가르쳐 주는 헤스터의
사회상의 위치가 그녀 자신의 마음속에 미치는 영향은
강렬하고도 독특한 것이었다. 그녀의 성격이라는 엷고
도 아리따운 잎새는 이 시뻘겋게 단 화인 때문에 시들
어 이미 떨어지고 볼품없는 벌거숭이 윤곽만 남았었다.
그녀의 동무가 이것을 볼 수 있었다면 정떨어져 물러갔
을 것이다. 그녀의 아름다운 몸맵시도 비슷한 변화를
받았다. 이 변화는 헤스터가 일부러 옷을 수수하게 차

려입었기 때문이요, 태도에 감정을 나타내지 않았기 때문일지도 모른다. 그리고 풍성하고도 숱 많은 머리칼은 숫제 잘라 버렸는지 모자 때문에 아예 안 보이는지 머리카락 하나 빠져나와 햇볕을 쬔 적이 없었으니, 이 역시 슬픈 변화가 아닐 수 없었다. 일부는 이런 사정 때문이었지만 그밖의 다른 사연도 있고 해서 헤스터의 얼굴에는 이젠 '사랑'이 깃들 여지도 없는 것 같았다. 그뿐이랴. 그녀의 자태는 위엄성이 있고 무슨 조상(彫像)과도 같았으나 '정열'이 껴안아 주고 싶은 곳도 없었고, 그녀의 가슴에는 '애정'이 다시 한 번 베개로 삼을 곳도 없는 듯싶었다. 헤스터가 여인다우려면 영원히 지녔어야 할 어떤 특성이 자취를 감춘 것이다. 한 여인이 유달리 혹독한 일을 치르고 나면 그 성격과 신체는 으레 숙명처럼 이런 준엄한 변화를 흔히 받게 마련이다. 만약 헤스터가 나약해진다면 영락없이 죽고 말 것이지만 반대로 살아남으면 나약함은 부서져 없어지거나 아니면 —외관엔 별다름이 없이—가슴속으로 깊숙이 쫓겨서 다시는 얼씬도 안하리라. 아마 나중 말이 사실일 것이다. 일찍이 여인이었다가 여인성을 잃은 자는 변모를 일으키는 마술만 한 번 부리면 언제라도 여인으로 되돌아갈 수 있을지도 모른다. 헤스터 프린이 그후에 마술에 걸려 그처럼 변했는지 어떤지는 나중에 알게 될 것이다.

헤스터가 대리석같이 차디찬 인상을 풍기는 까닭은 주로 생활의 중심이 정열과 감정에서 사색으로 옮겨졌다는 사정에 있었다. 이 세상에서 혼자 선 채—사회에 기대지 않고 홀로 귀여운 펄을 데리고 지도하고 보호하며—자기의 지위가 회복되기를 비웃는 바는 아니었으나 바라지도 않고, 혼자서 헤스터는 끊어진 사슬 조각을 내동댕이쳐 버렸다. 이 세상의 법률은 그녀의 마음에 알맞는 것은 아니었다. 당시는 갓 해방된 인간의 지성이 수세기 전보다 더 활발했고 활동 범위도 넓었다. 군인들은 귀족과 제왕들을 뒤엎었다. 이들보다도 대담한 무리들은—실제로는 아니고 그네들의 진정한 거처인 이론의 테두리 속에서—옛날의 여러 주의가 물들었던 낡은 편견의 온갖 체계를 뒤엎고 다시 고쳐 세웠다. 헤스터 프린은 이런 정신을 받아들였다. 그녀는 당시 대서양 건너 쪽에서는 일상 다반사였던 사색의 자유에 물들었다. 그러나 우리의 조상들은 설령 사색의 자유를 알게 되었더라도 주홍글씨를 달고 욕보게 마련이었던 그 죄보다 더욱 끔찍스런 죄라고들 생각했을 것이다. 바닷가에 외롭게 선 헤스터네 집으로 뉴잉글랜드 바닥의 다른 집이라면 감히 들어가지도 못할 사상이 찾아들었었다. 그림자와 같은 이 손님들이 헤스터네 문을 두드리는 걸 보기만 했더라도 그를 맞아들여야 할 사람들은 마귀처럼 위험한 것이라고들 여겼을 것이다.

사상이 가장 대담한 패들이 사회의 형식적인 규칙을 번번이 아무 말도 없이 따른다는 것은 주목할 만한 일이다. 그네들은 사상이면 그만이지 그 사상에다 행동이란 혈육(血肉)을 붙여 주지 않았다. 헤스터의 경우도 마찬가지였다. 그러나 펄이 정신의 세계에서 그녀를 찾아오지 않았더라면 사정은 아주 딴판이었을 것이다. 만약 그랬더라면 헤스터는 어떤 종파의 시조로서 안 허친슨과 손을 맞잡고 우리의 역사에 등장했을지도 모른다. 어떤 순간에 혹시 예언자가 되었을지도 모른다. 그리고 청교도의 토대를 파괴한다고 해서 당시 준엄한 법정에서 사형을 선고받았을지도 모른다. 아니 틀림없이 선고를 받았을 것이다. 어머니의 열렬한 사색생활은 아기의 교육에 열정을 기울이게 했다. 하느님은 이 어린 소녀의 몸체 속에 여성의 싹과 꽃을 마련해서 헤스터에게 맡기고 잘 간수해서 키우라 하셨다. 세상 만사가 헤스터의 비위에 거슬렸다. 온 세상 사람들이 원수와도 같았다. 아이의 천성 속에는 무엇인지 그릇된 것이 있어서 이것이 아이가 잘못—어미의 불의의 욕정이 불타올라서—태어났다는 걸 자꾸만 가르쳐 주는 듯싶었다. 마침내 헤스터는 가슴의 아픔을 이기지 못해 이 가엾은 아이가 세상에 태어난 것이 도대체 좋은 일인지 나쁜 일인지 제 자신에게 묻는 일이 종종 있었다.

실상 여성 전체에 관해서도 이처럼 암담한 물음이 헤스터의 가슴속에 종종 떠올랐다. 가장 행복한 여인을 위해선들 삶이란 것이 과연 반길 만한 것이었는지? 헤스터 개인의 삶에 관한 한, 그녀는 그렇지 않다는 판단을 내려 그 문제는 이미 해결된 것으로 치고 다시는 생각지 않기로 작정한 지가 오래였다. 사색을 즐기는 성미는 사나이의 경우나 마찬가지로 여인의 마음을 가라앉히기도 하고 서글프게도 한다. 헤스터는 제 앞길에 가로놓인 일이 보람없는 일임을 알아차렸는지도 모른다. 우선 사회 조직을 온통 부수어 새로이 쌓아올려야 한다. 그 다음에 남성의 천성 자체나 혹은 오랫동안에 천성화되다시피 한 쌓이고 쌓인 습관이 뿌리째 고쳐져야 한다. 그러면 여성도 정당하고 적당한 지위 비슷한 것이나마 차지하게 될 것이다. 끝으로 나머지 난관이 죄다 제거된다 하더라도 여성 자체가 더욱 커다란 변화를 받기 전에는 이런 예비적인 개혁의 혜택을 입을 수는 없을 것이다. 이 변화를 받으면 여성의 진실된 삶을 간직한 영혼의 정수가 증기처럼 사라져 버리고 말 것이다. 여성이 제아무리 사색을 한다 해도 이런 문제를 극복할 수는 없다. 이런 문제는 좀처럼 해결되기 어려울 것이며 설령 해결된다 손치더라도 길은 하나뿐이다. 만약 여성의 감정이 어쩌다 가장 우세한 자리를 차지하면 모든 문제는 자취를 감출 것이다. 이리하여 정상적이고도 건강한 기능을 잃은 헤스터 프린의 감정은 지적을 분간할 수 없는 마음의 미궁 속에서 길 안내자도 없이 헤매다녔다. 때로는 가파른 낭떠러지에 부닥쳐 밀려나기도 하고 때로는 깊은 골짜기에서 깜짝 놀라 뒷걸음질 치기도 했다. 사방을 휘돌아 보아도 무시무시하고 황량한 풍경이 고작이고 가정의 단란을 찾아볼 순 없었다. 때때로 무서운 의심이 헤스터의 영혼을 사로잡으려고 덤벼들었다. 그럴 때마다 차라리 당장 펄을 천국으로 보내고 제 자신도 '영원한 정의'가 마련해 주는 저승으로 가는 게 차라리 낫지나 않을까 하고 생각하는 것이었다.

주홍글씨는 제 구실을 다하지 못한 셈이었다.

그런데 그날밤 헤스터가 밤을 새우는 딤즈데일 목사와 만난 뒤로부터 그녀에게는 새로운 사색거리가 생겼고, 온갖 노력과 희생을 바쳐 성취할 만한 가치가 있는 목적이 눈앞에 나타났다. 그녀는 목사가 뼈저린 괴로움을 이기지 못해 허덕이던, 아니 좀더 정확히 말한다면 허덕일 기운조차 없이 기진했던 모습을 보았었다. 목사는 아직 정신착란에 빠지진 않았더라도 바로 그 직전에 놓여 있음을 보았었다. 목사의 남모르는 뉘우침의 아픔이 얼마나 괴로운 것인지는 모르겠으나, 어쨌든 그 고통을 덜어 주겠노라고 나선 자가 도리어 그 아픔 속에다 더욱 무서운 독액을 넣어 주었다는 것은 의심할 여지도 없었다. 정체를 감춘 원수가 친구니 조력자니 하는 허울 밑에 노상 목사 곁에 붙어서, 그 기회를 기화로 목사의 천성이 지닌 정밀한 스프링을 마구 주무르고 있었다. 숱한 재화가 엿보일 뿐 행복한 것이라곤 조금도 바랄 수 없는 처지로 목사가 휩쓸리는 걸 방관했다니, 이것은 본래 자기에게 진실도 용기도 성의도 없었기 때문이 아닌가고 헤스터는 제 자신에게 묻지 않을 수 없었다. 일찍이 자기를 짓밟았던 것보다도 더욱 불길한 파멸의 손아귀에서 목사를 건지려면 정체를 숨기려는 로저 칠링워드의 흉계를 잠자코 따를 수밖에 없었다는 사실을 오직 하나의 변명으로 삼았다. 이런 충동을 이기지 못해 그녀는 두 가지 방법 중에서 도리어 비참함이 분명한 쪽을 택했다. 그녀는 될 수 있는 데까지 자기의 잘못을 보상하리라 마음먹었다. 지난 몇 해 동안 가혹하고도 엄숙한 시련을 겪느라고 굳세어진 헤스터는 죄 때문에 면목을 잃고 기억이 새로운 치욕 때문에 미치다시피 되어서 로저 칠링워드와 감방에서 이야기했던 그날밤처럼 지금도 그를 맞대할 힘이 없다고 생각진 않았다. 그때 이후로 헤스터는 한결 높은 데에 다다르고 있었다. 한편 노인도 몸을 굽히고 기어이 복수를 성취하려고 나섰기 때문에 그녀가 다다른 곳에서 혹은 그 밑으로 더욱 가까이 다가서고 있었다.

요컨대 헤스터 프린은 전남편을 만나 그의 손아귀에 들어갔음이 분명한 희생자를 구해 내고자 자기가 할 수 있는 수단을 다하기로 결심했다. 그 기회는 오래지 않아 닥쳐왔다. 어느 날 오후 헤스터가 펄과 함께 이곳 반도의 외떨어진 곳을 거닐고 있노라니, 한쪽 팔엔 바구니를 걸치고 다른 쪽 손에 지팡이를 든 노 의사가 약을 조제할 초근목피를 구하려고 허리를 굽힌 채 걸어가는 모습이 보였다.

14. 헤스터와 의사

헤스터는 펄에게 약초를 모으는 저 사람과 잠깐 이야기할 테니 물가로 가서 조가비나 엉클어진 해초를 갖고 놀라고 일렀다. 그리하여 이 아이는 새처럼 내달아서 조그맣고 하얀 발을 벗고 질퍽한 바닷가를 총총걸음으로 걸어갔다. 도중에 그녀는 군데군데서 걸음을 딱 멈추고 썰물이 남겨 놓고 간 물웅덩이를 얼굴을 비춰 주는 거울처럼 신기한 듯이 들여다보았다. 그랬더니 물웅덩이 속에서 까맣고 반짝이는 곱슬머리를 늘어뜨리고 두 눈엔 요정 같은 미소를 머금은 한 어린 소녀가 펄을 삐죽히 내다보고 있었으므로, 펄은 이때 마침 장난할 동무도 없었던 참이라 그 소녀에게 같이 손을 잡고 달음질하자고 청했다. 그러나 환영 같은 꼬마 소녀는 저대로 펄에게 손짓을 하면서 이렇게 말하는 듯싶었다.

'여기가 더 좋은 데야! 너도 물웅덩이로 들어와!' 그리하여 펄이 다리 종아리까지 물이 닿도록 발을 들여놓았더니 그 밑바닥에 제 자신의 하얀 다리가 들여다보였다. 그리고 더욱 깊은 데서 미소의 조각이 어슴푸레 비쳐 나와 찰랑대는 물결을 타고 이리저리 둥실거렸다.

한편 그녀의 어머니는 의사한테로 다가가서 말을 건넸다.

"당신한테 좀 여쭐 말이 있어요." 하고 헤스터가 말의 실마리를 꺼냈다. "우리에게 관계가 깊은 얘기예요."

"아아! 누군가 했더니 헤스터였군. 이 늙은 로저 칠링워드한테 이야기할 게 있다는 건……." 그는 굽혔던 몸을 일으키면서 대답했다. "아무렴, 기꺼이 듣겠소! 그렇지 않아도 당신에 관해선 곳곳에서 좋은 소릴 듣고 있소! 바로 엊저녁에도 현명하고 믿음이 깊은 한 판관이 당신 문젤 이야기하다가 그 문제가 회의에서도 말이

났었다고 나한테 귀띔해 주더군. 당신 가슴에서 그 주홍글씰 떼어 버려도 사회 안녕에 지장이 없을 것 같다고 의논을 했었다나 보오. 그래 정말이지 헤스터, 나도 당장 그래 달라고 그 판관에게 간절히 부탁했소!"

"판관님들은 이 표적을 떼어 버리는 걸 좋아하시진 않을 거예요." 하고 헤스터가 조용히 대답했다. "제가 이것을 뗄 만하게 되면, 그건 저절로 떨어지든지 혹은 다른 뜻을 표시하는 것이 될 거예요."

"아니 그게 그렇게 당신한테 잘 어울린다면 그냥 달아 두구려." 하고 그가 말했다. "여자란 제멋대로 옷치장을 하는 법이오. 그 글씨의 수가 찬란해서 당신의 가슴에 아주 훌륭하게 어울리는구려!"

그동안 노인을 한결같이 바라보던 헤스터는 지난 7년 동안에 몹시도 변해 버린 그 모습에 놀라고 충격을 받았다. 그다지 더 늙지는 않았다. 왜냐하면 늘어 가는 나이의 자취가 눈에 띄긴 하지만 늙은 나이를 곧잘 이겨냈음인지 철사같이 기운차고 민첩해 보였기 때문이다. 그러나 헤스터가 무엇보다도 잘 기억하고 있는 의젓하고 조용하고 슬기롭고 학구적인 외모의 인상은 흔적도 없이 싹 가시고, 그 대신 골똘히 무엇인가를 찾아내고야 말겠다는 어딘지 흉악한, 몹시도 조심성 있어 보이는 표정이 눈에 띄었다. 노인은 이런 표정에다 미소의 허울을 씌우는 게 목적인 듯싶었다. 그러나 미소는 노인을 배반하고 조롱이라도 하듯이 얼굴 위에서 가물거렸기 때문에 오히려 그의 음흉함은 더욱 잘 눈에 띄었다. 게다가 이따금 두 눈에서 붉은 빛이 번득이는 걸 보면 흡사 노인의 영혼이 불붙어 가슴속에서 희뿌옇게 연기를 내다가 난데없는 정열의 바람이 불어오는 순간에 확 불길을 일으키며 타오르는 인상이었다. 이런 순간마다 불길을 억누르고 그런 일이 언제 있었더냐는 듯이 시치미를 떼려고 했다.

요컨대 로저 칠링워드 노인은 적당한 기간, 마귀의 구실을 하겠다고 마음먹기만 하면 정작 마귀로 변모할 수도 있는 인간의 능력을 여실히 증명하는 위인이었다. 이 불행한 노인은 과거 7년 동안 괴로움에 가득 찬 한 사람의 마음속을 줄곧 분석하여 그 속에서 재미를 찾았고, 자기가 분석하여 회심의 미소로 들여다보는 불길 같은 고뇌에다 땔감을 던져 주는 데 온갖 정력을 기울임으로써 이러한 변모를 이루었다.

주홍글씨가 헤스터 프린의 가슴에서 불타올랐다. 여기에 그녀가 책임의 일부를 뼈저리게 느끼는 또 하나의 파멸이 있었다.

"내 얼굴에 무엇이 있기에……." 하고 의사가 물었다. "그처럼 눈여겨보는 거요?"

"저를 울도록 하는 것이 있어요. 제게 울 수 있는 쓴 눈물이라도 남아 있다면 말이에요." 하고 그녀가 대답했다. "하지만 그건 내버려두세요! 제가 여쭙고 싶은 건 그 가엾은 사람 얘기예요."

"그 사람의 뭘 말이야?" 하고 로저 칠링워드가 정색을 하며 말하는 품이 그런 화제가 마음에 들 뿐더러 속

을 터놓을 수 있는 사람과 그 이야기를 할 기회가 생겨
서 기쁘다는 인상이었다. "헤스터, 바른 대로 말해서 마
침 내 머릿속도 그 사람의 일로 꽉 차 있으니 꺼릴 것
없이 얘기해 봐요, 내 대답할 테니."

"그때 당신과 단둘이서 얘기했을 때……." 하고 헤스
터가 말했다. "벌써 7년 전 일이에요. 당신은 제게서 우
리들의 관계를 밝히지 않겠다는 약속을 받았었지요. 그
분의 생명과 명성이 당신의 수중에 있었으니 저로선 당
신의 분부를 따라서 침묵을 지키는 수밖엔 별도리가 없
었어요. 그러나 저는 그런 약속을 하고 나서 심한 불안
에 사로잡혔었어요. 남들에 대한 의무는 몽땅 저버렸을
망정 그이에 대한 의무만은 그냥 남아 있는데 당신의
분부를 따르면 결국 의무를 배반하는 게 아니냐고 저한
테 속삭여 주는 것이 있었기 때문이지요. 그날 이후로
당신만큼 그이의 몸 가까이에 있는 사람은 없어요. 당
신은 그이가 거닐 적마다 뒤를 밟고 있어요. 자나깨나
그이 곁에 노상 붙어서 그이의 머릿속을 뒤적거리고 가
슴속을 파헤쳐 아프게 하고! 그이의 생명을 손아귀에
움켜쥐고 매일같이 생매장을 하고 있는 셈이에요. 그런
데도 그이는 당신의 정체를 모르고 있잖아요. 제가 방
관함으로써 참되게 섬길 수 있는 처지였던 그이마저 정
말 부당하게 대접한 셈이에요!"

"당신인들 별수 있었소?" 하고 로저 칠링워드가 물었
다. "내 손가락이 가리키기만 하면 그를 강단에서 감방
으로 그리고 거기서 아마 교수대로 몰아낼 수도 있었으

니 말이오!"

"차라리 그랬으면 좋았을걸!" 하고 헤스터 프린이 말했다.

"내가 그 사람에게 무슨 몹쓸 짓을 했단 말이오?" 하고 로저 칠링워드가 되물었다. "이봐요, 헤스터 프린. 일찍이 의사가 왕한테서 받아온 것 중 가장 두둑한 보수일지라도 내가 그 비참한 목사에게 허비한 수고를 살 수는 없었을걸! 내 조력이 없었다면 그 사람의 생명은 당신들이 그 죄를 저지른 지 2년도 채 못 가서 괴로움을 이기지 못해 쇠진되고 말았을 거요. 왜냐하면 헤스터, 그 사람의 정신에는 당신처럼 주홍글씨 같은 무거운 짐을 견뎌 내는 힘이 없기 때문이오. 아아, 나는 굉장한 비밀을 밝히려면 밝힐 수도 있건만! 그러나 그따위 이야길랑 집어치워요! 의술에서 가능한 수단은 그 사람에게 죄다 써줬어. 그자가 지금 숨을 쉬며 땅 위를 기어다니는 것도 모두 내 덕택이오!"

"그이는 그때 진작 세상을 떠났으면 좋았을 거예요!" 하고 헤스터 프린이 말했다.

"그렇소, 당신 말이 옳소!" 로저 칠링워드는 가슴속에서 불타오르는 무서운 불꽃을 헤스터의 눈앞에서 번쩍이며 외쳤다. "하기야 진작 죽었더라면 좋았을걸! 어느 누구도 그자와 같은 괴로움을 겪은 자는 없었을걸. 그것도 하필이면 뼈에 사무친 원수가 죄다 보는 데서 말이지! 그자도 벌써 나를 눈치채고 있어. 자기 곁에서 무슨 저주와 같은 게 노상 떠나지 않고 있다는 걸 알아차리고 있어. 그자는 영감이 있어서—조물주가 만든 사람치고 이 사람처럼 예민한 자는 없으니까—다 알고 있었지. 자기의 마음의 금선을 잡아당기는 손길이 결코 다정스런 것이 아니라는 것도. 그리고 죄악만을 노리는 어떤 눈이 자기의 마음속을 들여다보더니 마침내 죄악을 찾아내고 말았다는 것도. 그러나 그 눈과 손이 바로 내것인 줄은 꿈에도 모르지! 그네들이 흔히 믿는 미신을 따라 그자는 자기가 마귀에 홀려서 무서운 꿈이니 절망적인 생각이니 가시 돋친 뉘우침이니 희망 없는 용서니 하는 것들에 시달려 무덤 저편에나 가서 당해야 할 것을 지레 치르나 보다고 생각하는 모양이오. 하지만 그게 바로 사라질 줄 모르는 내 그림자야—그자 때문에 괘씸하게도 신세를 망쳐!—무서운 복수라는 영원한 독소만을 의지하며 살아 나가게 된 내가 바로 그자의 몸 가까이에 있다는 증거란 말이야! 암, 그렇고말고! 그자의 짐작은 틀리지 않았어! 그의 가까이엔 마귀가 있었으니 말이야! 한때는 인간다운 심정을 지녔던 한 인간이 특히 그자를 괴롭히고자 마귀가 되었어!"

불행한 의사는 이렇게 지껄이면서 공포어린 얼굴로 두 손을 쳐들었다. 마치 뚜렷이 알아볼 수 없는 어떤 무서운 형체가 거울 속에 비친 제 그림자 대신 들어서려는 걸 본 사람의 태도와도 같았다. 그것은 인간의 정신상태가 심안(心眼) 앞에 정확히 드러나는 순간—때로는 몇 해만에 한 번 있는—의 하나였다. 아마도 그가 지금처럼 제 자신을 똑똑히 본 적은 별로 없었을 것이다.

　"이젠 그이를 실컷 괴롭힌 셈이 아닌가요?" 하고 헤스터가 노인의 표정을 살피며 말했다. "그이도 당신한테 갚아야 할 건 다 갚지 않았나요?"

　"천만에! 어림도 없는 소리지! 그자는 갚을 것이 도리어 붙었을 따름이야!" 하고 의사가 대답했다. 이렇게 말하는 그의 표정은 매정한 티를 차츰 잃으며 침울해졌다. "헤스터, 당신은 9년 전의 나를 기억하오? 그때 벌써 나는 인생의 황혼기에 접어들고 있었지. 그것도 늦은 때였지. 하지만 그때만 해도 나는 진지하고 학구적이고 사색적이고 평온했던 내 삶을 내 자신의 지식을 늘이기 위해서뿐만 아니라 인류의 행복을 증진시키기 위해서도 성심성의껏 바쳤더랬소. 하기야 나중 것은 먼젓것에 비하면 우연히 생각한 것에 지나지 않았지만, 내 생애만큼 평화롭고 천진한 것도 없었고 은총에 가득 찬 것도 드물었을 거요. 그래 그 당시의 내 생각이 안 난단 말이오? 나라는 사람이 당신 보기엔 냉정했을지 모르나 실은 남에게 인정이 많고 제 자신을 별로 돌보지 않는, 친절하고 성실하고 올바르고 열렬하진 못하나마 변함없는 애정을 가진 사람이 아니었소? 이게 모두 사실이 아니었느냐 말이오."

　"모두 옳아요." 하고 헤스터가 말했다.

　"그러면 지금은 어떻소?" 그는 헤스터의 얼굴을 살피며 제 마음속의 흉악한 것을 온통 얼굴 위에 드러내면서 따졌다. "내가 어떻다는 건 아까 당신한테 말했어! 난 악마야! 그게 누구 때문이야?"

"저 때문이에요!" 하고 헤스터가 몸부림치며 외쳤다. "저 때문이에요, 그이 때문이기도 하지만. 그런데 어째서 제게 복수를 하지 않으세요?"

"당신은 주홍글씨에 맡겼소." 하고 로저 칠링워드가 대답했다. "그것이 나 대신 앙갚음을 하지 못한다면 그 이상은 별도리가 없지."

그는 빙그레 웃으며 주홍글씨 위에 손가락을 얹었다.

"그것이 당신 대신 앙갚음을 한 셈이에요!" 하고 헤스터 프린이 대답했다.

"나도 그렇게 생각하오." 하고 의사는 말했다. "그런데 그자를 나더러 어떡하란 말이오?"

"전 그 비밀을 밝혀야겠어요." 하고 헤스터는 도도하게 대답했다. "그이가 당신의 정체를 사실대로 아셔야 해요, 그 결과가 어떻게 될는지 저도 모르지만. 그러나 마땅히 치러야 할 비밀이라는 오래 된 빚을 이젠 갚아야겠어요. 그이의 명성이나 이 세상에서의 처지 혹은 생명을 건드리느냐 그대로 두느냐는 오로지 당신의 손에 달렸어요. 저는 주홍글씨의 가르침 덕분에 영혼 속까지 태우려 드는 시뻘건 불덩이와도 같은 진실을 깨달은 저는, 그이가 처량할 만큼 허무한 생활을 여전히 계속하는 게 이롭다고 해서 허리를 굽히고 당신의 자비심을 애걸할 필요는 느끼지 않아요. 그이에 대해선 당신이 좋도록 하세요! 그이에게나 저에게나 당신에게나 뭐 별로 좋을 건 없어요! 펄을 위해서도 좋을 건 없어요! 이 음침한 미궁에서 우리들을 이끌어 내갈 길은 없어요!"

"흠, 딴은 불쌍히 여길 만도 한 말이오!" 하고 로저 칠링워드가 가슴에 사무치는 감동을 이기지 못해 말했다. 그녀가 보여 준 절망 속에는 어딘지 장엄한 데가 있었기 때문이다. "당신은 훌륭한 바탕을 지닌 사람이오. 아마 당신이 진작 나보다 나은 사람을 만났다면 이런 죄악을 겪지는 않았을걸. 당신이 가엾소. 헛되이 시든 당신의 훌륭한 천성을 생각하니!"

"그야 당신도 가엾지요." 하고 헤스터 프린이 대답했다. "그 증오심 때문에 현명하고 올바른 당신이 악마 같은 분이 되셨으니 말이죠! 이제라도 증오심을 말끔히 씻어 버리고 다시 한 번 사람답게 되어 주셔요. 그이를 위하는 게 싫으시다면 당신 자신을 갑절로 위해서라도! 그이를 용서하고 이 이상의 벌일랑 그 일을 원하시는 '하느님'에게 맡기세요! 방금 말씀드렸지만, 그이나 당신이나 저나 음산한 죄악의 미궁 속에서 그런데 얽혀 헤매다닐 적마다 길에 뿌려 놓은 죄악의 돌뿌리에 걸어 채여 나자빠지는 우리들에게는 이로울 것도 없어요. 안 그래요? 혹시 유독 당신에게만은 이로울 게 있을지도 모르지요, 당신이야말로 몹쓸 일을 당하셨으니까. 그이를 용서하고 안하고는 당신의 마음 하나에 달렸어요. 하나밖에 없는 그 특권을 당신은 포기하시겠어요? 그 값진 특전을 저버리시겠어요?"

"조용히 해요, 헤스터, 조용히!" 노인은 침울한 듯 정색을 하며 대답했다. "내게는 용서할 권리가 없어. 당신이 운운하는 그따위 힘은 없단 말이야. 한동안 잊었던 지난날의 믿음이 나한테 되돌아와서 우리의 행실이며 고뇌를 죄다 설명해 주는구려. 당신은 첫걸음을 잘못 딛는 바람에 죄악의 씨를 뿌린 셈이오. 그러나 그 뒷일은 모두 암담한 운명의 짓이었어. 내 신세를 망친 당신들도 어떤 환각에 사로잡혔을 때가 아니고서는 죄를 저질렀다곤 할 수 없소. 악마의 손아귀에서 마력을 빼앗은 나도 결코 마귀 같은 존재는 아니야. 그 모두 운명의 장난이야. 검은 꽃이 피거들랑 피는 대로 내버려둬요! 자, 어서 그자한테 가서 당신 마음대로 해보구려."

그는 손을 한 번 저어서 인사를 하고 다시 약초를 캐기 시작했다.

15. 헤스터와 펄

이리하여 로저 칠링워드—사람들의 뇌리에서 좀처럼 떠날 줄 모르는 허울을 쓴 늙은 불구자—는 헤스터 프린과 헤어지자 허리를 꾸부정하게 한 채 걸어갔다. 그는 여기저기에서 풀을 뜯고 뿌리를 캐어서 팔에 걸친 바구니에 담았다. 앞으로 기다시피 걸어갈 양이면 희끗희끗한 턱수염이 땅바닥에 닿을락말락했다. 괴상한 호기심에 찬 표정으로 헤스터는 그의 뒷모습을 잠시 지켜보았다. 제딴에는 이른 봄철의 부드러운 풀이 노인의 발밑에 짓밟히자 누렇게 시들어서 보기 좋은 초록풀 위에 한 줄기 구불구불한 발자국 길이라도 남기지나 않았나 싶어서였다. 노인이 저렇게 부지런히 뜯어 모으는 풀이 도대체 무엇인지 헤스터는 알 수 없었다. 노인의 눈길이 닿자마자 교감을 일으켜 흉악한 목적을 품게 된 땅이 노인의 손가락 밑에서 돋아난 생전 처음 보는 종류의 독초를 가지고 그를 반기지나 않을까? 혹은 온갖 이로운 풀들이 노인의 손길이 닿자마자 해독과 악의에 찬 풀로 변했대서 그가 흐뭇해하지나 않을는지? 다른 데서 화창하게 빛나던 햇빛이 정작 이 노인도 비춰 주었는지? 혹은 노인이 어디로 가든 둥근 모양의 불길한 그림자가 그 불구의 몸뚱이를 노상 따르고 있지나 않았는지? 어쩐지 그랬을 것만 같았다. 그런데 노인은 지금 어디로 가는 길일까? 혹은 홀연히 땅 속으로 빠지지나 않을까? 그리고 빠진 자리엔 황량하게 초목이 시들고 때가 되면 벨라도나며 말채나무며 헨베인이며 그밖에 이런 풍토 속에서 자랄 수 있는 갖가지 흉악한 초목들이 무시무시하게 마구 무성해지지나 않을까? 혹은 박쥐 같은 날개를 펴고 하늘 높이 날면 날수록 더욱더 추악하게 보이지나 않을까?

"죄로 가든말든……." 하고 헤스터 프린은 노인의 뒷모습을 한없이 바라보면서 쓰디쓴 표정으로 말했다. "난 저이가 싫어!"

그녀는 이런 감정에 사로잡힌 제 자신을 책망했으나 그 감정을 이겨낼 수도 억누를 수도 없었다. 그렇게 해 보려고 먼 고장에서 지냈던 아득한 옛날을 돌이켜보았다. 그때 그는 저녁이 되면 으레 붙박혀 있던 서재에서 나와 아늑한 난롯불빛이며 그녀의 아내다운 환한 미소를 반기며 앉았었다. 그는 책 속에 파묻혀 오랫동안 외롭게 지내는 통에 가슴속에 스며든 냉기를 없애 버릴 양으로 아내의 미소로 몸을 녹일 필요가 있다는 것이었다. 이런 장면들은 일찍이 행복스럽지 않게 여겨진 적은 한 번도 없었으나, 그후에 겪은 음울한 생활을 거쳐 볼 때 그런 장면도 가장 추악한 회상 축에 드는 것이었다. 그런 장면이 어떻게 있었을까 하고 그녀는 무척 놀라워했다! 어떻게 그런 사나이와 결혼할 엄두를 냈었을까 하고 새삼스레 의아스럽기도 했다! 헤스터가 무엇보다도 뉘우쳐야 할 죄라고 여긴 것은 자기가 사나이의 미적지근한 손과 악수를 나누기도 하고, 자기의 입술과 눈에 어린 미소가 사나이의 미소와 서로 얽혀 녹아 버리는 대로 그냥 내버려두었었다는 것이다. 그리고 사나이가 자기 곁에 있는 것이 행복이라고 아직 분별심이 없는 자기에게 타일렀었다는 사실은 로저 칠링워드가 나중에 겪은 봉욕보다도 더 한층 추악한 죄를 저지른 것이나 진배없다고 생각되었다.

"정말 나는 그이가 싫어!" 하고 헤스터는 아까보다도 더 쓰디쓴 낯으로 되뇌었다. "그이는 날 속였어! 그이는 나보다도 더 몹쓸 짓을 내게 저질렀었어!" 사나이들은 여인의 손을 제 손아귀에 넣었더라도 그와 함께 그윽한 애정을 얻지 못하는 한 전전긍긍할 것이다. 그렇지 않으면 자기들보다 강한 힘이 여인의 온갖 감각을 눈뜨게

했을 때 로저 칠링워드의 경우와 같이 팔자 사납게도
여인에게 따뜻한 현실로서 베풀어 주었을 아늑한 만족
이나 행복이란 대리석상 때문에도 책망을 받는 수가 있
다. 그러나 헤스터는 진작 이런 부당한 태도를 청산했
어야 했다. 도대체 이것은 무엇을 뜻했을까? 주홍글씨
에 시달렸던 7년이란 긴 세월이 적잖은 불행을 빚어냈
으면서도 아무런 뉘우침도 일으키지 않았단 말인가? 헤
스터가 우두커니 서서 꾸부정한 로저 칠링워드의 뒷모
습을 잠깐 바라다보았을 때 치솟은 감정은 그녀의 마음
속에 어두운 빛을 던져, 여느 때 같으면 그런 것도 있
었나 싶었던 것들까지도 많이 밝혀 주었다.

사나이가 사라지자 헤스터가 아이를 불렀다.

"펄! 애, 펄! 어디 있니?"

정신의 활동력이 약해져 본 적이 없는 펄은 어머니가
약초를 모으는 노인과 이야기하는 동안에도 장난에 궁
하진 않았다. 앞서 말했듯이 처음에 그녀는 물웅덩이
속에 환영처럼 비친 제 모습과 이상하게 어울려 놀며
나오라고 손짓을 하더니, 그 환영이 좀처럼 나오려는
기세를 보이지 않자 만질 수도 없는 땅과 다다를 수도
없는 하늘이 그런데 겹친 물 속으로 제 자신이 들어가
려고 했다. 그러나 자기가 아니면 그 그림자가 생기지
않는다는 것을 이내 알아차리자 더 재미있게 놀 곳으로
발길을 돌렸다. 그녀는 벚나무 껍질로 조그만 배를 몇
개 만들어 달팽이집을 실어 물 위에 띄웠다. 배들은 뉴
잉글랜드의 어느 장사치보다도 많은 물건을 가득 실은

채 떠나갔으나, 대개 물가에서 얼마 못 가서 가라앉았다. 살아 있는 창게의 꼬리를 잡기도 하고, 몇 마리의 불가사리를 산 채로 잡기도 하고, 해파리에 따스한 햇볕을 쬐게 하여 녹아 버리게도 했다. 그러자 밀려드는 조수에 줄무늬를 지어 준 새하얀 물거품을 떠서 산들바람결에 휘날렸다가 커다란 눈송이 모양 내리면 아주 떨어지기 전에 붙잡으려고 날쌔게 쫓아가기도 했다. 물가에서 모이를 주우며 몰려 날아다니는 바다새를 보자, 장난꾸러기 펄은 앞치마 가득 조약돌을 주워 작은 바닷새들을 뒤쫓아 바위 사이사이를 기어다니며 아주 능란한 솜씨로 돌을 던지곤 했다. 그 중 가슴팍이 하얀 작은 잿빛 새 한 마리가 돌에 맞아 날개가 부러진 채 날아갔음이 틀림없다고 펄은 확신했다. 그러나 그 순간 이 꼬마 요정은 한숨을 내쉬며 장난을 멈췄다. 왜냐하면 바다의 산들바람 혹은 제 자신 모양 자연 속에서 마구 자란 작은 새에 해를 끼친 것이 여간 가슴 아프지 않았기 때문이다.

그녀는 마지막 장난으로 갖가지 해초를 모아 스카프니 외투니 머릿수건이니 하는 따위를 만들어 흡사 작은 인어(人魚)와 같이 차리기도 했다. 그녀는 어머니를 닮아 포장이며 옷가지를 궁리해 내는 재간이 있었다. 인어옷의 마지막 장식으로 펄은 일그라스11)를 몇 올 뜯어 어머니의 가슴에서 사철 보아 눈에 익은 장식 즉 A자 모양을 잘 본떠서 제 가슴에 비슷하게 장식했다. A

---

11) 역주:해초의 일종.

자, 그러나 주홍빛이 아니라 해맑은 초록색이었다. 펄이 가슴 위에 머리를 기웃하고 이상스런 흥미에 사로잡혀 이 장식을 곰곰이 들여다보고 있는 모습은 마치 자기가 이 세상에 태어난 목적은 이 글씨의 숨은 뜻을 찾아내는 데 있다는 듯 보였다.

'이게 무슨 뜻이냐고 엄마가 물어 보시지나 않을까 몰라?' 하고 펄이 생각했다.

마침 그때 어머니의 목소리가 들리자 펄은 바다새처럼 날쌔게 어머니 앞으로 내달아서 깡충거리고 깔깔대며 제 가슴의 장식을 손가락질했다.

"애, 펄." 하고 헤스터는 아무 말 없이 있다가 말문을 열었다. "파랑글씰 어린애 가슴에 달았댔자 아무런 의미도 없는 거야. 그런데 애, 너는 엄마가 달고 있는 이 글씨에 무슨 뜻이 있는지 아니?"

"응, 알아." 하고 펄이 말했다. "그건 큰 글자 A야. 왜 엄마가 글씨책에서 가르쳐 주셨잖아."

헤스터는 펄의 조그만 얼굴을 물끄러미 들여다보았다. 그러나 그녀의 검은 눈 속에 흔히 볼 수 있었던 그 야릇한 표정이 여전히 엿보이긴 했으나 펄이 그 글씨에다 어떤 뜻을 덧붙이고 있는지 속시원히 알아낼 수는 없었다. 헤스터의 머릿속에는 그 점을 다짐해 보고 싶은 병적인 욕망이 문득 치솟았다.

"애야, 어째서 엄마가 이 글씨를 달았는지 그 이율 알겠니?"

"정말 알고말고!" 하고 펄이 똑똑한 체 어머니의 얼굴을 들여다보면서 대답했다. "그건 목사님이 노상 가슴에다 손을 없고 계시는 거나 같은 이유야!"

"그런데 그 이유란 게 뭐지?" 헤스터는 펄의 추측이 어리석게도 조리가 안 맞아서 빙그레 웃다가, 그 말을 되씹어 보자 별안간 얼굴이 파래지면서 물었다. "이 글씨가 나 말고 다른 사람의 가슴과 무슨 상관이 있지?"

"아무것도 아냐. 엄마, 내가 아는 걸 말했을 따름이야." 하고 펄은 여느 때보다도 더욱 심각하게 정색을 하고 말했다. "아까 엄마하고 이야기하던 저기 저 할아버지한테 물어 봐요! 그 사람은 알거야. 그런데 정말이지 엄마, 이 주홍글씨엔 무슨 뜻이 있지? 엄만 왜 가슴에 달고 있지? 그리고 목사님은 어째서 노상 가슴에다 손을 없고 계셔?"

펄은 두 손으로 어머니의 손을 붙잡고 그녀의 격정적이고도 변덕스런 성미 속에 좀처럼 찾아볼 수 없었던 진지한 태도로 어머니의 두 눈을 지켜보았다. 이 순간 헤스터에겐 문득 이런 생각이 들었다. 펄은 정녕 어린애답게 어미를 믿는 마음으로 제게 접근하려는 것이며, 두 모녀간에 서로 마음이 통하는 델 마련하고자 되도록 재간껏 똑똑하게 애쓰고 있는 게 아닐까 하고. 펄의 모습은 여느 때와 딴판이었다. 여태까지 어머니는 제 딸을 일편단심으로 무척 사랑하면서도 그애한테서 4월의 춘풍 같은 변덕 이상의 것을 아예 바라지도 않으려고 제 자신을 타일러 왔었다. 그것은 들뜬 장난에 골몰했다가 별안간 종잡을 수 없는 정열을 발산하는가 하면,

기분이 제법 좋다가도 문득 발끈 화를 내기도 하고, 가
슴에 꼭 안아 주어도 같이 안아 줄 생각은커녕 오히려
쌀쌀하게 대하기가 일쑤인 것이다. 그런데 이렇듯 못마
땅하게 굴다가도 이따금 무슨 속셈에서인지 이상스럽게
도 다정하게 뺨에다 입을 맞춰 주고 머리칼을 귀엽게
어루만져 주다가, 남의 가슴속에 꿈결 같은 즐거움을
아로새겨 준 채 자취를 감추고 다른 한가로운 일에 몰
두하는 것이다. 어미이기에 제 자식의 성미를 이 정도
로나 평가했지 남이라면 무뚝뚝한 성미만을 알아보고서
도리어 사실보다도 훨씬 암담한 빛깔에 물든 것인 양
관찰했을 것이다. 그러나 이 즈음엔 유달리 숙성하고
예민한 펄은 어머니의 어엿한 친구로서, 어머니의 슬픔
을 많이 알게 되더라도 두 모녀가 서로 업신여기진 않
을 나이에 이르렀다는 생각이 헤스터의 머릿속에 뚜렷
이 떠올랐다. 종잡을 수 없는 펄의 성격 속에도 굽힐
줄 모르는 용기, 아무도 좌우할 수 없는 의지, 잘 다루
면 자존심으로 변할 수도 있는 강한 긍지, 속속들이 살
펴보면 거짓에 물들어 있을지도 모르는 것에 대한 추상
같은 경멸 따위를 지닌 확고부동한 주의(主義)가 싹트
고 있는지도 모른다. 아니 애당초 싹트고 있었던 것이
다. 그녀에게도 애정은 있었다. 하기야 여태까진 그 맛
이 쓰쓰름하고도 불쾌한 데가 있었으나 그래도 미처 무
르익지 못한 과실의 그윽한 향기가 담겨 있었다. 이처
럼 훌륭한 특성을 지녔는데도 이 요정 같은 어린애가
장차 고귀한 여인으로 자라지 못한다면, 필시 어머니한

테서 물려받은 흉악한 성질이 대단한 탓이리라 헤스터
는 생각했다.

수수께끼 같은 주홍글씨의 둘레에서 좀처럼 떠나지
못하는 펄의 성질은 제 자신도 어찌할 수 없는 천성인
가 싶었다. 그녀는 철이 든 바로 그 무렵부터 무슨 사
명처럼 이런 버릇에 젖었었다. 하느님이 펄에게 이렇듯
남다른 성질을 베풀어 준 것은 정의와 형벌을 아울러
마련해 주려는 뜻에서가 아닌가고도 헤스터는 생각했
다. 하지만 행여나 자비심과 온정을 베풀어 주려는 뜻
에서는 아니었을까 하고 물어 본 적은 한 번도 없었다.
만약에 펄이 이 세상의 어린이인 동시에 영혼의 사자로
서 신뢰와 신의를 갖추었다면, 어미의 가슴속에 싸늘하
게 파묻혀서 그 속을 무덤인 양 만들어 버린 슬픔을 위
로해서 풀어 주고, 또 한때 불길 같았고 지금 역시 죽
지도 잠들지도 않은 채 무덤 같은 어미의 가슴속에 갇
혀 있는 정열을 무찔러 없애도록 어미를 돕는 것이 펄
의 할 일이 아니었을까?

마치 헤스터의 귀에 정작 속삭여 준 말인 것처럼 인
상이 또렷한 이런 생각들이 지금 그녀의 가슴을 설레이
게 했다. 한편 펄은 그동안 내내 어머니의 손을 두 손
에 쥐고 얼굴을 쳐든 채 다음과 같은 날카로운 물음을
한두 번이 아니라 세 차례나 물었다.

"주홍글씬 무슨 뜻이야. 엄마? 엄마는 뭣 때문에 그
걸 달고 있어? 목사님은 왜 가슴에다 노상 손을 얹고
계셔?"

'글쎄, 뭐라고 대답해야 할지?' 하고 헤스터는 마음속에서 생각했다. '아냐! 이애의 동정값이 이것이라면 난 그 값을 치를 순 없어.'

그러자 헤스터가 소리를 질렀다.

"바보 같으니, 그게 다 무슨 쓸데없는 질문이냐? 세상엔 어린애들이 물어서 안 될 것도 많단다. 목사님의 마음속을 내가 어떻게 안단 말이냐? 그리고 주홍글씬 그 금실이 고와서 달고 있는 거야."

지나간 7년 동안 헤스터 프린은 가슴에 단 치욕의 표적에 대하여 성실치 않았던 때는 한시도 없었다. 아마도 그것은 준엄하고 엄격하면서도 한편 보호해 주는 수호신의 부적이었는지도 모른다. 그러나 이 수호신은 헤스터의 가슴을 빈틈없이 지켜보았는지도 모르고, 새로운 죄악이 스며들었다느니 본래의 죄악이 아직 쫓겨나지 않았다느니 하면서 그녀를 저버렸는지도 모른다. 한편 펄의 얼굴에 어렸던 진지한 기색도 이내 자취를 감추었다. 그러나 이 아이는 그 문제를 그만 치워 버리는 게 좋다고 생각진 않았다. 펄은 어머니와 함께 집으로 돌아가는 길에 두세 번, 저녁때와 어머니가 거들어 잠자리에 들게 해주었을 때 몇 번, 그리고 웬만큼 잠이 든 뒤에도 잠결에 한 번, 장난기어린 검은 눈으로 어머니를 올려다보면서 말했다.

"엄마, 주홍글씬 무슨 뜻이야?"

이튿날 아침 펄이 잠이 깼다는 첫 인사인 양 베개에서 머리를 불쑥 쳐들고, 주홍글씨에 대한 자기의 연구와 웬일인지 자꾸만 결부시켜지는 또 하나의 질문을 했다.

"엄마! 엄마! 어째서 목사님은 가슴에다 노상 손을 얹고 계실까?"

"입 다물어라! 장난꾸러기 같으니!" 어머니는 전에 없이 무뚝뚝하게 대답했다. "엄말 괴롭히지 말아 줘. 말을 안 들으면 캄캄한 벽장에다 가둬 버릴 테야!"

16. 숲속길

당장에 고통을 당하고 앞으로 또 어떤 결과에 부닥칠 위험이 있다 해도 딤즈데일 목사에게 그와 친분을 맺게 된 사나이의 정체를 가르쳐 주어야겠다는 헤스터 프린의 결심엔 아무런 변함도 없었다. 그런데 목사가 반도의 해변을 따라 혹은 이웃 고을의 수풀에 뒤덮인 언덕 위를 늘 명상에 잠겨 거닌다기에, 그녀는 그때를 이용해서 이야기해 볼까 하고 며칠이나 기회를 엿보았으나 통 만날 수가 없었다. 설령 그녀가 서재로 목사를 심방했더라도 성결한 목사의 명성은 조금도 더럽혀지지 않았을 것이다. 왜냐하면 그 서재에는 전에도 숱한 회개자들이 주홍글씨가 의미하는 것과 비슷하게 빛깔이 짙은 죄를 고백한 적이 있었다. 그러나 로저 칠링워드가 음으로 양으로 방해를 할까 두렵기도 했고, 아무도 그들의 비밀을 알 턱은 없지만 제 발이 저려선지 괜히 의

심스럽기도 했고, 또한 목사와 둘이서 이야기하는 동안
에는 넓디넓은 세계에서 숨을 쉴 필요가 있을 것 같기
도 해서 헤스터는 넓게 튄 하늘 아래 이외의 비좁고 은
밀한 어느 장소에서도 목사와 만날 생각은 아예 하지
않았다.

딤즈데일 목사도 불려와서 기도를 드려 준 일이 있는
어느 환자의 방에서 병시중을 들던 헤스터는, 목사가
토인 신도들 사이에서 일을 보는 전도사 엘리엇을 심방
하러 하루 전에 떠났다는 사실을 알게 되었다. 목사는
이튿날 오후 어느 시간까지는 돌아올 모양이었다. 그리
하여 다음날 일찌감치 헤스터는 펄─아무리 귀찮아도
나들이할 적마다 으레 따라다니는─을 데리고 길을 떠
났다.

두 보행군이 반도에서 본토 쪽으로 넘어선 뒤로부터
길은 내내 좁았다. 이 길은 꾸불꾸불 굽이돌며 신비에
싸인 원시림 속으로 이어 나갔다. 이 길 양쪽을 빽빽하
게 둘러싼 우중충한 숲속에는 나무들이 촘촘히 우거져
하늘이 겨우 쳐다보일 정도였으므로, 헤스터의 머릿속
에는 여기가 바로 그동안 오랫동안 헤매었던 정신의 황
무지가 아닐까 하는 생각이 들었다. 날씨는 싸늘하고
음산했다. 머리 위에 드리운 잿빛 구름이 산들바람결에
조금씩 움직이면 이따금 한 줄기 희미한 햇빛이 삐죽히
스며들며 숲속 좁은 길가에서 외로이 가물거렸다. 유쾌
하게 깜박이는 햇빛은 언제나 쭉 뻗은 숲속 길 저편 끝
에서 보였다. 까불거리는 햇빛─이날따라 이곳에 유난

히 깃든 애수 속에서 까분댔자 얼마나 까불까 보냐—이 둘이 다가서자 이내 사라지고, 웬일인지 그 자리는 한결 더 쓸쓸해 보였다. 실은 두 모녀가 거기라도 환했으면 하고 은근히 바라며 왔었기 때문일 것이다.

"엄마." 하고 펄이 말했다. "햇빛은 엄말 좋아하지 않나 봐. 엄마 가슴에 단 게 무서워 달아나 숨어 버리니 말이야. 저것 좀 봐! 저기서 놀고 있네. 엄마는 여기 있어요. 내가 달려가서 붙잡아 올게. 난 어린애니까 날보고 뺑소니치진 않을 거야. 아직 가슴에 단 것도 없으니까!"

"애야, 평생 그따윈 안 달게 돼야지." 하고 헤스터는 말했다.

"왜, 엄마?" 펄이 내달으려다가 멈칫 서며 물었다. "나도 어른이 되면 그게 저절로 나타나서 달게 되는 게 아니야?"

"자, 어서 달려가서……." 하고 어머니가 대답했다. "햇빛을 잡아오렴! 곧 없어질 테니."

펄이 재빠르게 달려가서 정말 햇빛을 잡자 멀리서 바라보던 어머니는 빙긋이 웃었다. 햇빛 속에 서서 웃는 펄은 휘황한 빛에 온통 휩싸여 날쌘 뜀박질로 돋우어진 활기를 번쩍번쩍 내뿜는 것 같았다. 햇빛은 동무가 생겨 반가운 듯 외로운 펄 둘레를 서성거렸다. 이윽고 어머니도 가까이 다가가, 이 마술의 권내로 한 발 내디디려 했다.

"이젠 없어질걸." 하고 펄이 고개를 설레설레 흔들며 말했다.

"자 봐라!" 하고 헤스터가 웃으면서 대답했다. "이젠 나도 손을 벌려 햇빛을 잡을 수 있어."

헤스터가 잡으려 하자 햇빛은 사라져 버렸다. 혹은 펄의 얼굴 위에 반짝이는 영리한 표정으로 판단한다면, 펄이 햇빛을 몽땅 한몸에 빨아들였다가 어머니와 함께 어두컴컴한 그늘 속으로 들어서면 다시 햇빛을 내뿜어 앞길에 한 줄기 빛을 비춰 주리라고 헤스터는 생각할 수도 있었을 것이다. 펄의 천성 속에 어머니와는 다른 새로운 전기가 있다는 생각을 헤스터의 머릿속에 가장 인상 깊게 아로새겨 준 것은 바로 이처럼 시들 줄 모르는 펄의 활기에 넘친 기운이라는 특성이었다. 펄은 슬픔이란 병도 몰랐다. 이 병은 요새 애들이면 대개 선병(腺病)과 함께 조상들한테서 으레 물려받는 병이다. 아마 이것 역시 하나의 병으로 펄을 낳기 전에 헤스터가 슬픔과 싸웠던 억센 근력의 반사작용에 지나지 않았을지도 모른다. 그것은 펄의 성격에다 딱딱한 금속성의 광채를 어리게 하는 의심스러운 매력임이 분명했다. 펄에게 필요한 것은—일평생 내내 필요로 하는 사람도 있다—그녀의 심금을 울려 인간답게 해주고 남을 동정할 줄 아는 능력을 갖추게 할 슬픔이다. 그러나 펄에게는 아직도 시간의 여유가 많았다.

"펄아, 이리 온!" 헤스터는 햇빛 속에 여전히 서 있는 펄한테서 시선을 돌려 주위를 돌아보며 말했다. "숲속으로 좀 들어가 쉬자."

"난 피곤하지 않아, 엄마." 하고 펄이 대답했다. "하지만 나한테 이야기해 준다면 엄만 앉아 쉬어도 괜찮아."

"이야기라니!" 하고 헤스터가 말했다. "무슨 얘길?"

"아이, 왜 마귀 얘기 말이야." 펄은 어머니의 겉옷자락을 붙잡고 정색을 한 듯도 하고 익살을 부리는 듯도 한 표정으로 어머니를 쳐다보며 대답했다. "마귀가 이 숲속에 노상 나타나서 책—쇠고리로 죈 큼직하고 묵직한 책 말이야—을 가지고 다니며 이 숲속에서 만나는 사람마다 그 책과 무쇠 펜을 주고 제각기 피로 이름을 적게 한 다음엔, 그 사람들 가슴에다 표를 찍어 준다는 얘기 말이야! 엄마도 마귈 만나 본 적이 있어?"

"아니, 넌 누구한테 그런 얘길 들었니, 펄?" 어머니는 이즈음 널리 퍼진 미신과 비슷한 이야기라는 걸 이내 알아차리면서 물었다.

"간밤에 엄마가 병시중 들었던 집 있잖아, 그 집 난롯가에 앉았던 할머니한테 들었어." 하고 펄이 말했다."그런데 할머니는 그 얘길 할 때 내가 자는 줄 알았나 봐. 많은 사람들이 여기서 그 마귀를 만나 책에다 이름을 적으면 마귀가 그 사람들에게 일일이 표를 찍어 주었대. 그리고 심술궂은 히빈즈 할머니도 말이야. 이 주홍글씨도 마귀가 엄마한테 찍어 준 표랬어. 그리고 엄마가 캄캄한 이 숲속에서 한밤중에 마귀를 만나면 주홍글씨가 새빨간 불길처럼 번쩍인댔어. 정말이야, 엄마? 엄마도 밤중에 마귈 만나러 가?"

"애, 너 잠이 깼을 때 엄마 못 본 적이 있었니?" 하고 헤스터가 물었다.

"그런 일은 없었나 봐." 하고 펄이 말했다. "날 집에 남겨 두는 게 마음 안 놓인다면 같이 데리고 가줘. 난 신나게 따라갈 테야! 하지만 엄마, 이젠 좀 얘기해 줘요! 마귀란 것이 정말 있어? 엄마도 만나 본 적이 있어? 그리고 이게 마귀의 표적이야?"

"엄마가 한 번만 얘기해 줄 테니 성가시게 굴지 않겠니?" 하고 어머니가 물었다.

"응, 죄다 얘기해 주면." 하고 펄이 대답했다.

"내 생전에 꼭 한 번 마귀를 만나보았어." 하고 어머니가 말했다. "이 주홍글씨가 마귀의 표야!"

이렇게 이야기하면서 둘은 나무 사이로 꽤 깊숙이 들어섰으므로 우연히 숲속길을 지나는 사람의 눈에도 띄진 않았다. 둘은 쌓이고 쌓인 이끼 더미 위에 자리잡고 앉았다. 이것은 한 세기 전의 어떤 때에는 캄캄한 그늘 속에 뿌리와 줄기를 뻗치고 머리 끝으로 하늘을 찌르며 드높이 치솟았던 거창한 소나무가 있던 자리일지도 모른다. 두 모녀가 자리잡고 앉아 있는 곳은 조그만 골짜기였다. 가랑잎이 떨어져 흩어진 둑이 양쪽으로 불룩하게 솟아 있고 그 가운데 낙엽들이 가라앉은 바닥 위를 시내가 흐르고 있었다. 그 위로 내려걸린 나무들의 큰 나뭇가지가 이따금 꺾여서 떨어지는 바람에 물결이 막혀 군데군데에서 소용돌이 치고 깊숙이 고여서 검푸른 빛을 띠기도 했다. 한편 물결이 쏜살같이 날쌔게 흐르는 곳에는 조약돌과 반짝이는 갈색 모래 바닥이 드러나 보였다. 시내 줄기를 따라 눈길을 뻗치면 숲속 저만치에 시냇물이 되쏘는 햇빛이 보였으나, 나무줄기와 덤불들이 어지럽게 얽히고 뿌연 이끼가 뒤덮인 큼직한 바위들이 군데군데 흩어져 있는 데서부터는 그 자취도 보이지 않았다. 이렇듯 거창한 나무들과 둥근 화강석들은 이 조그만 시내가 더듬는 길을 아무도 모르게 애써 숨기려는 품이었다. 노상 재잘거리는 시냇물이 맨 처음에 흐르기 시작한 옛 숲속의 이야기를 소곤거리지나 않을까 하고, 혹은 물웅덩이의 매끄러운 수면에다 그 비밀을 비추어 주지나 않을까 하고 걱정하는 모양 같기도 했다. 실상 흐르면서 노상 재잘거리는 시냇물 소리는 다정스럽고 조용하여 듣는 사람의 마음을 위로해 주는 데가 있었다. 그러나 어렸을 때부터 노는 재미를 통 모르고 지낸 탓으로 외로운 동무들과 사귀거나 우울한 일들을 당하거나 좀처럼 즐거워할 줄 모르는 어린아이의 목소리같이 침울했다.

"참 시냇물도! 어쩌면 저렇게 바보 같고 답답할까!" 하고 펄은 시냇물 소리에 잠깐 귀를 기울였다가 소리를 질렀다. "어째서 그처럼 슬프지? 기운을 좀 내봐. 온종일 한숨 쉬며 종알거리지만 말고!"

그러나 숲속에서 짧으나마 일생을 보내 온 시냇물은 그간 퍽 장엄스런 경험을 겪어 왔기 때문에 그 곡절을 이야기하지 않을 수도 없었고, 그밖에는 할 이야기도 없었다. 펄의 신세는 이 시내와 비슷했다. 왜냐하면 그녀의 생명의 흐름도 시내처럼 신비스런 샘터에서 솟아나와 시내처럼 음산한 빛이 어린 풍경 속을 흘러왔기 때문이다. 그러나 시내와는 달리 펄은 흐르면서 춤추고 반짝이고 경쾌하게 재잘거렸다.

"이 슬픈 시내는 뭐라고 재잘거리는 거야, 엄마?" 하고 펄이 물었다.

"네게 슬픈 일이 있다면 그 얘길 해줄 테지." 하고 어머니가 대답했다. "내게 내 슬픔에 관한 얘길 해주듯이! 그런데 펄, 길을 걷는 사람의 발소리가 들리지? 나뭇가지를 헤치는 소리도 나고. 너 어디 좀 가서 놀려무나, 엄마는 저기 오는 분하고 얘기 좀 할 테니."

"저분이 그 악마야?" 하고 펄이 물었다.

"어디 좀 가서 놀겠니?" 하고 어머니가 다시 말했다. "하지만 숲속으로 너무 깊이 들어갔다 길을 잃어선 안 돼. 내가 부르는 첫마디에 돌아오도록 해라."

"응, 그럴게 엄마." 하고 펄이 대답했다. "그런데 저 사람이 그 악마라면 잠깐 기다렸다가 겨드랑이에 큼직한 책을 낀 모양을 좀 봐도 괜찮아?"

"어서 저리 가거라, 바보 같으니!" 하고 어머니는 역정을 내며 말했다. "저이는 악마가 아냐! 나무 사이로 이제 보일 게다. 저 사람은 목사님이야!"

"정말!" 하고 펄이 말했다. "글쎄, 엄마. 목사님은 가슴에다 손을 얹으셨지! 목사님이 악마의 책에다 이름을 적었을 때 악마가 거기다 표를 찍었기 때문이야? 그런데 어째서 목사님은 엄마처럼 가슴 위에다 달고 다니질 않을까?"

"자, 어서 가봐, 펄. 인제 엄마를 그만 못 살게 굴고!"

하고 헤스터 프린이 외쳤다. "하지만 너무 멀린 가지 마. 시냇물 소리가 들리는 데 있어야 해."

펄은 시내의 줄기를 따라 올라가며 노래를 불러 시냇물의 침울한 속삭임과 그보다는 한결 명랑한 노래의 리듬을 뒤섞어 보려 했다. 그러나 시냇물은 아무런 위안도 느끼지 않았는지 음산한 숲속에서 일찍이 일어났던 구슬프고 신비로운 비밀 이야길 여전히 알아들을 수도 없는 수작으로 마냥 재잘대고 있었다. 아니 앞으로 일어날 일을 구성지게 예언하고 있었다. 그리하여 제 자신의 삶 속에 벌써 적지않게 그늘이 진 펄은 넋두리하는 시내와의 인연을 아주 끊어 버리기로 마음먹었다. 그녀는 오랑캐꽃이며 할미꽃이며 높이 솟은 바위 틈에 자라고 있는 주홍빛 매발톱을 따모으기로 했다.

꼬마 요정같은 펄이 사라지자 헤스터 프린은 숲속을 뚫고 뻗은 길께로 한두 발자국 다가섰으나 나무들의 짙은 그늘 밑을 벗어나진 못했다. 길가에서 나무를 잘라 만든 지팡이에 의지하면서 혼자서 길을 걸어오는 목사의 모습이 눈에 띄었다. 초췌하고 쇠약해 보이는 목사의 태도에는 기진한 절망의 빛이 감돌고 있었다. 그가 식민지 안을 거닐 적이나 남의 눈에 띌 수밖에 없는 경우에도 이런 모습이 지금처럼 뚜렷이 나타난 적은 없었다. 그러나 세상에서 아주 외떨어진 여기 숲속에선 애처롭도록 눈에 띄었다. 이런 환경 자체가 목사의 마음을 짓누르는 무서운 시련이었는지도 모른다. 맥없이 걷는 모습이 한 발자국이라도 더 걸어야 할 이유도, 걷고 싶은

생각도 없으니 차라리 가까운 나무 밑에 몸을 내동댕이
친 채 될 대로 되라고 마냥 누워라도 있으면 좋겠다고
—무엇에라도 기쁨을 느낄 수 있는 힘이 있다면—생각
하는 인상이었다. 만약 그렇게 누워 버린다면 그 몸뚱이
가 살았건 죽었건 그 위에 나뭇잎이 덮이고 차츰 흙이
쌓여 마침내는 조그만 무덤이 생길 것이다. 죽음은 어쩔
수 없는 것이니 바라고 말고 할 여부도 없었다.

17. 목사와 신자

목사는 느릿느릿 걸었으나 헤스터 프린이 그의 주목
을 끌 만한 목소리를 미처 내기도 전에 하마터면 지나칠
뻔했다. 그녀는 이윽고 간신히 목소리를 낼 수 있었다.
"아서 딤즈데일!" 하고 헤스터가 나직이 말했다가 다
시 커다랗게 목쉰 소리로 불렀다. "아서 딤즈데일!"
"누구요, 날 부르는 건?" 하고 목사가 물었다.
허겁지겁 정신을 가다듬고 꼿꼿이 몸을 가누는 목사
의 품은 남 보이기 쑥스러운 기분에 잠겼던 차에 날벼
락을 맞은 사람과도 흡사했다. 목소리가 난 쪽으로 불
안한 눈길을 보낸 목사는 나무 밑에 서 있는 희뿌연 모
습을 보았다. 몹시도 침침한 옷을 입은데다, 대낮인데
도 찌푸린 하늘과 울창한 나뭇잎 때문에 사방이 어두워
서 모습이 확실하게 눈에 띠질 않아, 그 사람이 여인인

지 그림자인지 도대체 분간할 수 없었다. 목사가 더듬은 인생의 길에도 그의 사념 속에서 슬며시 빠져나온 유령이 지금처럼 자주 나타나는지도 모른다.

목사가 한 걸음 다가서며 주홍글씨를 보았다.

"헤스터! 헤스터 프린!" 하고 그가 말했다. "난 누구라고? 당신은 분명히 산 사람이지?"

"그럼요!" 하고 그녀가 대답했다. "지난 7년 동안이나 마찬가지로 산 사람이에요! 아아, 당신도 아서 딤즈데일, 당신도 아직 살아 계셨나요?"

이렇듯 둘이 서로의 육체가 살아 있는가를 묻고 제 자신의 생존마저 의심했다는 것은 별로 이상한 일이 아니었다. 그들은 어두컴컴한 숲속에서 너무도 기묘하게 만났기 때문에 마치 전생에 인연이 깊었던 두 사람의 혼령이 지금 무덤 저편의 세계에서 서로 무서워 몸서리치면서 처음으로 만나는 격이었다. 두 혼령은 서로의 처지를 잘 모르는데다 혼령과 사귀는 데도 익숙지 못한 기색이었다. 둘 다 유령인 주제에 상대편 유령을 무서워하고 있었다. 그들은 제 자신에게도 질겁을 하고 있었다. 왜냐하면 이 절박한 순간이 그들의 의식을 되살아나게 하고 그들의 마음속에다 지난날의 내력과 경험을 밝혀 주었기 때문이다. 이런 일은 이처럼 아슬아슬한 순간이 아니면 좀처럼 일어나지 않는다. 혼령은 사라지는 순간이라는 거울 속에 제 얼굴을 보았다. 아서 딤즈데일은 두려움에 떨며 마지못해, 그러나 어쩔 수 없어 시체처럼 싸늘한 손을 서서히 내밀어 헤스터 프린의 차디찬 손을 잡았다. 둘의 악수는 차가웠지만 만남 속에 깃들었던 처량함을 가시게 했다. 이젠 적어도 같은 세계에 사는 사람들이려니 느껴졌다. 뭐라 더 말하지도 않았지만—목사도 헤스터도 누가 먼저 앞장을 선 것도 아니련만 무언중에 서로 마음이 통했는지—둘은 헤스터가 걸어나왔던 숲의 그늘 속으로 슬며시 돌아가서 아까 두 모녀가 앉았던 이끼 더미 위에 걸터앉았다. 겨우 목소리를 내게 되자 둘은 누구나가 만나면 으레 하듯이, 찌푸린 하늘이니 폭풍이 불 것 같다느니 그새 별고 없었느냐니 하면서 이야기를 주고받았다. 이렇게 둘은 주춤거리면서도 차츰 그들의 마음속 깊숙이 맺힌 문제로 다가갔다. 그동안 둘은 그들만의 운명 때문에 그리고 갖가지 사정 때문에 서로 오래 적조했으므로, 교제의 문을 열어젖혀 그들의 속마음이 문지방을 넘어서게 하려면 우선 대수롭지 않은 말을 몇 마디 주고받아야 했다.

잠시 후 목사가 헤스터 프린의 눈을 바라보았다.

"헤스터." 하고 그가 말했다. "당신은 마음이 안정되었소?"

그녀가 자기 가슴을 내려다보면서 쓸쓸히 미소지었다.

"당신은요?" 하고 그녀가 물었다.

"어림도 없소, 절망이 있을 뿐이오!" 하고 그가 대답했다. "나 같은 것이, 나 같은 생활을 하는 것이 그밖에 무엇을 바랄 수 있겠소? 만일 내가 무신론자인데다 양심도 없고 추잡하고 짐승 같은 본능을 가진 녀석이라면 진작 마음이 안정되었을지도 모르지. 아냐, 애당초 마음의 안정을 잃지도 않았을걸! 그런데 내 영혼이 지금 같은 꼴이 되고 보니 본래 내가 가졌던 좋은 소질, 즉 하느님이 골라 주셨던 훌륭한 선물이 몽땅 정신을 괴롭히는 쟁기가 되어 버렸소. 헤스터, 난 비참하기 이를 데 없는 사람이야!"

"뭇사람들이 당신을 존경하고 있어요." 하고 헤스터가 말했다. "게다가 분명히 당신도 그 사람들에게 좋은 일을 하셨어요. 그런데도 아무런 위안을 느끼지 못하시나요?"

"더욱 불행해, 헤스터. 더욱더 비참해질 따름이야!" 하고 목사가 쓰디쓴 미소를 띠면서 대답했다. "내가 했다고들 할지 모르는 선행에는 신념이 없어. 그건 망상임에 틀림없어. 나같이 타락한 영혼이 남의 영혼 구제에 무슨 도움이 되겠소? 나같이 더럽혀진 영혼이 남의 영혼을 정화시키는 데 무슨 도움이 되겠느냐 말이오? 그들은 날 존경한다지만 차라리 비웃고 미워해 줬으면 싶소! 강단에 서서, 마치 내 얼굴이 천국의 빛이라도 뿜어 주는 양 쳐다보는 무수한 눈들을 마주 바라다보아야 한다는 것이 무슨 위안이나 되는 줄 아오, 헤스터? 진리에 주린 신도들이 마치 오순절 이야기라도 듣는 듯 내 설교에 귀를 기울이는 모양을 보고 내 가슴속을 들여다보면, 그네들이 우상처럼 섬기는 것이 사실은 얼마나 추악한가를 새삼스레 느끼게 되니, 그래 그게 무슨 위안거리가 되겠소? 겉과 속이 이렇게 딴판이니 가슴이 아프다 못해 절로 비웃어지는구려! 사탄도 비웃겠지!"

"그건 당신 자신을 너무 괴롭히시는 거예요." 하고 헤스터가 부드럽게 말했다. "당신은 뼈저리게 뉘우치실 대로 뉘우치셨어요. 당신의 죄는 아득히 먼 옛날 속에 이미 묻혀 버린 셈이에요. 정말이지 당신의 요즈음 생활은 남이 생각하는 바와 다름없이 신성해요. 그처럼 선행으로 다져진 뉘우침도 한갓 허사에 지나지 않는단 말인가요, 어째서 그것이 당신의 마음을 안정시키지 못할까요?"

"아냐, 헤스터. 그건 안 될 말이야!" 하고 목사가 대답했다. "그건 허망한 짓이야! 이를테면 싸늘한 시체나 마찬가지야. 내겐 아무 소용도 없는 거야! 회개야 싫도록 했지만 어디 회개한 보람이 있어야지? 보람이 있었다면 난 벌써 신성을 가장하는 목사의 옷을 내던지고 심판의 자리에 나설 때와 같은 모습을 온 세상 사람들 앞에 진작 드러냈어야 할 거요! 버젓이 가슴에 주홍글씨를 단 당신은 행복했소! 내것은 남몰래 불타고 있지! 당신은 상상도 못할 거야. 7년 간이나 세상을 속이느라고 괴로워하던 끝에 자기의 참모습을 알아 주는 사람의 눈을 바라본다는 것이 얼마나 마음의 위안이 되는지를! 내게 한 친구가 있어―설령 천하의 원수라도 좋겠소!― 남들의 칭찬이 귀찮고 기분이 언짢을 때면 매일같이 찾아가서 나야말로 세상의 어느 죄인보다도 추악한 자라는 걸 밝힐 수 있다면, 그 덕택에 영혼은 생명을 이어 나갈 수 있을 것 같소. 이만큼의 진실이 있더라도 나는 구원을 받으련만! 그런데 지금의 내 경우는 모든 게 거짓이요! 허망이요! 멸망뿐이라오!"

헤스터 프린은 목사의 얼굴을 들여다보았으나 말을 하는 것은 꺼렸다. 그러나 오랫동안 억눌러 왔던 벅찬 감정을 이렇듯 줄기차게 실토한 목사의 말은, 헤스터가 벼르고 벼르던 말을 꺼내도 좋은 기회를 마침내 마련해 놓았다. 그녀는 두려움을 무릅쓰고 말문을 열었다.

"당신이 지금 막 원하셨듯이……." 하고 그녀가 말했다. "당신의 죄를 더불어 슬퍼할 수 있는 친구는 그 죄를 함께 저지른 저예요!" 다시금 헤스터는 머뭇거리다가 애써 말을 꺼냈다. "당신에겐 벌써부터 그런 원수가 있었어요. 지금 한지붕 밑에서 살고 계시는 분이에요!"

목사가 벌떡 일어서서 숨가쁘게 헐떡이며, 마치 가슴에서 심장이라도 떼어 버리려는 듯이 가슴을 움켜쥐었다.

"아니! 뭐라고!" 하고 그가 외쳤다. "원수라고! 한지붕 밑에서! 그게 무슨 소리요?"

몇 해씩이나 혹은 단 한순간일지언정 악의에 찬 목적 밖에 모르는 자의 손아귀에다 이 불행한 목사를 맡긴 채 내버려둠으로써 목사가 받은 피해―그 책임은 헤스터에게 있었다―가 이만저만이 아니었다는 걸 그녀는 이 순간에 충분히 알아차렸다. 원수가 제아무리 가면을 쓰고 정체를 숨겨도 그가 목사 가까이에 있다는 사실은 아서 딤즈데일처럼 예민한 사람의 자장(磁場)을 어지럽히기에 넉넉했다. 하기야 헤스터는 이런 사실을 지금처럼 뚜렷이 느끼지 못한 적도 있었다. 혹은 그녀가 제 자신의 고난을 겪는 통에 세상 인간이 싫어진 나머지,

제 경우보다는 견디기 쉬워 보이는 운명을 목사가 참아 나가는 대로 그냥 내버려두었다고도 할 수 있겠다. 그러나 요즈음 목사가 밤을 새운 뒤로부터는 그를 생각하는 헤스터의 마음은 부드러워지고 깊어졌다. 이젠 목사의 마음을 한결 더 정확히 짐작할 수 있었다. 로저 칠링워드가 목사 곁에 노상 붙어 있다는 것이며, 그의 악의를 품은 비밀의 독소가 목사를 둘러싼 공기에 온통 스며들고 있다는 것이며, 그가 의사의 자격으로 목사의 육체와 정신의 병에 버젓이 간섭할 수 있다는 것, 이렇듯 목사에게 불리한 조건들을 그가 무자비한 목적에 악용하고 있다는 사실을 헤스터는 의심하지 않게 되었다. 이러는 통에 환자의 양심은 줄곧 초조했고, 그 초조감은 고통을 일으켜 환자의 정신 상태를 고쳐 주기는커녕 오히려 어지럽히고 부패하게 했다. 그 결과 이 세상에선 미칠 수밖에 없을 것이고, 저승에 가서는 선과 진리에서 영원히 멀어지게 될 것이다. 아마도 진리와 선에서 멀어진 자는 이 세상에서는 미칠 수밖에 없는지도 모른다.

헤스터가 한때—아니 말해서 안 될 것도 없겠지만—지금도 여전히 열렬히 사랑하는 사나이가 그녀로 인해 얻은 파멸은 이러했다! 헤스터는 이미 로저 칠링워드한테도 말했듯이 목사의 명예 손상이나 심지어는 죽음일지라도 자기가 일부러 택했던 방법보다는 훨씬 나았었으리라고 생각했다. 그리하여 헤스터는 지금 이 슬픈 잘못을 고백하느니 차라리 숲속의 낙엽 위에 쓰러져 아서 딤즈데일의 발밑에서 죽는 게 기쁘려니 생각했다.

"아아, 아서." 하고 그녀가 외쳤다. "용서하세요. 저는 그밖에 모든 일에선 성실하려고 애써 왔어요! 진실이야말로 갖은 고난을 무릅쓰고 제가 꼭 붙잡을 수도 있었던, 아니 정작 붙잡았던 단 하나의 미덕이었어요. 다만 당신의 행복이, 당신의 생명이, 그리고 당신의 명성이 위험했던 그때를 빼놓고는! 그때 저는 기만 앞에 무릎을 꿇고 말았어요. 하지만 생명의 위협을 느낄 때라도 거짓말은 좋지 못한 거예요! 제 말씀을 못 알아들으시겠어요? 그 늙은 의사! 로저 칠링워드라고 일컫는 그분 말이에요, 그이가 바로 제 남편이에요!"

목사는 몹시 흥분한 빛을 띠며 잠시 헤스터를 바라보았다. 고귀하고 순박하고 온후한 성질과 여러 가지 형체로 뒤섞인 목사의 격렬한 흥분은 실상 악마가 제 몫이라고 노리던 것이요, 또다른 성질마저 빼앗는 데 이용하려던 목사의 천성 중의 하나였다. 헤스터는 지금처럼 흉측하고 매섭게 찌푸린 얼굴을 일찍이 본 적이 없었다. 목사가 얼굴을 찌푸렸던 순간 그 용모는 흉측하게 달라졌다. 그러나 고뇌를 겪는 통에 성격이 무척 나약해졌기 때문에 그 흥분도 순간적인 몸부림밖엔 지탱할 수 없었다. 목사는 땅바닥에 쓰러져 두 손으로 얼굴을 감쌌다.

"알 법도 한 일이었으련만." 하고 그가 중얼거렸다. "뭘 알았어야지! 하기야, 그 사람과 만났을 때나 그후에 종종 만났을 적마다 가슴이 절로 움츠러들더니. 그게 비밀을 가르쳐 주는 것이었는지도 모르지. 왜 몰랐을까? 아아, 헤스터 프린, 당신은 이게 얼마나 끔찍스런 일인가를 조금도 몰라요. 정말 몰라! 병들고 죄 많은 가슴속을, 비웃으며 들여다보는 그 작자 눈앞에 드러냈었다니, 그게 무슨 창피였지! 더럽고 추악하기 이를 데 없는 일이었어! 여보, 헤스터 프린, 그 책임은 당신에게 있어! 당신을 용서할 수 없어!"

"용서해 주세요!" 헤스터는 목사 옆의 낙엽 위로 몸을 던지며 외쳤다. "제게 주실 벌은 하느님께 맡기세요! 당신은 절 용서해 주셔야 해요!"

이때 별안간 헤스터는 치솟는 애정을 이기지 못해 사나이를 두 팔로 안고 그의 머리를 힘껏 끌어당겼다. 사나이의 볼이 주홍글씨에 닿거나 말거나 아랑곳하지 않았다. 목사는 몸을 빼려 했으나 빠져나올 수 없었다. 헤스터는 목사가 준엄한 눈초리로 제 얼굴을 들여다볼까 봐 놓아 주려 하지 않았다. 온 세상이 헤스터를 보면 상을 찡그렸었다. 그녀는 언제나 꾹 참고 까딱도 않는 자기의 슬픈 시선을 단 한 번도 돌리지 않았다. 하늘 역시 그녀에게 상을 찡그려 보였으나 그녀는 결코 죽지 않았다. 그러나 창백하고 연약하고 죄 많고 슬픔에 시달린 이 사나이의 찌푸린 얼굴만은 헤스터도 견뎌 내기 어려웠다!

"이젠 용서해 주시겠어요!" 하고 그녀는 자꾸만 되뇌었다. "저보고 상을 찌푸리시진 않겠죠? 용서해 주시겠죠?"

"용서하겠소, 헤스터." 마침내 목사는 슬픔의 심연 속에서 우러나온 듯한, 그러나 조금도 노기를 띠지 않은 목소리로 대답했다. "인제 거침없이 당신을 용서해 주겠소. 하느님, 저희 둘을 용서하소서! 헤스터, 우린 결코 세상에서 가장 악독한 죄인은 아니야. 더러운 목사보다도 더 흉악한 죄인이 하나 있어. 그 늙은이의 복수야말로 내 죄보다도 더 흉측한 죄야. 냉혹하게도 그 작자는 신성한 인간의 마음을 더럽혔어. 헤스터, 당신이나 나는 그따위 짓을 한 적은 없었소!"

"없고말고요, 없어요!" 하고 그녀가 속삭였다. "우리들이 한 일엔 그래도 신성한 데가 있었어요. 우리들 자신이 그것을 느꼈고 서로 그렇다고들 애기했었죠! 당신은 생각이 안 나세요?"

"조용히 해줘, 헤스터!" 하고 아서 딤즈데일은 땅바닥에서 일어나면서 말했다. "나고말고, 잊진 않았소!"

다시금 둘은 쓰러진 나무의 이끼 낀 줄기 위에 손을 잡고 나란히 앉았다. 둘은 평생에 이때처럼 침울한 적이 없었다. 이 시점을 향하여 둘의 길은 오랫동안 자꾸만 뻗어 왔었다. 그 길은 슬며시 뻗어감에 따라 점점 어두워졌었다. 그러나 거기엔 어떤 매력이 있어서 둘은 떠날 줄 모르고 마냥 서성거리며, 조금만 더 조금만 더 하고 자꾸만 눌러앉아 있었다. 둘을 둘러싼 숲속은 어두웠고, 그 속을 바삭거리며 스쳐가는 바람 소리가 요란스러웠다. 머리 위에서는 나뭇가지들이 무겁게 흔들렸다. 한 그루의 장엄한 고목이 다른 나무를 향하여 구슬피 신음하는 소리는 그 밑에 앉은 두 남녀의 서글픈

이야기를 전하는 것 같기도 하고 앞으로 닥쳐올 재화를 예언하는 것 같기도 했다.

그래도 둘은 좀처럼 자리를 뜨려고 하지 않았다. 읍내로 되돌아갈 수 있는 숲속길은 몹시도 쓸쓸해 보였다. 거기로 다시 돌아가면 헤스터 프린은 치욕의 짐을, 그리고 목사는 명성이라는 허무한 조롱거리를 또다시 짊어지게 마련이었다. 그리하여 둘은 조금이나마 더 머물러 있었다. 이 컴컴한 숲속의 어둠은 황금빛보다도 더 소중했다. 바라보는 사람이라곤 목사밖에 없는 여기에서는 주홍글씨도 타락한 여인의 가슴속을 태울 필요가 없었다! 하느님과 인간을 속이는 아서 딤즈데일 역시 숲속에서는 자기를 보는 사람이 헤스터밖에 없으므로 잠시나마 성실한 사람이 될 수 있었는지도 모른다!

목사는 불현듯 머릿속에 떠오른 생각에 깜짝 놀랐다.

"헤스터," 하고 그가 외쳤다. "새로운 걱정이 또 하나 생겼구려! 로저 칠링워드도 자기의 정체를 밝히려는 당신의 속셈을 짐작하고 있을 텐데, 그래도 우리들의 비밀을 발설하지 않을 것 같소? 앞으로 그자는 어떻게 복수할 것인지?"

"그이는 괴상하게도 비밀을 좋아하는 천성을 갖고 있어요." 하고 헤스터는 무슨 생각을 하면서 대답했다. "남몰래 복수하는 통에 그게 버릇이 되었나 봐요. 그래요, 우리의 비밀은 밝힐 것 같지 않아요. 틀림없이 그 흉악한 욕망을 채우는 다른 방법을 취할 거예요."

"하지만 난! 앞으로 그 끔찍스런 원수와 한 공기를

마시면서 어떻게 살겠소?" 아서 딤즈데일은 가슴속이 움츠러들기라도 하는지 부르르 떨리는 손으로 가슴을 누르면서 부르짖었다. 저도 모르게 생긴 버릇이었다. "나를 위해서 생각 좀 해보구려! 당신은 강한 사람이니까 날 위해서 무슨 방법을 좀 세워 줘요!"

"이젠 그이하고 같이 살지 마세요." 하고 헤스터가 천천히 그러나 힘차게 말했다. "이젠 그이의 흉악한 눈앞에다 당신의 마음속을 드러낼 필요는 없어요!"

"그건 죽음보다도 더 끔찍스런 일이야!" 하고 목사가 대답했다. "하지만 그걸 어떻게 피하느냐 말이야? 내게 무슨 방법이 있겠소? 아까 당신이 그자의 정체를 밝혔을 때 내가 쓰러졌던 저 시든 잎새 위에 다시 쓰러져야 할는지, 저기에 다시 주저앉아서 당장 죽어 버려야 할는지?"

"가엾어요, 당신이 그처럼 신세를 망치셨다니!" 하고 눈에 눈물이 홍건한 채 헤스터가 말했다. "당신은 마음이 약하다고 죽겠단 말씀이에요? 그밖엔 다른 이유가 없어요!"

"내게 하느님의 심판이 내렸소." 하고 양심의 가책을 이기지 못한 목사가 말했다. "같이 다투자니 내 힘에 겨운 노릇이고!"

"하느님이 자비를 베풀어 주실 거예요." 하고 헤스터가 대답했다. "당신에게 그것을 이용하는 힘이 있으시다면."

"부디 나를 위해서 씩씩한 사람이 되어 줘요!" 하고

목사가 말했다. "어떡하면 좋을지 가르쳐 주구려."

"그래, 세상이 그렇게 좁던가요?" 하고 헤스터는 움푹한 눈으로 목사의 눈을 지켜보면서 말했다. 그녀는 기진맥진해서 제 몸뚱이도 꼿꼿이 가눌 힘도 없는 목사의 정신력에다 자석 같은 힘을 본능적으로 작용시켰다. "우주라는 건 저기 저 읍내 안에만 존재하는 것일까요? 저 읍내도 얼마 전까지는 나뭇잎들이 산산이 흩어져 있던 황무지였어요. 여기나 다름없이 고적한 데였죠. 저 숲속길은 어디로 통하는 길이죠? 읍내로 돌아가는 길이라고 당신은 말씀하시겠지요. 옳은 말씀이에요. 하지만 저 앞으로도 통하는 길이에요! 앞으로 자꾸만 깊숙이 더듬어 가면 황무지에 접어들 테니 한 발자국 두 발자국 걸어나감에 따라 차츰 사람들 눈에도 안 띄겠지요. 거기서 다시 몇 마일 더 더듬어가면 누르스름한 가랑잎 위에 백인의 발자국도 찾아볼 수 없을 거예요. 거기만 가면 당신은 자유의 몸이 돼요! 조금만 여행을 하면 당신은 누구보다도 비참한 신세로 지내던 세계에서 다시 행복해질 수 있는 세계로 가실 수 있어요! 이 넓디넓은 숲속에 로저 칠링워드의 눈초리에서 당신의 마음속을 감춰 줄 수 있을 만한 그늘이 없을까요?"

"그야 있겠지, 헤스터. 하지만 가랑잎 밑에밖엔 없어!" 하고 목사가 웃으면서 대답했다.

"그렇다면 망망한 바닷길이 있잖아요!" 하고 헤스터는 말을 이었다. "당신도 그 바닷길로 해서 여기로 오셨지요. 그 길을 택하신다면 되돌아가실 수도 있어요. 고국땅을 밟기만 하면 외떨어진 두메골이든 넓은 런던이든 혹은 독일이든 프랑스든 즐거운 이탈리아든 어디서든지 당신은 그이의 힘과 지력이 미치지 못하는 데서 사실 수 있어요! 그러면 그 무쇠같이 매정한 사나이들이나 그들의 의견 같은 것이 당신하고 무슨 관계가 있겠어요? 그들은 그동안 당신의 훌륭한 천성을 너무나 오래 얽매어 두었어요!"

"그건 안 될 말이야!" 목사는 마치 꿈을 실현시켜 달라는 청이라도 받은 사람같이 귀를 기울이면서 대답했다. "난 떠날 힘이 없는 사람이야! 나는 가엾고 죄가 많은 사람이지만 그래도 하느님이 정해 주신 데서 이승에서의 삶을 계속하려는 이외엔 다른 마음은 없소. 영혼은 이미 타락했으나 여전히 남의 영혼을 위해서 할 수 있는 일을 하고 싶소! 외람되지만 나는 내 초소를 끝까지 지키겠소. 하기야 한갓 성실하지 못한 파수병이니까 쓸쓸한 망보기가 끝나면 갈 데 없이 죽음과 치욕이라는 보수를 받게 마련이지만!"

"당신은 7년 동안의 불행 밑에 짓눌려서 기진하셨어요." 헤스터는 제 자신의 기운으로 목사의 기운을 북돋아 주길 단단히 마음먹으면서 대답했다. "그러니까 이젠 모든 것을 깡그리 당신 뒤에다 내동댕이쳐 버리세요! 숲속길을 걸으실 적에 그런 것이 발길에 채이지 않도록 하셔요. 바다를 건너시려면 배에다 그걸 싣지도 마세요. 당신의 파멸과 멸망은 그것을 당했던 고장에다 내버려두세요. 이젠 그것을 아랑곳하실 것도 없어요!

새출발을 하셔요! 당신은 한 차례의 시련에서 실패했대서 모든 능력을 죄다 잃으셨나요? 천만에요! 당신 앞길엔 시련과 성공이 그득 차 있을 거예요. 행복을 누릴 수도 있고, 남에게 이로운 일을 하실 수도 있을 거예요! 여태까지의 거짓 삶과 참된 삶을 바꾸세요. 만약 당신의 정신이 분부한다면 토인들의 교사나 전도사가 되셔도 좋아요. 혹은—이것이 더욱 당신의 성미에 알맞는 것이라면—개화된 세계의 고명한 현인들 가운데서도 두드러지게 뛰어난 학자나 철인이 되세요. 설교를 하시든 글을 쓰시든 무슨 행동을 하시든 마음 내키는 대로 하세요, 쓰러져서 죽지만 않으신다면! 아서 딤즈데일이란 이름을 저버리고 거리낌없이 떳떳하게 쓸 수 있는 다른 고귀한 이름을 하나 마련하세요. 당신의 생명을 마구 쪼아먹었고, 당신의 기운을 빼앗아 의지의 힘도 실천력도 없게 만들었고, 뉘우치는 힘마저 없애 버리려는 괴로움 속에 뭣 때문에 단 하룻들 더 머무르시겠다는 거예요? 어서 일어나서 당장 떠나세요!"

　"아아 헤스터!" 하고 아서 딤즈데일이 외쳤다. 그의 눈에서는 헤스터의 열광적인 태도에 힘을 얻어선지 한 줄기 광채가 불현듯 치솟아 번쩍이다 이내 사라지고 말았다. "당신은 무릎이 비척거려 걷기 어려운 사람을 보고 달음박질을 하라는 격이구려! 난 이 고장에다 뼈를 묻어야 하오! 내겐 넓고 낯선, 고난에 가득 찬 세계를 찾아갈 기운도 용기도 남아 있지 않아. 더구나 혼자서라니!"

이것은 정신이 파탄에 이른 자기의 절망을 나타낸 마지막 말이었다. 목사는 손아귀에 넣을 수 있을 듯한 행운을 움켜잡을 기운조차 없었다.

목사는 마지막 말을 뇌까렸다.

"혼자서라니, 헤스터!"

"당신은 혼자서 가시는 게 아녜요!" 하고 그녀가 나직이 속삭였다.

그리하여 이야기는 끝났다.

18. 눈부신 햇빛

아서 딤즈데일은 정녕 희망과 기쁨에 빛나는 얼굴로 헤스터의 얼굴을 눈여겨보았다. 그러나 동시에 그 얼굴에는 근심의 빛과 그리고 여태까지는 어렴풋이 비추기만 했지 감히 입밖에 낼 염도 못했던 것을 헤스터가 대담하게 말한 데 대한 공포의 빛도 어려 있었다.

그러나 워낙 용감하고 활발한 정신을 타고난데다 오랫동안 사회에서 손을 끊었을 뿐더러 버림마저 받았던 헤스터 프린은, 목사에겐 전혀 생소한 생각을 하는 데 익숙해 있었다. 그녀는 아무런 규칙도 안내도 없이 정신의 황무지를 헤매어 왔다. 그 황무지는 둘이 막 어둠 속에서 자기들의 운명을 좌우할 이야기를 주고받았던 원시림처럼 광막하고 나무들이 마구 우거져 어두컴컴했었다. 그녀의 지성과 감정은 이를테면 황무지에 가정을 이룬 격이었다. 토인들이 숲속을 마구 쏘다니듯 헤스터는 이 황무지를 자유자재로 헤매어 다녔다. 그녀는 과거 수년간 이렇듯 사회에서 동떨어진 관점에서 인간의 여러 제도며, 목사나 입법자들이 이룩한 것들을 관찰하고 비판했다. 그러나 목사의 허리띠나 법관의 옷이나 처형대나 교수대나 노변이나 교회에 토인들이 갖는 이상의 존경심을 품어 본 적은 없었다. 헤스터의 운세는 항상 그녀를 자유롭게 해주려는 경향이 있었다. 주홍글씨는 여느 여인들이 감히 밟을 수 없는 고장으로 찾아가도 좋다는 통행권이었다. 치욕이니 절망이니 고독이니 하는 것들은 준엄하고도 세련되지 못한 스승이나 매한가지였다. 덕택에 그녀는 강해졌지만 잘못 배운 것도 수두룩했다.

한편 목사는 널리 인정받은 법칙의 테두리를 벗어나게 할지도 모르는 따위의 경험을 겪어 본 적이 없었다. 하기야 단 한 번, 그 중 가장 신성한 법칙을 끔찍스럽게도 범하기는 했지만 그러나 이것도 욕정에서 저지른 죄였지 무슨 주의나 목적에서 범한 죄는 아니었다. 이 기막힌 순간부터 그는 병적으로 골똘히 그리고 세심하게 자기 행동—차라리 행동으로 조절한다면 수월하지만—이 아니라 모든 감정과 생각을 낱낱이 감시해 왔었다. 이 당시의 목사나 마찬가지로 사회기구의 맨 윗자리를 차지했던 그는 그 때문에 더 한층 사회의 규칙이며 주의며 편견에 구속되어 있었다. 목사로서는 목사라는 직업의 테두리 안에 어쩔 수 없이 갇혀 있었다. 한 번 죄를 저질렀으나 아물 줄 모르는 상처의 괴로움으로 인해 양심이 늘 괴로울 정도로 날카롭게 살아 있는 한 인간으로서 딤즈데일 목사는 전혀 죄를 저지르지 않았을 경우보다도 도덕면에서는 더욱 믿음직하다고 생각해도 무방했을 것이다.

헤스터 프린으로 말하자면 세상에서 버림받고 치욕 속에서 지냈던 7년은 오붓이 이 한때를 위한 준비에 지나지 않았다는 것을 우리는 이제 깨닫게 된 듯싶다. 그러나 아서 딤즈데일의 경우는 어떨는지? 만약 이런 인간이 또다시 타락한다면 자기가 저지른 죄의 정상을 고려해 달라고 어떤 변호를 할 수 있을는지? 아무런 변호도 할 수 없을 것이다. 그가 살을 에는 듯한 오랫동안의 고뇌로 해서 기진했다는 사실이나, 그의 마음은 괴로움을 자아내는 뉘우침 자체 때문에 암담해지고 어지러워졌다는 사실이나, 공공연한 죄인으로서 도망쳐야 할 것인지 위선자로서 그냥 머물러 있어야 할 것인지 그의 양심은 양자를 조절할 길이 없다는 사실이나, 죽음과 치욕의 위험이며 원수의 헤아릴 길 없는 흉계를 피한다는 것이 인간답다는 사실이나, 마지막으로 쓸쓸하고 황량한 길을 더듬는 이 병들고 쇠약해져 처량해 보이는 순례자에게 그가 지금 속죄하고 있는 슬픈 운명 대신에 인간적인 애정과 동정의 서광이 그리고 새로운 삶과 참다운 삶의 서광이 비치고 있다는 사실 등이 그에게 다소나마 이로움을 주지 않는다면, 그밖엔 아무런 변호거리도 없을 것이다. 그건 그렇고 죄악이 인간의 영혼 속에다 일단 파헤쳐 놓은 틈새는 결코 인간인 한 메워지진 않으리라는 엄숙하고도 슬픈 진리를 우리는 마땅히 밝혀야 한다. 그 틈새를 감시하고 방비하면 적이 또다시 성채로 뚫고 들어가지 못하게 막을 수 있으므로, 적은 다음에 공격할 땐 전에 성공했던 통로 대신 다른 진로를 이용할는지도 모른다. 그러나 성벽은 여전히 무너져 있으므로 적병이 그 근처로 슬그머니 다가와서 마침내는 잊을 수 없는 승리를 또다시 거둘 것이다.

마음속에 갈등이 정작 있었더라도 누누이 묘사할 필요는 없다. 여기서는 다만 목사가 도망하기로 결심했으나 혼자서는 아니라는 사실만 밝혀 두면 그만이다.

'지나간 7년을 통해서.' 하고 그는 머릿속으로 생각했다. '단 한순간이라도 평화와 희망을 가졌던 때가 생각난다면 나는 하느님이 자비롭다는 증거로 그냥 버텨 나가겠어. 하지만 지금 나는 이루 말할 수 없이 비참한 신세이고 보니 사형수가 처형되기 전에 누릴 수 있는 위안을 나라고 누려서는 안 될 까닭이 어디 있겠는가? 혹시 이것이 헤스터가 나한테 타일렀듯이 더 나은 삶을 이루는 길이라면 내가 이 길을 택했대서 결코 훨씬 더 좋은 장래를 저버리게 되는 것은 아니야! 나는 이젠 헤스터 없이는 살 수가 없어. 어쩌면 그렇게도 힘차게 부축해 주고 다정스럽게 위로해줄까! 아아, 감히 우러러볼 수 없는 하느님이시여, 그래도 당신은 저를 용서해 주시렵니까!'

 "당신은 가실 거죠?" 헤스터가 목사와 눈이 마주치자 조용히 말했다.

 마음을 정하고 나니 야릇하게 번쩍이는 기쁨의 빛이 목사의 괴로움에 찌든 가슴속을 이따금 환히 비춰 주었다. 자기의 마음속 감방에서 막 풀려나온 죄수가 아직 구제받지도 기독교화되지도 못한, 법률도 없는 고장의 호탕하고도 자유로운 대기를 들이쉬자 기분이 상쾌했기 때문이었다. 그의 정신은 이를테면 껑충 뛰어올라서 지난날에 그로 하여금 노상 땅바닥을 기어다니게 했던 불행 속에서 보았을 때보다도 더욱 가까이 하늘을 볼 수 있었다. 그는 본래 무척 종교적인 기질을 지닌 위인이었으므로 그의 기분은 어쩔 수 없이 깊은 믿음에 물들어 있었다.

 "내가 또다시 기쁨을 맛볼 수 있게 되다니?" 하고 그는 제 자신을 의심하듯 외쳤다. "내 기쁨의 싹은 진작 시들어 버린 줄 알았는데! 아아, 헤스터, 당신은 고마운 내 수호신이야! 나는 병들고 죄악의 때가 묻고 슬픔으로 해서 암담해진 몸뚱이를 숲속의 낙엽 위에 내던졌다가 전혀 다른 새 사람이 되어 자비로운 하느님을 찬미할 새 힘을 가지고 일어선 것만 같구려! 이것이 전보다 나은 삶이 아니고 무엇이겠소! 어째서 우리는 이것을 진작 발견하지 못했을까?"

 "인제 뒤를 돌아다보지 말기로 해요." 하고 헤스터 프린이 대답했다. "과거는 이미 사라진 거예요! 인제 뭣 때문에 과거를 저버리지 못하세요? 보세요! 저는 이 표

적과 함께 과거를 말끔히 씻어 버리고 그 흔적도 남겨
두질 않겠어요!"

　이렇게 말하면서 헤스터는 주홍글씨를 달았던 고리를
벗겨 그것을 가슴에서 떼어 저만치 시든 잎새 속으로
내던졌다. 그 신비스러운 표적은 이쪽 시냇가에 떨어졌
다. 손바닥 넓이만큼만 더 날았더라면 주홍글씨는 시냇
물 속으로 떨어져, 따라서 시내는 언제나 마냥 중얼거
리는 수수께끼 같은 이야기 외에 또 하나의 슬픔을 태
우고 흘러야 했을 것이다. 그러나 그 수놓은 글씨는 거
기에 떨어진 채 잃어버린 보석처럼 반짝거렸다. 혹시
운수 사나운 나그네가 주웠다가 괴상한 죄악의 환영에
시달리고 낙심하여 형용할 수 없는 불행을 당할는지도
모른다.

　치욕의 표가 없어지자 헤스터는 긴 한숨을 내쉬었다.
그 한숨과 더불어 치욕과 고뇌의 무거운 짐도 그녀의
정신에서 자취를 감추었다. 아아, 헤스터의 가슴속은
비길 데 없이 후련해졌다! 그녀는 자유로운 기분을 맛
보게 되자 비로소 그 무거운 짐의 정체를 깨달았다! 뒤
이어 무슨 생각이 났는지 머리칼을 뒤덮은 점잖은 모자
를 벗어젖히자 머리칼이 두 어깨로 축 늘어졌다. 검고
풍성한 머리칼은 숱이 많아선지 어둠과 밝음이 함께 어
려 그녀의 얼굴은 한결 부드러워 보였다. 입가에 다정
스레 어리고 두 눈에 빛나는 미소는 여인의 가슴속 깊
은 데서 우러나온 성싶었다. 오랫동안 파르스름했던 두
볼 위에는 주홍빛이 불그레하게 감돌았다. 헤스터의 여

성으로서의 청춘과 온갖 풍요한 아름다움이 세상에서 말하는 되찾을 수 없는 과거에서 되돌아와, 처녀 시절의 희망과 전에는 전혀 몰랐던 행복이 뒤섞여 이때에 마련된 마법의 울타리 안에 몰려왔다. 그리고 하늘과 땅 사이의 어둠은 이 두 남녀의 가슴이 뿜었던 것에 지나지 않았다는 듯이 둘의 슬픔과 함께 가시고 말았다. 이 순간 갑자기 하늘이 방긋 웃기라도 한 듯 햇빛이 눈부시게 쏟아져 어두운 숲속을 비춰 주자, 푸른 잎새는 기뻐하고 누런 가랑잎은 금빛깔로 변하고 우람스런 나무들의 희뿌연 줄기도 번들거렸다. 여태까지 그늘졌던 것들도 이젠 환하게 빛났다. 한 줄기 즐거운 빛이 저 멀리 신비에 싸인 숲속까지 잇닿은 것으로 미루어 보아 시냇물 줄기가 그쪽으로 흐르고 있음을 짐작할 수 있었을 것이다. 이젠 이 숲도 즐거운 신비에 휩싸여 있었다.

이렇듯 자연—인간의 법률에 지배받은 적도 고귀한 진리의 빛을 쬔 적도 없는 숲속의 황량하고도 야만스러운 자연—은 두 정령의 희열에 장단을 맞추었다! 사랑이란 갓 싹튼 것이거나 죽음과 같은 잠에서 깨어난 것이거나 간에 으레 햇빛을 창조하여 가슴속을 가득 채워 주게 마련이므로, 그 햇빛이 외부 세계로 넘쳐 흘러나오는 법이다. 설령 숲이 여전히 어두웠더라도 헤스터나 아서 딤즈데일의 눈에는 명랑하게 보였을 것이다!

헤스터는 다시금 치솟는 기쁨을 억누르지 못해 몸을 떨며 목사를 바라보았다.

"당신은 물론 펄을 아시죠!" 하고 그녀가 말했다. "우리

들의 귀여운 펄 말이에요! 당신도 보셨지요. 네, 그건 저
도 알고 있어요! 하지만 이젠 다른 눈으로 그 앨 보셔야
해요. 그애는 괴벽한 아이예요! 이해할 수 없는 애예요!
하지만 마찬가지로 당신도 그앨 극진히 사랑해 주세요.
그리고 그앨 어떻게 다루어야 할지 가르쳐 주세요."
　"그애는 내가 누구인지 알게 되면 기뻐할 것 같소?"
하고 목사는 적이 불안한 듯 물었다. "나는 오래 전부터
애들을 만나면 피하곤 했어. 애들이 속을 주지 않기 때
문이야. 나하고 친해지길 꺼리니 말이야. 글쎄, 펄이 무
섭더라니까!"
　"그건 참말 안됐어요!" 하고 펄의 어머니가 말했다.
"하지만 그애도 당신도 서로 매우 사랑하게 될 거예요.
그앤 멀리 안 갔을 텐데, 불러 보겠어요! 펄! 펄!"
　"저기 보이는군." 하고 목사가 말했다. "저기 저 한 줄
기 햇살이 비친 데 서 있구려. 시내 저편으로 좀 떨어
진 데 말이야. 그래, 저애가 날 따를 것 같소?"
　헤스터가 빙그레 웃고서 다시 펄을 불렀다. 목사가 말
했듯이 저만큼 아치형을 이루고 있는 나뭇가지들 사이로
새어든 한 가닥 햇빛 속에 마치 눈부신 옷을 차려입은 환
영처럼 서 있는 펄이 보였다. 햇살이 이리저리 흔들리는
바람에 펄의 자태가 희미해졌다 환해졌다 해서, 햇빛이
가셨다 다시 나타날 적마다 살아 있는 어린애같이도 보
이고 어린애의 혼령같이도 보였다. 어머니의 목소리가
들리자 펄은 숲속으로 천천히 걸어서 다가왔다.
　어머니가 목사와 앉아서 이야기하는 동안 펄은 지루

하지 않게 시간을 보낼 수 있었다. 광막하고 캄캄한 숲은—이 세상의 죄와 고뇌를 그 속으로 가지고 온 무리에게는 준엄하게 보일지 모르나—외로운 어린애에게는 곧잘 동무가 돼주었다. 숲은 음산하였으나 무척 다정하게 펄을 반겼다. 펄 앞에 덩굴호자나무 열매를 바쳐 주기도 했다. 지난 가을에 자라서 봄철에 무르익어 이젠 시든 잎새 위에 핏방울처럼 새빨개져 있었다. 펄은 이 열매를 따모아 그 속에서 풍기는 자연의 맛을 즐겼다. 황량한 숲속의 작은 짐승들은 펄에게 길을 비켜 주려는 기척도 안했다. 사실 여남은 마리의 새끼를 거느린 자고새 한 마리가 덤벼들듯이 다가왔으나 이내 자기의 당돌한 짓을 뉘우쳤는지 새끼들에게 무서워하지 말라는 듯 울어댔다. 나지막한 나뭇가지에 혼자 우두커니 앉아 있는 비둘기는 펄이 그 밑으로 다가와도 가만히 앉은 채 인사인지 놀라움인지 모를 소리를 내질렀다. 다람쥐 한 마리가 제 집이 있는 나무 꼭대기 깊숙한 데서 화가 나선지 즐거워선지 지껄이고 있었다. 다람쥐는 화도 잘 내고 익살도 제법 부릴 줄 아는 작은 짐승이니까 그놈의 기분을 분간하기가 어렵다. 그래선지 펄을 보고 뭐라 지껄이더니 머리 위로 호두 한 알을 내던졌다. 그것은 한 해 묵은 호두로 다람쥐가 쏠다 만 것이었다. 가랑잎을 사뿐사뿐 밟는 펄의 발소리에 놀라 잠이 깬 여우는 슬그머니 도망쳐야 하는지 자리에서 그냥 계속 자야 하는지 갈피를 못 잡겠다는 듯이 펄을 유심히 건너보았다. 소문엔 한 마리의 늑대가—소문도 이쯤 되면

터무니없지만—나타나서 펄의 옷 냄새를 맡자 손으로
쓰다듬어 달라는 듯이 그 사나운 머리를 들이대더라는
것이다. 그러나 사실은 어미인 숲과 그 숲이 키워 준
이들 들짐승들은 모두 인간인 이 어린애 속에서 저희들
과 서로 통하는 야성을 발견했는지도 모른다.

그리고 펄은 가장자리에 풀이 자란 식민지의 길거리
나 어머니네 오두막집에 있을 때보다도 여기서 더욱 얌
전해 보였다. 꽃도 그 눈치를 알아챈 모양이었다. 그리
하여 펄이 지나가면 서로 이렇게 소곤거렸다. '날 가지
고 치장을 해봐요, 예쁜 아가씨. 날 가지고 곱게 차려
봐요!' 그러면 펄도 그들을 기쁘게 해줄 양으로 오랑캐
꽃이랑 아네모네랑 콜럼바인이랑 해묵은 나무들이 눈앞
에 늘어지게 한 새파란 나뭇가지들을 모으기도 했다.
이런 것들로 머리며 앳된 허리를 치장한 펄은 흡사 어
린 숲의 여정(女精)이나 나무의 요정 혹은 옛숲과 인연
이 깊은 무엇과도 같았다. 펄이 이렇듯 치장했을 때 마
침 어머니의 목소리가 들려왔으므로 그녀는 천천히 어
머니한테로 돌아왔다.

천천히 돌아온 것은 목사가 눈에 띄었기 때문이다!

19. 시냇가의 어린아이

"당신도 펄을 무척 귀여워하실 거예요." 목사와 나란

히 앉아서 펄을 눈여겨보던 헤스터 프린이 뇌까렸다.
"저애는 예쁘잖아요? 저것 좀 보세요, 보잘것없는 꽃으
로 저렇게 치장한 타고난 솜씨를! 숲속에서 진주나 다
이아몬드나 루비 같은 걸 주워 모았댔자 저렇게 잘 어
울리진 않을 거예요. 아무튼 기막힌 애예요! 저 이마가
누구의 이마인지 전 잘 알고 있어요!"
"당신은 모르오, 헤스터." 하고 아서 딤즈데일은 불안
스런 미소를 띠며 말했다. "노상 당신 곁에 붙어 깡충거
리며 뛰어다니는 귀여운 그애를 보면 번번이 내 가슴이
울렁거린다는걸. 암만해도 그애 얼굴 생김새는 내 얼굴
을 꼭 닮은 데가 있어서 세상 사람들이 눈치를 챌 것만
같구려! 아아, 헤스터, 내가 그런 생각을 다 하게 되다
니, 그런데 걱정을 한다는 게 얼마나 끔찍스런 일인지!
그런데 그애는 당신을 많이 닮았어!"
"아니에요! 많이 닮지도 않았어요!" 하고 헤스터가 다
정스런 미소를 머금고 대답했다. "조금만 있으면 그애
가 누구 자식인가 걱정할 필요도 없어져요. 그런데 머
리에 들꽃을 꽂으니까 이상하게도 예뻐 보이죠! 우리들
이 그리운 고국 잉글랜드에다 남겨 놓고 온 요정의 하
나가 그애를 마냥 치장해서 우리를 만나러 보낸 것 같
아요."
　둘은 일찍이 느껴 보지 못한 감정에 잠긴 채 앉아서
천천히 다가오는 펄을 지켜보았다. 펄의 얼굴 속에는 둘
을 얽어맨 끈이 엿보였다. 과거 7년 동안 펄은 둘이 남
몰래 감추려 했던 비밀을 밝히는 살아 있는 상형문자로

서 세상에 등장했었다. 따라서 이 불길 같은 글자를 해독할 줄 아는 예언자나 마술사가 있었다면 그 글씨 속에 모든 것이 씌어져 있고, 모든 것이 뚜렷이 나타나 있다는 것을 알았을 것이다! 게다가 펄은 두 생명의 결합체였다. 지난날의 죄악이야 어떻든 간에 저희들의 육체적 결합의 결정이자 정신의 표상인 펄—이애를 통하여 둘은 서로 만나고 영원히 살게 마련이다—을 보고 이승에서의 생활과 저승에서의 운명이 얽혀 있다는 것을 어찌 의심할 수 있었으랴? 이런 생각들과 도시 무엇인지 알지도 설명도 못할 다른 생각들 때문에 다가오는 펄의 주변에는 무시무시한 분위기가 감도는 듯이 보였다.

"펄에게 이야길 건넬 적엔 이상하게 감정적이거나 열정적인 기색을 보이진 마세요." 하고 헤스터가 속삭였다. "우리 펄은 이따금 미친 듯이 변덕을 부리는 장난꾸러기예요. 더군다나 남이 까닭 모르게 나타내는 감정은 받아들일 줄 몰라요. 하지만 저애도 줄기찬 애정을 가졌어요! 저를 사랑하니까 당신도 사랑하게 되겠지요!"

"당신은 짐작도 못할 거야." 하고 목사는 헤스터 프린을 곁눈질하면서 말했다. "저애를 만나기가 두려우면서도 진정 만나고 싶은 내 심정을! 그런데 당신한테도 말했듯이 어린애들이 선뜻 내게 정을 붙여 주지 않는다오. 무릎 위에 올라오려고도 않고, 귀에다 입을 대고 재잘거려 주지도 않고, 웃어 보여도 같이 웃을 줄을 모르고 멀찌감치 서서 이상하다는 듯이 날 바라본단 말이야. 심지어 갓난아기들도 내가 두 팔에 안으면 마구 울어대거든. 그러나 펄은, 짧은 생애였지만 그동안 두 차례나 나를 다정하게 반겨 준 적이 있어! 처음 경우는 당신도 잘 기억하고 있지! 다음은 저 엄하신 노 장관 댁에 그앨 데리고 왔을 때였어."

"그때 당신은 그애와 저를 위해서 아주 훌륭하게 변호해 주셨어요!" 하고 헤스터는 대답했다. "저는 잘 기억하고 있어요, 펄도 마찬가질 거예요. 조금도 걱정 마셔요! 처음에는 스스러워서 수줍어할지 모르지만 이내 당신을 따를 거예요!"

이때 펄은 저편 시냇가에 와 서서 잠자코 헤스터와 목사를 건너보았다. 둘은 이끼투성이인 나무줄기에 나란히 앉아서 펄을 기다리고 있었다. 바로 펄이 서 있는 데서 시내는 우연히도 고요하고 잠잠한 웅덩이를 이루어, 꽃이랑 둥글게 엮은 잎새로 치장을 하여 그림처럼 눈부시게 아름다운 펄의 귀여운 자태를 실제보다도 우아하고 정화된 모습으로 비춰 주었다. 실제의 펄과 매우 흡사한 이 물웅덩이 속의 영상은 그 자체가 지닌 그림자같이 몽롱한 성질을 펄에게 옮겨 준 성싶었다. 펄이 우두커니 선 채 숲속의 희끄무레한 어둠을 거쳐 둘을 살며시 바라다보는 품은 자못 신비스러웠다. 펄 자신은 어떤 공감에 이끌려 온 듯한 한 줄기 햇살에 온통 휩싸여 있었다. 그녀 발밑의 시내 속에도 역시 금빛의 햇빛에 비친 다른 아이—다르면서도 똑같은—가 서 있었다. 헤스터는 펄과 사이가 멀어진 것만 같아서 적이 초조했다. 펄은 숲속을 혼자 거닐 때 어머니와 함께 살던 세계에서 빠져나갔다가 다시 돌아오려고 애써도 영 돌아올 수가 없다는 처지인 양 보였다.

이런 인상은 옳기도 하고 잘못이기도 했다. 펄과 어머니는 사이가 멀어졌다. 그러나 그것은 펄이 아니라 헤스터가 잘못한 탓이었다. 펄이 어머니 곁을 떠나 숲속으로 놀러간 뒤에 어머니의 감정 세계에는 다른 사람이 들어와서 감정의 모양을 아주 변하게 했기 때문에 떠돌아다니다 되돌아온 펄은 눈에 익은 제자리도 알아볼 수 없었고 지금 있는 데가 어딘지도 알 수 없었다.

"이상한 생각이지만." 하고 신경이 예민한 목사가 말했다. "저 시내는 두 세계의 경계선이니까 당신은 펄을 다시는 만날 수 없을 것 같구려. 그렇지 않다면 어렸을 때 읽은 전설에 나오는 꼬마 요정처럼 저애도 흐르는 시냇물을 넘지 못하게 되었는지도 모르지? 어서 빨리 오게 해요. 저렇게 망설이는 걸 보니 내 신경이 벌써 떨리는구려."

"빨리 온, 펄!" 하고 헤스터가 두 팔을 벌리며 기운을 북돋아 주려는 듯이 말했다. "어쩜 저렇게 느릴까! 그 전엔 저렇게 꾸물거린 적이 없었는데. 이분은 엄마의 친군데 네 친구도 되어 주신대. 이제부터 너는 엄마한테서 받아 온 사랑의 두 배를 받게 되는 거야! 시내를 뛰어넘어 이리 온, 새끼 사슴처럼 뛰어넘어서!"

펄은 꿀같이 달콤한 엄마의 말에는 아무런 대답도 않고 저편 시냇가에 우두커니 남아 있었다. 펄이 광기어린 눈을 반짝이며 어머니와 목사를 번갈아 바라보기도 하고 둘을 한꺼번에 바라보기도 하는 품이, 둘의 관계를 눈치채서 제 자신에게 설명해 주려는 것만 같았다. 아서 딤즈데일은 펄의 시선을 제 몸에 느끼자 무슨 까닭에선지 무심결에 버릇이 되어 버린 시늉으로 가슴에 넌지시 손을 얹었다. 이윽고 이상하게도 위엄성을 갖춘 펄이 한 손을 뻗쳐 조그만 집게손가락을 펴고 분명히 어머니의 가슴을 가리켰다. 그러자 그 밑의 거울 같은 시냇물 속에서도 꽃에 둘러싸이고 햇빛에 감싸인 펄의 그림자가 조그만 집게손가락으로 손가락질을 하고 있었다.

"참 애도 이상해라. 어째서 빨리 엄마한테로 안 오니?" 하고 헤스터는 버럭 소리를 질렀다.

펄은 여전히 손가락질을 하면서 양미간을 찌푸렸다. 찌푸린 얼굴이 어리다 못해 거의 갓난아기와도 같은 표정이었으므로 한층 인상적이었다.

어머니가 여전히 손짓을 해가며 부르고 얼굴에는 여느 때와 다른 즐거운 미소를 짓고 있었으므로, 펄은 더욱더 도도한 표정과 시늉을 하면서 발을 동동 구르고 있었다. 시내 속에 비친 아름다운 환상도 이맛살을 찌푸리고 손가락질을 하고 거만스런 시늉을 하여 펄의 모습을 유난히도 잘 나타내고 있었다.

"펄, 빨리 오려무나, 엄마가 화를 내면 어떡하지!" 하고 헤스터가 소리를 질렀다. 여느 때 같으면 요정 같은 펄의 이런 행동에는 익숙해서 아무렇지도 않았던 헤스터도 이번에는 때가 때니만큼 얌전해 주었으며 싶었다. "시내를 뛰어넘고 달려오렴, 장난꾸러기야! 네가 안 오면 엄마가 갈 테야."

그러나 아무리 어머니가 애걸해도 수그러지지 않고 겁을 주어도 눈썹 하나 까딱 않던 펄이 별안간 발끈 성을 내고 손발을 마구 버둥거리며 온몸을 뒤틀었다. 펄은 이렇게 광태를 부리면서 사방의 늪이 쟁쟁히 울릴 만큼 버럭 고함을 질렀다. 펄이 철없이 성을 내고 혼자 지른 고함 소리였으나, 마치 숨은 군중들이 그녀에게 동정하여 같이 소리를 질러 주는 것처럼 쟁쟁히 울렸다. 이번에도 시내 속에서는 성난 펄의 그림자가 머리며 몸뚱이를 꽃으로 치장한 채 발을 동동 구르고 손발을 버둥거리면서도 조그만 집게손가락으로 헤스터의 가슴을 가리키고 있었다!

"무엇이 저앨 괴롭히는지 아시겠어요?" 하고 헤스터가 목사에게 속삭였다. 슬픔과 괴로움을 감추려고 몹시 애썼으나 그녀의 얼굴은 파랗게 질려 있었다. "어린애들은 매일같이 보아서 눈에 익은 모양이 조금만 달라져도 질색을 해요. 제가 늘 달고 다니던 것이 펄의 눈에 띄질 않아서 그러나 봐요!"

"제발." 하고 목사가 대답했다. "저애를 달랠 재간이 있거들랑 어서 좀 달래 보구려! 히빈즈 같은 늙어빠진 마녀가 성을 냈다면 별문제지만." 하고 목사는 일부러인 것처럼 웃으면서 덧붙여 말했다. "어린애들이 성내는 꼴처럼 보기 싫은 건 없어. 그 쭈그렁 할멈이나 마찬가지로 예쁘고 어린 펄도 성을 내면 이상한 결과가 생기는 법이니까. 당신이 나를 사랑한다면 어서 저애를 달래 봐요!"

다시금 펄에게로 고개를 돌린 헤스터는 두 볼이 새빨갛게 달아서 곁눈으로 목사를 유심히 바라보며 한숨을 내쉬었다. 그리고 미처 말문을 열기도 전에 두 볼의 홍조는 가시고 시체처럼 새파랗게 질렸다.

"펄," 하고 그녀는 슬픈 듯이 말했다. "발밑을 좀 내려다보렴! 거기! 네 앞에! 이쪽 시냇가 말이야!"

펄이 가리킨 데로 시선을 돌렸다. 시내 줄기 아주 가까이에 주홍글씨가 덩그라니 가로놓여 있었고, 그 금빛깔의 장식이 시냇물 속에도 비쳐 있었다.

"그것 좀 이리 가져온!" 하고 헤스터는 말했다.

"엄마가 와서 집어 가요." 하고 펄이 대답했다.

"저런 애가 어딨어요!" 하고 헤스터는 목사를 바라보면서 나직이 말했다. "참, 펄에 관해서 얘기할 게 많아요! 그런데 말은 바른 대로 이 원망스런 표적에 관해선 펄의 태도가 옳아요. 저는 그 괴로움을 조금만 더 참아야 해요—기껏해야 4,5일만 더—우리들이 이 고장을 떠나 꿈속에서 보았던 고장처럼 여기를 돌아볼 수 있는 그날까지만 숲도 주홍글씰 감출 순 없어요! 바다 한복판에 내던져 영원히 삼켜 버리게 해야죠!"

이렇게 말하면서 헤스터는 시냇가로 다가가서 주홍글씨를 집어들고 다시 가슴에 달았다. 조금 전만 해도 희망에 차서 헤스터는 주홍글씰 깊은 바닷속에 내던지느니 어쩌니 했으나, 막상 운명의 손아귀에서 끔찍스런 표적을 되찾고 보니 어쩔 수 없는 불운에 사로잡혀 있다는 생각이 새삼스러웠다. 주홍글씨를 넓디넓은 공간에다 동댕이치고 한 시간 가량 자유로이 공기를 들이마셨던 것이 조금 전인데 이제 또다시 주홍빛깔의 불행이 그 전 자리에서 번쩍이다니! 죄악이란 표적으로 상징되거나 말거나 어쨌든 늘 불행한 성격을 지니게 마련이다. 그러나 헤스터는 무겁게 늘어진 머리칼을 끌어모아 모자 밑으로 틀어넣었다. 그 슬픈 글씨 속에 무슨 시들게 하는 마력이라도 숨어 있었는지, 헤스터의 여인다운 아름다움도 따스함도 풍성함도 햇빛이 가시듯이 사라지고, 희뿌연 그림자가 몸뚱이에 깃드는 성싶었다.

이렇듯 서글픈 변화가 끝나자 헤스터는 펄에게로 손을 내밀었다.

"인제 엄마를 알아보겠니, 펄?" 하고 헤스터가 나무라는 듯이 그러나 부드러운 목소리로 물었다. "어서 시내를 건너와 엄마라고 불러 주려무나. 치욕의 표도 다시 달았고 슬픈 신세로도 되돌아왔으니."

"응, 나 갈 테야!" 하면서 펄은 시내를 뛰어 넘어와서 헤스터를 두 팔로 껴안았다.

"이젠 정말 내 엄마야! 그리고 난 엄마의 펄이지!"

평소에 보기 드문 다정스러운 기분으로 펄은 어머니의 머리를 끌어당겨 이마와 뺨에 입을 맞추었다. 그러나 어쩌다 남에게 위안을 줄 수 있을 적엔 으레 그 위안에다 가슴을 설레게 하는 고뇌를 뒤섞어 주고야 마는 어떤 숙명적인 힘으로 인해 펄은 입을 오무리고 주홍글씨에도 입을 맞추었다!

"그건 고맙지 않구나!" 하고 헤스터가 말했다. "너는 엄마를 좀 따를 적엔 으레 한 번은 놀려대더라!"

"어째서 목사님은 저기 앉아 계셔?" 하고 펄이 물었다.

"목사님은 너를 반겨 주려고 기다리시는 거야." 하고 어머니가 대답했다. "자, 어서 가서 목사님한테 축복을 해주십사고 부탁드리자! 그분은 널 사랑하셔, 펄. 그리고 엄마도. 넌 그분이 좋지 않니? 자, 어서 가자! 너를 무척 만나고 싶어하시니."

"저분은 우리를 사랑해 주시나?" 펄은 얼굴에 무척 총명한 빛을 띠면서 어머니를 쳐다보고 말했다. "저분은 우리들과 함께 손을 잡고 읍내로 돌아가 주실까?"

"지금은 안 돼, 펄." 하고 어머니가 대답했다. "하지만 훗날 우리들과 같이 손을 잡고 거닐어 주실 거야. 우리도 인제 남같이 즐거운 가정을 이루게 돼. 그러면 너는 그분 무릎 위에 앉고 그분은 네게 여러 가지를 가르쳐 주실 거야. 그리고 그분한테 무척 귀염도 받게 될 거야. 너도 그분이 좋지, 안 그래?"

"그리고 목사님은 늘 가슴 위에 손을 얹으시겠지?" 하고 펄이 물었다.

"바보 같으니, 그게 무슨 소리니!" 하고 어머니가 외쳤다. "어서 가서 축복을 부탁드리자!"

그러나 귀염을 받는 아이가 귀염을 빼앗아갈지도 모를 다른 아이에게 으레 본능적으로 품는 따위의 질투심에선지 혹은 타고난 변덕에선지, 어쨌든 펄은 목사에게 호의를 베풀려 하지 않았다. 싫어서 야릇하게 상을 찌푸리며 우물쭈물하는 펄을 헤스터는 억지로 목사 앞으로 이끌고 갔다. 펄은 어릴 적부터 이상하게도 갖가지 모양으로 얼굴을 찌푸리는 버릇이 있었을 뿐더러 워낙 변화무쌍한 얼굴을 제각기 독특한 심술이 어린 오만 가지의 얼굴로 변하게 하는 재주가 있었다. 목사는 애처로울 만큼 난처해졌으나 혹시 입이나 맞춰 주면 마력이라도 생겨서 펄한테 잘 보이지나 않을까 하고 바랐음인지, 몸을 앞으로 기울여 펄의 이마에 입을 맞추었다. 그 순간 펄은 갑자기 어머니 곁을 물러나 시내로 달려가서 몸을 굽히고 물로 이마를 씻었다. 마치 달갑지 않은 입맞춤이 말끔히 씻겨 마냥 흐르는 물살에 산산이 흩어져 없어지기를 바라는 품이었다. 그러고 나서 펄은 저만큼 떨어져 선 채로 잠자코 헤스터와 목사를 지켜보았다.

한편 둘은 서로 이야기를 나누며 그들의 새로운 처지로 보아 필요하게 된 일들이며 곧 성취해야 할 목적들을 의논했다.

드디어 둘의 운명을 좌우하는 만남은 끝났다. 골짜기는 다시금 충충한 고목들만이 우거진 고적한 모습으로 되돌아갔다. 이 나무들은 거기에서 일어났던 사실—아무도 알 턱이 없는—을 두고두고 되뇌일 것이다. 그리고 침울한 시내도 이미 그 조그만 가슴속에 넘치도록 짊어지고 노상 재잘거리는 비밀에다가 또 하나의 이야기를 덧붙일 것이다. 그 재잘거리는 물 소리는 지나간 기나긴 세월에 비해 조금이나마 명랑해진 것도 없었다.

20. 미로에 선 목사

헤스터와 펄보다 먼저 떠난 목사는 도중에 뒤를 돌아다보았다. 숲속에 깃든 어둠에 차차 휩싸여 가는 두 모녀의 희미한 얼굴과 자태나 보이려니 생각했었다. 그의 생애 최대의 변동을 참된 것이라고 대뜸 받아들일 수는 없었다. 잿빛 옷을 입은 헤스터는 여전히 나무줄기 옆에 서 있었다. 이 나무는 아득히 먼 옛날에 폭풍으로 쓰러진 뒤로 세월이 흐르는 통에 온통 이끼로 뒤덮여 있었으니, 세상에서 가장 무거운 짐을 짊어진 불행한 두 모녀가 나란히 걸터앉아 한 시간 가량의 안식과 위안쯤 얻을 수도 있는 자리였을 것이다. 펄도 방해가 되는 제삼자가 사라졌으므로 시냇가에서 날듯이 깡충거리며 달려와 어머니 곁의 제 자리를 도로 차지했다. 그러고 보니 목사는 그동안 잠들어 꿈꾸고 있었던 것은 아니었다!

이렇듯 인상이 몽롱하고 혼미해서 이상하게 불안스러워지는 마음의 괴로움을 덜어 볼 양으로 목사는 헤스터와 함께 세웠던 도피 계획을 좀더 철저하게 고려해 보았다. 토인의 오두막이 아니면 해안 일대에 드문드문 흩어져 있는 유럽 사람들의 식민지밖엔 별도리가 없는 뉴잉글랜드나, 온 아메리카 안의 황무지보다도 주민과 도시들이 수두룩한 영국이 도피하거나 은신하는 덴 편리할 것이라고 둘은 결정지었었다. 고통스러운 삼림지대의 생활을 지탱하기 어려운 목사의 건강 상태는 말할 필요도 없거니와, 그가 타고난 재능이나 교양이나 온전한 발달은 문명과 우아함 속에서나 터전을 마련할 수 있을 것이다. 정도가 높으면 높을수록 목사는 더욱더 알뜰하게 순응할 것이다. 이런 계획에 부채질이라도 하려는 듯이 마침 이때 항구에는 배 한 척이 닿아 있었다. 당시에 흔히 나타나던 수상쩍은 순항선들 중의 하나로 결코 해적선은 아니었으나 몹시 무책임하게 해상을 떠돌아다니는 배였다. 최근에 스패니쉬 메인12)에서 도착한 이 배는 사흘 안에 브리스털을 향해 출항할 예정이었다. 헤스터 프린은 자신이 가입한 수녀 자선단 단원인 관계로 선장이나 선원들과는 구면이었으므로, 피치 못할 사정이 있으니 어른 둘과 어린애 하나를 비밀리에 태워 달라는 교섭을 성공할 수 있었다.

적이 관심을 가진 목사는 헤스터에게 순항선의 정확한 출항 예정시간을 물었다. 아마도 사흘째 되는 날이 예정 날짜인 듯했다. 그 말을 듣고 목사는, "그것 참 천만다행이로군!" 하고 혼자 중얼거렸다. 딤즈데일 목사가 천만다행이라고 생각한 까닭을 지금 여기서 밝히기가 주저되지만 독자들에게 숨김없이 말하자면, 사흘째 되는 날에 목사는 선거 축하 설교를 하기로 예정되어 있었기 때문이다. 게다가 뉴잉글랜드의 목사를 위해서는 이런 경우도 생애에 보기 드문 명예이기 때문에 딤즈데일 목사로서는 목사의 생애에 종지부를 찍는 데 이

---

12) 오리노코 강과 파나마 지협 사이, 카리브 해 근처 지방

보다 더 알맞은 방법과 기회를 얻기란 어려울 것이다. '그러면 적어도,' 언제나 언행이 모범적인 목사는 머릿속에서 이렇게 생각하는 것이다. '내가 목사로서의 의무를 다하지 못했다는 둥 변변치 않게 이행했다는 둥, 그 따위 소리는 하지 않겠지!' 이 가엾은 목사의 경우처럼 심각하고도 날카로운 자기 반성이 이렇듯 비참하게 제 꾀에 속아넘어간다는 것은 실로 슬픈 일이라 하겠다! 목사의 결점을 말한다면 이보다 더 나쁜 결점이 과거에도 있었고 앞으로도 여전히 있을 것이다. 그러나 이번 같이 가엾을 만큼 약한 경우는 없었을 것이다. 그리고 오래 전부터 그의 성격의 본바탕을 좀먹기 시작한 괴병(怪病)을 이번처럼 대수롭잖게 그러나 확실하게 증명한 경우는 없었을 것이다. 누구나 오랫동안 제 자신과 남에게 각각 모습이 다른 얼굴을 보이는 버릇에 젖으면 나중에는 어느 얼굴이 제 얼굴인지 분간을 못해 어리둥절해지는 법이다. 헤스터 프린과 만나고 돌아오는 딤즈데일 목사는 어찌나 흥분했던지, 평소와는 달리 기운이 나서 총총걸음으로 읍내를 향했다. 숲속 길은 아까 읍에서 나올 때보다도 더 넓고 거추장스런 자연의 방해물로 해서 더 황량하고, 사람의 발자취도 더 적어 보였다. 그러나 목사는 질퍽한 데를 뛰어넘고 달라붙는 덤불 속을 헤쳐나가고 언덕길을 넘고 골짜기로 뛰어들고 하며, 요컨대 제 자신도 놀랄 만큼 지칠 줄 모르고 길 위의 온갖 난관을 이겨내었다. 이틀 전만 해도 같은 길을 허덕이며 걷느라고 도중에 번번이 걸음을 멈추고 숨을 돌리던 생각이 문득 떠올랐다. 그는 읍내와 가까워질수록 눈앞에 나타난 낯익은 것들의 인상이 달라진 것을 느꼈다. 이런 환경과 헤어진 것이 하루 이틀 전이 아니라 며칠 전, 아니 몇 해 전같이 느껴졌다. 하기야 길거리도 그의 기억에 있는 모습 그대로였고, 집마다 박공 달린 처마끝이 보이고 전에 있었으려니 짐작되는 곳에는 으레 바람개비가 달린 집들의 특징도 전이나 다름없었다. 그러나 인상이 달라졌다는 생각은 성가시게도 자꾸만 머릿속에 치솟았다. 그가 도중에 만난 사람들이나 이 조그만 읍내 사람들의 낯익은 생활 상태도 역시 다르게 보였다. 그들은 더 늙어 보이지도 젊어 보이지도 않았다. 늙은이의 수염도 더 희어지지는 않았다. 어제는 기어다니던 아기가 오늘은 서서 걸어다니게 된 것도 아니었다. 일전에 헤어질 적에 보았던 사람들과 무엇이 어떻게 달라졌는가를 터놓고 말하기는 어려웠다. 그러나 목사의 날카로운 통찰력은 무엇인지 달라졌다는 것을 가르쳐 주었다. 제 자신의 교회당 담 밑을 지나칠 때 그런 인상은 유달리 깊었다. 교회 건물은 무척 생소해 보이기도 하고 한편 몹시 낯익어 보이기도 하여 딤즈데일 목사는 내가 여태까지는 꿈속에서만 교회당을 보았던가 아니면 지금 교회당 꿈을 꾸고 있단 말인가 하고 두 가지 생각 사이에 끼여서 갈피를 못 잡았다.

갖가지 형태로 나타난 이 현상은 낯익은 광경의 외모가 변화했음을 의미하는 것이 아니라 그 광경을 보는 사람의 마음속에 갑자기 일어난 중대한 변화를 뜻하는 것이었다. 따라서 그 중간의 단 하루가 목사의 의식에다 몇 해와 비등한 영향을 미쳤던 것이다. 목사 자신의 의지와 헤스터의 의지와 그리고 둘 사이에 맺어진 운명이 이런 변화를 일으켰다. 읍내는 전이나 다름없었으나 숲에서 돌아온 목사는 전과 달랐다. 목사는 인사를 건네는 사람들에게 이렇게 말해도 무방했을 것이다. '나는 당신네들이 생각하는 그 사람이 아니오! 그 사람은 저기 저 숲속에다 내버렸지요. 외떨어진 골짜기 속 음산한 시냇가 이끼 덮인 나무줄기 옆에다가! 어서 가서 그 목사를 찾아보시오. 정말 쇠약한 몸뚱이며 야윈 볼이며 고통의 주름살이 잡힌 희고도 음울한 이마가 벗어던진 옷가지처럼 내동이쳐져 있을지도 모르니!' 그래도 친구들은 틀림없이 목사에게, '당신 자신이 바로 그 사람이요!' 하고 주장했을 것이다. 그러나 그 친구들이 잘못이지 목사의 잘못은 아니었을 것이다.

딤즈데일 목사가 집에 당도하기 전에 그의 영혼은 사상과 감정의 세계에서 혁명이 있었다는 증거를 달리 보여 주었다. 실상 목사의 마음속 왕국에서 왕조나 도덕률이 싹 바뀌었다는 정도의 사실이 아니고서는 이 불행과 놀라움에 사로잡힌 목사가 지금 받고 있는 충격을 온전히 설명할 수는 없었다. 걸음을 옮길 적마다 그는 괴상하고 난폭하고 악독한 짓을 닥치는 대로 하고 싶은 충동을 느꼈다. 그리고 그때마다 그런 행동은 무의식적이자 고의적이며 또한 무심결인 듯하면서도 그런 충동에 반대하는 자아보다도 심원한 자기 마음속에서 우러나온 것이려니 생각했다. 일례를 들자면 목사가 자기 교회 집사를 만났던 때만 해도 그러했다. 선량한 노 집사는 어버이와 같은 애정과 원로로서의 특권을 가지고 목사한테 이야기를 건넸었다. 사실 고령인데다 성격이 고지식하고 결백하며 교회 내의 지위도 웬만해서 특권을 가질 만도 한 위인이었다. 게다가 목사로서나 한 개인으로서나 당연히 요구할 만도 한 두터운 존경심도 집사는 아낌없이 나타냈던 것이다. 위엄 있는 노인의 예지가 마땅히 베풀어야 할 순종이나 존경—사회적 지위가 낮거나 타고난 재능이 보잘것없는 자가 더 나은 자에게 품는—과 얼마나 잘 조화될 수 있는가를 이처럼 아름답게 나타낸 예는 일찍이 없었을 것이다. 그런데 수염이 서리같이 하얀 훌륭한 집사하고 잠깐 이야기하는 동안에 딤즈데일 목사는 극히 조심해서 자제한 결과 머릿속에 떠오른 성찬식에 관한 불경스러운 말을 가까스로 입밖에 내놓지 않고 참을 수 있었다. 목사는 자기의 혀가 제멋대로 이런 끔찍스런 수작을 지껄여 이야기하라고 승낙하지도 않았는데도 승낙한 듯이 말하지나 않을까 하고 걱정스러워 잿빛으로 질린 얼굴로 떨었다. 목사는 이렇듯 마음속에 공포를 느끼면서도 신성하고도 존경할 만한 노 집사가 정작 자기의 불경스런 언사를 들으면 얼마나 놀랄까고 생각하니 웃음을 참을 수가 없었다!

이와 비슷한 사건이 또 하나 있었다. 허겁지겁 길을 걸어가던 딤즈데일 목사는 교회 신도 중에서도 가장 나이 많은 여인을 만난 일이 있었다. 이 여인은 믿음이 두텁고 행실이 본받을 만한 노파로 가난하고 외로운 과부였다. 마치 유서 깊은 비석으로 가득 찬 묘지처럼 이 과부의 가슴속은 세상 떠난 남편이며 자식들이며 오래전에 죽은 친구들의 추억으로 꽉 차 있었다. 당연히 침통한 슬픔거리가 되었을 이런 추억도 믿음의 위안이나 성경의 진리로 말미암아 이 노파의 경건한 영혼에겐 성스러운 기쁨을 베풀어 주는 것이었다. 그녀는 과거 30년 동안 내내 성경의 진리를 양식삼아 지내 왔었다. 딤즈데일 목사네 교회 신도가 된 뒤로부터 이 세상에서 제일가는 노파의 위안이란—천국에서 내린 위안이 아니라면 위안으로서 아무런 가치도 없었을 것이다—우연히거나 혹은 무슨 목적에서거나, 어쨌든 목사를 만나 그 사랑스러운 입에서 흘러나오는 포근하고 향긋한, 천국의 입김어린 복음의 진실된 말씀을 어두운 귀를 기울여 듣고 마음을 상쾌하게 하는 것이었다. 그러나 이번에는 노파의 귀에다 입을 갖다대는 순간까지도 딤즈데일 목사는—영혼의 원수가 바라는 대로—성경의 문구 한 구절도, 그 밖의 아무 말도 영 생각이 안 나고, 고작 인간의 영혼불멸에 어긋나는 매섭고도 결정적인 듯싶은 몇 마디 짧은 말이 생각났을 따름이었다. 정작 노파의 정신 속에다 이런 말을 부어넣었더라면 아마도 그녀는 극약의 주사를 맞기라도 한 것처럼 당장 쓰러져 죽었을 것이다. 그때 자기가 실제로 무슨 말을 속삭였는지 목사는 후에도 잘 생각나질 않았다. 아마 천만다행히도

목사가 횡설수설했기 때문에 노 과부는 그 뜻을 똑똑히
알아듣지 못했거나 혹은 하느님이 자신의 독특한 방법
으로 그 뜻을 설명해 주었을 것이다. 분명히 뒤를 돌아
다보는 목사의 눈에는 잿빛같이 창백한 노파의 주름잡
힌 얼굴 위에 천국의 도시같이 빛나는 성스러운 감사와
희열의 표정이 보였다.

　이어 세번째 사건이 일어났다. 목사는 늙은 신도와
헤어진 후에 신도 중에서도 가장 젊은 여자 신도를 만
났다. 이 신도는 교회에 갓 들어온 처녀로 딤즈데일 목
사가 밤을 새운 뒤의 안식일에 설교하는 것을 듣고 교
회로 들어왔었다. 그녀의 소원은 이 세상의 일시적인
쾌락을 저버리고 자기의 삶이 암담해질수록 더욱더 명
랑한 빛이 어릴 뿐 아니라 칠흑 같은 삶의 어둠에다 종
내는 광채를 서리게 할 성스러운 희망을 찾자는 것이었
다. 그녀는 낙원에 피었던 백합꽃처럼 어여쁘고 순결했
다. 목사는 그녀가 가슴속 신성한 전당에다 자기를 섬
기고 그 둘레에다 눈같이 흰 포장을 드리우고 믿음에겐
따스한 사랑을, 사랑에겐 믿음의 성결함을 주고 있음을
잘 알고 있었다. 이날 오후에도 틀림없이 사탄이 이 가
엾은 젊은 처녀를 어머니 곁에서 끌어내어, 극심한 유
혹에 빠진―이런 말을 해서 될는지?―타락해서 절망에
사로잡힌 이 사나이가 걷는 길 앞에다 내던졌던 것이
다. 처녀가 다가오자 마왕이 목사에게 악의 싹을 조그
맣게 만들어 처녀의 부드러운 가슴속에 던져 넣으라고
속삭였다. 그러면 틀림없이 이 싹은 이내 검은 꽃을 피

우고 검은 열매를 맺게 되리라는 것이다. 이렇듯 목사는 자기를 하늘같이 믿는 처녀의 영혼을 좌우하는 힘이 있다고 느끼는 나머지 제딴에는 자기가 순결이란 들판을 한 번 흉측하게 쏘아보기만 하면 온통 시들게 할 수도 있고, 단 한 마디의 말로써 그와 반대되는 것을 퍼뜨릴 수도 있다고 생각하는 모양이었다. 그리하여 목사는 여태까지 참아 왔던 힘보다도 더 억센 힘을 내어 제네바 외투로 얼굴을 가리고 처녀를 아는 체도 않고 자기의 무례를 아무렇게 생각해도 괜찮다는 듯이 허겁지겁 그냥 지나쳐 버렸다. 처녀는 제 양심—그녀의 호주머니나 반짇고리 모양 귀엽고도 자질구레한 것들로 가득 찼었다—을 샅샅이 뒤져 보더니 가엾게도 없는 갖가지 허물을 머릿속에 그려내 가지고는 제 자신을 나무랐다! 그리고 이튿날 아침엔 눈이 퉁퉁 부어 집안일에 골몰하는 것이었다.

목사는 이 마지막 유혹을 뿌리친 승리를 미처 축하하기도 전에 한층 더 우스꽝스럽고 끔찍스런 충동이 치솟음을 느꼈다. 그것은 낯이 뜨거워지는 이야기지만, 길바닥에서 놀고 있는 청교도의 어린애들—말을 갓 배운—에게 매우 고약스런 말을 몇 마디 가르쳐 주고 싶은 충동이었다. 그러나 목사복의 체면도 있고 해서 그런 변덕을 삼간 목사는, 마침 스패니쉬 메인에서 온 술 취한 뱃사람 하나를 만났다. 그런데 여태까지 용감하게도 갖은 악독한 짓을 삼가온 뒤끝이라선지 가엾은 딤즈데일 목사는 더도 말고 이 더러운 부랑자와 악수나 나누

고, 난봉꾼인 뱃사람들이 흔히 좋아하는 상스러운 농담
이나 몇 마디 지껄이고, 유쾌하고 노골적이고 야무지고
속이 후련해지고 하느님을 모독하는 욕설을 마구 퍼부
어 심심풀이를 하고 싶었다! 목사로 하여금 이 마지막
위기를 무사히 벗어나게 한 것은 무슨 훌륭한 주의 때
문이라기보다도 그가 타고난 고상한 취미라든가 더욱이
목사로서의 예절을 지키지 않고는 못 배기는 꼼꼼한 버
릇 때문이었다.

"이렇게 나를 성가시게 굴며 유혹하려는 것이 도대체
무엇일까?" 마침내 목사는 길바닥에 우뚝 서서 손으로
이마를 치며 외쳤다. "내가 미쳤나? 아니면 마귀의 손아
귀에 꼼짝없이 붙잡히고 말았나? 내가 숲속에서 마귀와
약조를 하고 내 피로 이름을 적었단 말인가? 그래서 마
귀가 그 흉측한 상상력으로 생각해 낼 수 있는 온갖 흉
악한 짓을 내게 일러 주고선 약속을 지키라는 것인가?"

딤즈데일 목사가 생각에 잠겨 손으로 이마를 쳤을 때
마침 이름난 마녀 히빈즈 노파가 그 옆을 지나갔다고들
했다. 그녀는 굉장한 차림새였다. 높직한 머릿수건을
쓴데다 화려한 벨벳 겉옷을 걸치고 막역한 친구였던 앤
터너가 토머스 오버베리 경 살해죄로 교수형을 당하기
전에 그녀에게 비결을 가르쳐 주었다는 유명한 노란 풀
을 먹여 모양을 낸 주름깃을 달고 있었다. 이 마녀가
목사의 속마음을 짐작했는지 못했는지는 알 길이 없으
나, 멈칫 발을 멈추고 목사의 얼굴을 날카롭게 들여다
보면서 히죽 웃더니—본래 목사와 이야기하길 별로 탐

탁해하지 않는 터였지만—이야기를 시작했다.

"저 목사님, 숲속에 다녀오셨죠." 하고 마녀는 목사한 테 높직한 머릿수건을 쓴 머리를 끄덕이면서 말했다. "다음엔 저한테 미리 좀 알려 주세요. 영광스러운 마음 으로 목사님을 모시고 가겠어요. 뭐 제 자랑은 아닙니 다만, 제가 한 마디만 해드리면 아무리 초면인 분이라 도 목사님도 잘 아시는 그 숲속의 대왕한테서 융숭한 대접을 받을 거예요."

"저, 마님," 목사가 부인의 신분을 생각해서, 그리고 제 자신의 교양상 별수없이 정중히 인사를 하면서 대답 했다 "제 양심과 성격을 걸고 명백히 말씀드립니다만, 당신의 말씀이 무슨 뜻인지 종잡을 수가 없군요! 저는 숲속의 대왕을 만나러 갔던 게 아닙니다. 그리고 앞으 로도 그런 사람의 혜택을 입으려고 숲을 찾아가진 않을 겁니다. 한 가지 뚜렷한 목적은 믿음이 두터운 제 친구 엘리엇 전도사를 만나 그 사람이 이교 지역에서 얻은 귀중한 여러 영혼들을 더불어 기뻐하자는 것이었죠!"

"하하하!" 하고 늙은 마녀는 목사한테로 높은 수건을 쓴 머리를 끄덕이면서 호들갑스럽게 웃었다. "좋아요, 좋아. 대낮에는 그렇게 얘기할 수밖에 없어요! 요령이 제법이군요! 하지만 한밤중 숲속에서는 다른 얘길 하거 로 해요!"

그녀는 늙은이답게 점잖게 걸어갔다. 그러나 번번이 고개를 돌리고 목사한테로 웃음을 띠어 보이는 품이 둘 사이에 남모르는 깊은 인연이 맺어져서 기쁘다는 기색이었다.

'그러면 내가 악마에게 몸을 팔았단 말인가.' 목사는 이렇게 생각했다. '소문이 옳다면 저 누런 풀을 먹인 주름깃에다 벨벳 겉옷을 차려입은 마귀 할멈이 자기의 대왕이자 서방으로 모셨다는 그 악마한테 말이야!'

가엾은 목사! 그는 이와 비슷한 흥정을 한 셈이었다. 생전 처음으로 그는 행복을 꿈꾸는 나머지 끔찍스런 죄악의 손아귀에 자진해서 제 몸을 내맡겼던 것이다. 그 죄악의 독소는 이처럼 재빠르게 그의 도덕 체계로 전염되어 골고루 퍼졌다. 그 독소는 신성한 충동을 몽땅 마비시키고 사악한 충동들을 모조리 활기 있게 소생시켰다. 경멸이며 냉혹이며 까닭없는 악의며 근거없이 죄를 저지르려는 욕망이며, 선하고 성스러운 것이며 무턱대고 놀려대려는 심정이 온통 살아나서 그를 놀라게 했고, 기어코 그를 유혹하고야 말았다. 그리고 히빈즈 노파와의 만남이 사실이었다면, 그것은 목사가 악인들이나 사악한 혼령들에게 동정과 우정을 아끼지 않는다는 사실을 증명할 따름이었다.

목사는 묘지 한 가장자리에 있는 자기 집 층층대를 바삐 올라가서 서재 속에 몸을 숨겼다. 길거리를 지나오는 동안 내내 자기를 사로잡으려던 기괴하고도 흉악한 짓들을 하나도 저지르지 않았기에 자기의 정체를 세상에 드러내진 않은 채 이 은신처까지 돌아오게 되어서 목사는 무척 기뻤다. 그는 정든 방으로 들어가서 책이며 들창이며 벽난로며 벽포장을 드리운 아늑한 벽들을 휘둘러보았다. 그러나 숲속 골짜기에서 읍내로 그리고 집으로 돌아오는 길에 줄곧 마음을 괴롭혔던 그 야릇한 기분은 여전히 가시지 않았다. 바로 여기서 그는 단식도 하고 밤새워 기도를 올리고는 거의 죽다시피 했었다. 바로 여기서 그는 기도를 올리려고 애썼고 갖은 괴로움을 견뎌 냈다! 여기에 귀중한 옛 히브리 말로 쓰인 성경이 있다. 그 속에서 모세와 예언자들이 그에게 이야기를 건넸고 하느님의 말씀도 그 속에 간직되어 있었다! 탁자 위에는 쓰다 만 설교의 초안이 잉크 묻은 펜과 가지런히 놓여 있었다. 이틀 전에 쓰다가 사상이 종이 위로 흘러나오지 않는 바람에 문장이 중간에서 끊어진 채였다. 이런 갖가지 일들을 치르고 견뎌 내고 하며 결국 선거 축하의 설교까지 초를 잡았던 자는 다름아닌 야위고 두 볼이 새파랗게 질린 자기 자신이라는 것을 그는 잘 알고 있었다! 그러나 그는 지금 지난날의 제 자신과 멀리 떨어져서 조소하고 가엾어하면서도 부러움 섞인 호기심으로 바라다보는 듯했다. 이와 같은 목사의 자아는 이미 사라져 버렸다. 숲에서 돌아온 목사는 다른 사람이었다. 지난날처럼 순박했을 땐 도저히 마련할 수 없었던 숨은 비밀에 대한 지식을 가진 더 현명한 위인이 되었던 것이다. 그러나 그 지식은 가슴을 쓰라리게 하는 따위의 지식이었다!

이리저리 생각에 잠겨 있노라니 서재문을 두드리는 소리가 났다. 목사는, "들어오시오!" 하고 대답했다. 혹시 악마가 나타나지 않을까 하는 생각이 전혀 없었던 것도 아니다. 아니나다를까! 들어온 것은 로저 칠링워드 노인이었다. 목사는 새파랗게 질려서 잠자코 서 있었다. 한 손은 히브리 성경 위에, 나머지 손은 가슴 위에 얹고 있었다.

"잘 돌아오셨습니다, 목사님." 하고 의사가 말했다. "엘리엇 전도사는 어떠신지요? 그런데 목사님은 안색이 좋지 못하신 것 같군요. 황무지의 여행이 무척 괴로우셨나 보죠. 선거 축하 설교를 하실 기운을 돋우시는 데 제 힘이 필요하지는 않는지요?"

"아뇨, 괜찮습니다." 하고 딤즈데일 목사가 대답했다. "그동안 서재에 하도 오래 붙박혀 있다가 여행을 떠나 저 고장의 성스러운 전도사를 만나고 신선한 공기를 마음껏 들이마시고 돌아왔더니 몸에 퍽 좋았나 보죠. 이젠 당신의 약도 필요없을 것 같군요. 친절한 선생님이 지어 주시는 약이라 좋은 줄은 압니다만."

목사가 말하는 동안 로저 칠링워드는 환자를 대하는 의사의 엄숙하고도 주의 깊은 눈초리로 목사를 쳐다보았다. 그러나 의사가 겉으로는 이런 태도를 보이고 있지만, 자기가 헤스터 프린과 직접 만났다는 사실을 알고 있거나 아니면 그랬으려니 의심하고 있다는 것을 목사는 거의 확신했다. 이때 의사도 목사의 눈에 비친 자기는 믿음직한 친구가 아니라 매정한 원수라는 것을 알아차렸다. 이쯤 알게 되었으니 그 일부나마 밝히는 것이 자연스러울 것이다. 그러나 이상한 것은 어떤 일을 말로 표현하려면 무척 오랜 시간이 필요하다는 것이다. 그리

고 어떤 화제를 똑같이 회피하려는 두 사람이 그 화제의
가장자리까지 다가갔다가도 그것을 끝내 건드리지 않고
무사히 물러설 수도 있다는 사실이다. 따라서 목사는 로
저 칠링워드가 둘 사이의 입장의 정체를 명백히 말하리
라는 걱정은 하지 않았다. 그러나 의사는 음흉한 방법으
로 무섭게도 비밀의 가장자리까지 다가왔다.

"아무튼 오늘밤엔 저의 미숙한 치료나마 받아 두시는
게 좋지 않을까요?" 하고 의사가 말했다. "선거 축하 설
교를 위해서도 우리는 어떻게 해서든 당신을 강하고 기
운차게 만들어 드려야 합니다. 사람들은 당신에게 굉장
한 기대를 갖고 있어요. 해가 바뀌면 당신은 이 고장에
안 계시게 될까 봐 걱정들을 하기 때문이죠."

"글쎄 말이죠. 저 세상으로나 가게 될는지." 하고 목
사는 믿음이 지극한 체념에 잠겨 대답했다. "저 세상이
기왕이면 천국이면 싶어요. 사실 말이지, 절기가 아무
리 빨리 바뀐대도 앞으로 한 해를 더 교회 신도들과 우
물쭈물 보내게 될 것 같진 않군요! 그런데 몸이 지금
같아서는 당신의 약이 필요없습니다."

"반가운 말씀이지요." 하고 의사가 대답했다. "그토록
오랫동안 지어 드렸어도 별 효능이 없더니만 지금에야
비로소 웬만한 효험을 나타내기 시작한 모양이군요. 당
신의 치료에 성공한다면 행복하다뿐이겠습니까, 뉴잉글
랜드의 감사를 받을 만한 자격이 비로소 생기는 거죠!"

"충심으로 감사드립니다, 언제나 잘 보살펴 주신 선
생님에게." 하고 딤즈데일 목사가 엄숙한 미소를 띠면

서 말했다. "새삼 고맙습니다만, 선생님의 선행은 기도로써 갚을 수밖엔 없나 봅니다."

"선량한 분의 기도는 금으로 갚는 보답이나 진배없지요!" 하고 로저 칠링워드가 물러가면서 대답했다. "그럼요, 그것은 '새 예루살렘'에서 사용되는 금화로 주님 자신의 각인이 찍혔지요!"

혼자 남게 되자 목사는 하인을 불러 음식을 청했다. 음식이 눈앞에 차려지자 아귀같이 먹었다. 그러자 쓰다 만 선거 축하 설교의 초안을 불 속에 던지고 이내 다시 쓰기 시작했다. 이번에는 사상과 감정이 하도 줄기차게 흘러나오는 가운데 썼기 때문에 무슨 영감이라도 통한 듯싶었다. 그리고 하느님이 하필이면 자기 같은 추악한 풍금을 통해서 장엄하고도 성스러운 말씀의 음악을 전한다는 것을 옳다고 생각하시다니 이상하다 싶었다. 그러나 이런 수수께끼는 절로 해결되건 영원히 해결되지 못하건 상관할 것 없다고 생각하고, 기쁨을 이기지 못해 진지하게 서둘러 자기의 일을 해나갔다. 이리하여 밤은 목사를 태운 날개 돋친 말인 양 마구 내달았다. 아침이 찾아와서 얼굴을 붉히며 커튼 사이로 빼죽이 들여다보았다. 이윽고 먼동이 트더니 금빛 햇살이 서재로 새어들어 목사의 눈을 바로 비췄다. 목사는 눈이 부셔 어쩔 줄을 몰라했다. 목사는 여전히 손가락 사이에 펜을 든 채 글씨로 메워진 넓디넓은 공간을 등지고 앉아 있었다.

21. 뉴잉글랜드의 경축일

　새 장관이 주민들에게서 직권을 넘겨받기로 된 날, 헤스터 프린과 펄은 일찌감치 장터로 나왔다. 거기엔 벌써 숱한 읍내 일꾼들과 그밖의 사람들로 붐비고 있었다. 그 중에는 사슴가죽 옷차림으로 보아 이 식민지의 작은 수도를 에워싼 삼림지대 거주지에서 왔음이 분명한 사납고 험해 보이는 사람들도 수두룩하게 섞여 있었다.

　지나간 7년 동안의 어느 때나 마찬가지로 이번 경축일에도 헤스터는 초라한 잿빛 옷차림이었다. 그 빛깔보다도 뭐라 형용할 수 없는 독특한 품으로 해서 그녀의 개성은 자취를 감춘 듯싶었다. 그러나 주홍글씨가 희뿌연 어스름 속에서 그녀를 끌어내어 글씨가 내뿜는 도덕적 광채 아래 그녀의 모습을 환히 드러내었다. 오랫동안 읍내 사람들 눈에 익은 그녀의 얼굴은 여느 때나 다름없이 대리석같이 고요했다. 어쩌면 가면 같기도 하고 죽은 여인의 얼굴에 싸늘하게 어리는 조용한 표정 같기도 했다. 남의 동정을 바랄 수 없다는 점에서, 헤스터는 이미 죽은 셈임으로 제딴엔 아직도 그 속에 살고 있는 줄 아는 이 세상을 이미 떠나 버린 것과 마찬가지라는 사실로 인하여 우리는 이처럼 서글픈 연상을 하는 것이다.

　혹 이날 하루만은 헤스터의 얼굴에도 전에 보지 못했던, 그러나 남의 눈에 띨 만큼 뚜렷하지는 못한 표정이 나타났을지도 모른다. 비상한 재간을 가진 사람이 나타나서 우선 그녀의 마음속을 살핀 다음, 그 마음의 반응을 얼굴 위에서 더듬어야 혹시 그런 표정이 눈에 띄었을지도 모른다. 마음속까지 살필 수 있는 관찰자라면, 과거 7년 동안 마지못해 하나의 죄갚음이려니 여기고 참으면 엄숙한 믿음이 되려니 생각하며, 뭇사람들의 눈초리를 견디어 온 헤스터가 이날 마지막으로 다시 한 번 스스로 자진해서 그 시선을 맞아 오랫동안의 고통거리를 일종의 승리로 변하게 하려는 걸 짐작했을 것이다. '주홍글씨와 그 주홍글씰 가슴에 단 자를 마지막으로 보시오!' 그네들의 희생자요 평생의 노예라고 여겨졌던 헤스터는 이렇게 말할지도 모른다. '조금만 있으면 그녀는 당신들의 손길이 미치지 못하는 곳으로 사라진다오! 몇 시간 뒤면 깊고 신비스러운 바다가 그녀 가슴 위에 당신들이 불타게 했던 주홍글씰 삼켜 없애 버릴 거예요!'

자기의 생명과 뒤얽혔던 고통에서 막 벗어나려는 순간 헤스터의 마음속이 서운했다 해도, 그것은 인간의 천성에 너무나 어긋나는 터무니없는 모순은 아닐 것이다. 철이 든 여인으로서 줄곧 맛보아 온 쓴 쑥과 노회(蘆薈)의 마지막 잔을 숨가쁘게 쭉 들이켜고 싶은 욕망이 억누를 길 없이 솟구친 것이나 아니었는지? 그 뒤부터 그녀가 입술로 가져갈 생명의 술은 무늬가 새겨진 금잔에 따른 향긋하니 맛좋고 상쾌한 술임에 틀림없다. 그렇지 않으면 독한 감로주를 마신 경우처럼 쓰디쓴 찌끼를 먹은 뒤끝에 별수없이 노곤한 피로를 느끼게 될 것이다.

 펄은 화려한 차림새였다. 찬란하고 눈부신 환영 같은
이 아이를 침침한 잿빛 옷차림의 여인이 낳았다고는 꿈
에도 생각하지 못할 일이었을 것이다. 그리고 이 아이
의 옷을 고안하는 데 반드시 필요했을 찬란하고도 정교
한 상상력이 헤스터의 소박한 옷에 유달리 독특한 인상
을 풍기게 한, 이를테면 한층 어려운 일을 성취한 바로
그 상상력과 같은 것이라고 추측하기는 어려웠을 것이
다. 펄에게 안성맞춤인 그 옷은 그녀의 성격의 유출이
요, 성격의 어쩔 수 없는 전개요, 성격의 외적인 표현인
듯싶었다. 그녀에게서 그 옷을 분리할 수 없음은 나비
의 날개에서 오색이 찬란한 광채를 분리할 수 없는 것
이나, 빛나는 꽃잎에서 찬란한 빛깔을 분리할 수 없는
것이나 마찬가지였다. 나비와 꽃잎의 경우처럼 아이의
경우도 마찬가지였다. 펄의 옷은 그녀의 천성과 이념과
도 통했다. 게다가 다사로운 이날 펄의 기분은 이상한
흥분과 동요에 사로잡혀 있었다. 마치 극성스럽게 뛰는
심장의 고동과 더불어 반짝이고 희번덕이는 가슴 위의
다이아몬드와도 같았다. 아이들이란 자기와 관계가 있
는 사람들의 흥분을 언제나 곧잘 알아차리게 마련이다.
더구나 집안의 근심 걱정이나 눈앞에 닥쳐오는 변동 따
위는 유달리 잘 눈치채는 법이다. 그리하여 어머니의
설레는 가슴에 단 보석격인 펄은 대리석같이 무뚝뚝한
헤스터의 이마에 남모르게 서리는 감정을 정신의 무드
로 나타냈다.

이처럼 흥분한 펄은 어머니 곁을 걷는다기보다는 새처럼 훨훨 날아다니는 듯싶었다. 그러고는 미친 듯이 분명치 않은 소리를 노래처럼 날카로이 부르짖곤 했다. 둘이 장터에 다다르자 펄은 와글와글 법석대는 광경을 보고 더 흥분했다. 왜냐하면 이곳은 본시 읍내의 장터라기보다도 어떤 시골 교회당 앞의 풀이 황량하게 자란 광장과도 같았기 때문이다.

"와, 이게 웬일이지?" 하고 그녀가 외쳤다. "뭣 때문에 오늘은 모두 일을 쉰다지? 온 장안이 노는 날이야? 저 대장장이 좀 봐! 검댕이 묻은 얼굴을 말끔히 닦고 주일날 나들이옷을 입었네. 누가 친절하게 방법만 가르쳐 주면 한바탕 재미있게 놀아나 보겠다는 모양이야! 그리고 간수 브래켓 영감이 날 보고 웃으면서 머리를 끄덕이네, 왜 그러지 엄마?"

"네 어렸을 때 생각이 나나 보지." 하고 헤스터가 대답했다.

"하지만 날 보고 웃으며 아는 체할 건 없잖아. 시커먼 게 끔찍스럽고 눈이 흉측한 늙은이 같으니!" 하고 펄이 말했다. "아는 체하고 싶거들랑 엄마나 보고 그러지. 엄마는 잿빛 옷에다 주홍글씰 달았으니까. 그런데 엄마, 어쩜 이렇게 모르는 사람들이 많을까. 토인도 뱃사공들도 보이네! 장터로 뭐하러들 왔을까?"

"행렬이 지나가는 걸 구경하려고 기다리는 거지." 하고 헤스터가 말했다. "인제 장관님이랑 관원들이 지나갈 거야. 그리고 목사님들도 높은 양반들도 훌륭한 양반들도 악대와 병정들을 앞장 세우고 행진을 한대나 봐."
 "그럼 그 목사님도 나오시겠지?" 하고 펄이 물었다.
"그리고 엄마가 시냇가에서 날 데리고 그분 앞으로 갔
을 때처럼 두 손을 내밀어 반겨 주실까?"
 "그 목사님도 나오시겠지." 하고 어머니가 대답했다.
"하지만 오늘은 널 보시더라도 아는 체는 안하실 게다.
너도 아는 체해선 안 돼."
 "참 목사님은 이상하고도 가엾은 분이야!" 하고 펄이
혼잣말처럼 말했다. "캄캄밤중에 목사님은 우리를 불러
가지고 엄마와 내 손을 붙잡아 주셨더랬지. 저기 저 처
형대 위에 나란히 섰을 때 말이야! 그리고 깊은 숲속에
서 늙은 나무들만이 엿듣고 한 조각 구름만이 엿볼 수
있었을 땐 목사님도 엄마와 함께 이끼 더미 위에 앉아
서 얘기를 하셨어! 그리고 내 이마에 입을 맞춰 주셨
어. 시냇물로 아무리 닦아도 잘 지워지진 않았지만! 그
런데 햇빛이 환하고 사람들이 득실거리는 여기선 우리
들을 모르는 체하신다니, 그리고 우리도 그분을 아는
체해선 안 된다니! 이상하고 가엾은 분이야, 언제나 가
슴에 손을 얹고 계시는 목사님은!"
 "입 좀 다물어라, 펄! 너는 그 사정을 아직은 몰라."
하고 헤스터가 말했다. "인제 목사님 생각일랑 그만하
고 여기저길 좀 구경하려무나. 오늘은 참 모두 기뻐하
는 얼굴들이지. 어린애들은 학교에서, 어른들은 일터와
들판에서 일부러 나와서 재미있게 지내려는 거야. 오늘
부터 새 장관님이 우리를 다스리게 된대. 그리고 인간

이 처음으로 나라를 세웠던 그때부터 내내 지켜 온 습관이지만 모두 즐거워하고 기뻐들 하는 거란다. 마치 보잘것없는 낡은 세계로 즐거운 황금 시대가 마침내 닥쳐온 것처럼!"

뭇사람들의 얼굴 위에 유난스레 환히 빛나는 즐거움은 헤스터가 말한 그대로였다. 1년 중에서도 바로 이 경축일에다—애초부터 그랬고 또 거의 두 세기 동안 내내 그랬었지만—청교도들은 연약한 인간에게 베풀어져도 좋을 만한 즐거움과 공동의 기쁨을 몰아넣었던 것이다. 그리하여 이날 하루만이라도 여느 때의 흐린 구름을 쫓아 버리고, 다른 사회 같으면 온 겨레가 고통을 겪을 때나 보일 엄숙한 표정을 짓는 것이었다.

그러나 어쩌면 우리는 분명히 이 시대 사람들의 기분과 풍습의 특색이었던 회색이나 흑색을 과장해서 말하는지도 모른다. 지금 보스턴의 장터에서 득실거리는 사람들은 나면서부터 청교도적인 우울을 물려받은 자들은 아니었다. 그들은 잉글랜드 태생으로 그 조상은 엘리자베스 시대의 명랑하고 화려한 분위기 속에서 자랐었다. 그 시대로 말하면, 잉글랜드의 생활은 이것을 하나의 큰 덩어리로 본다면, 세계에 그 유례를 찾아볼 수 없을 만큼 위세당당하고 장엄하고 즐겁게 보이는 때였다. 이들이 전통적인 취미를 고스란히 간직했더라면 뉴잉글랜드로 넘어온 이주민들은 공적으로 중요한 모든 행사를 횃불놀이니 잔치니 꽃수레니 행렬이니 하는 따위로 장식했을 것이다. 그리고 장엄한 의식을 베풀 때에도 그 엄숙한데다 오락의 즐거움을 가미하여, 이를테면 이런 축제일에 온 국민이 입는 굉장한 예복에다 괴상한 수를 찬란하게 치장할 수도 있었을 것이다. 하기야 식민지 정치의 새해가 시작되는 날을 축하하는 방법 속에 이런 노력의 자취가 다소 엿보이기는 했다. 뇌리에 희미하게 떠오르는 지난날의 영화의 흔적이라든지 자랑스러운 런던의, 감히 대관식에서라고는 말할 수 없겠지만 시장취임 잔치에서 한 번 본 것을 빛깔이 낡도록 사뭇 되풀이 되풀이 이용했다는 사실의 자취를 우리의 조상들이 제정한 장관의 연례 취임식 절차 속에 엿볼 수도 있었을 것이다. 공화국의 개조(開祖)나 정치가나 목사나 군인들은 이 당시 당당한 위풍과 위엄을 갖춘다는 것을 의무라고 생각했었다. 완고한 생각에 이런 옷이야말로 국가나 사회의 저명한 인사들에게 어울리는 차림이라고 했었다. 모든 공직자들이 나서서 행진을 함으로써 새로이 마련된 정부의 보잘것없는 조직에다 필요한 위엄을 갖추어 주려 했었다.

그리고 평소에는 종교나 다름없이 생각되는 갖가지 고된 일을 언제나 부지런히 해오던 백성들이 이날따라 숨을 좀 돌린다 해도 권하진 못할망정 묵인은 했었다. 그러나 사실인즉 엘리자베스 여왕이나 제임스 왕 때 같으면 환락을 즐기는 백성들이 일찌감치 마련했을지도 모를 오락시설이 여기에는 전혀 없었다. 상스러운 광대풍의 구경거리도 없었고, 하프를 켜며 옛 민요를 읊는 음유 시인도 없었으며 음악에 맞추어 원숭이를 춤추게

하는 가수도 없었고, 마귀의 요술을 흉내내는 마술쟁이
도 없었고, 아마 수백 년도 더 묵었으면서도 여전히 재
미있는 익살을 부려 원래부터 웃기를 좋아하는 백성들
의 감정에 호소해서 뭇사람들을 들끓게 하는 익살광대
도 없었다. 이와 같은 몇 가지 종류의 전문적인 익살꾼
들의 진출은 엄격한 법률상의 징벌 때문만이 아니라 법
률에 활기를 주는 일반 백성들의 감정으로 말미암아 엄
격히 금지되었었다. 그럼에도 불구하고 백성들의 큼직
하고 순박한 얼굴은 엄숙하면서도 넓게 벌린 입가에 온
통 미소를 띠게 하고 있었다. 옛날에 이들 이주민이 고
국 잉글랜드의 시골장이나 풀밭에서 구경도 하고 몸소
놀아 보기도 한 따위의 놀음이 전혀 없지는 않았다. 없
어서는 안 될 용기나 사내다움을 위해서라도 이런 놀음
은 이 신천지 안에다 계속 남겨 두는 것이 상책이리라
했다. 콘월 식이니 데본셔식이니 하는 제작기 식이 다
른 씨름판이 장바닥 군데군데에서 벌어지고 있었다. 한
모퉁이에선 육척봉의 시합이 다정스럽게 벌어지고 있었
다. 그런데 가장 많은 사람의 흥미를 끈 것은 이미 이
이야기 속에서 유명해진 그 처형대 위에서 벌어진 두
검술사의 시합이었다. 그들은 둥근 방패와 폭넓은 검을
가지고 다투고 있었다. 그러나 이 시합이 담당 간수의
참견으로 중단되자 구경꾼들은 몹시 실망했다. 간수로
서는 신성한 장소가 이렇게 마구 사용되어 법률의 존엄
성이 더럽혀지는 것을 그냥 방임한다는 것은 엄두도 못
낼 일이었다.

대체로 한창 때엔 제법 즐겁게 놀 줄 알던 조상의 후손인데다 무미건조한 생활을 갓 시작하던 때에 태어난—이들이 경축일의 축하라는 점에서 그들의 후손—우리들처럼 아득히 먼 후손일지라도—과 비교한다면 자기네들이 오히려 낫다고 단언한다 해도 과언은 아닐 것이다. 이들의 바로 다음 자손, 즉 초기 이주민들의 다음 세대들은 청교주의의 가장 어두운 빛을 띠고 백성들의 안색을 시커멓게 물들였기 때문에, 그 뒤의 후손들이 긴 세월을 두고 아무리 씻어 없앨래야 없앨 도리가 없었다. 우리는 잊혀진 환락의 방법을 다시 배워야 한다.

장터를 수놓은 한 폭의 인생화는 대체로 잉글랜드 이주민들의 특유한 침침한 회색과 갈색과 흑색으로 물들어 있으면서도 색다른 빛깔이 조금 어려 활기를 띠고 있었다. 토인의 한 패가—야릇하게 수놓은 사슴가죽의 화려한 옷에다 조가비 염주허리띠를 두르고 주홍과 황색의 물감칠을 하고 깃털치장을 하고 활과 살과 석창으로 몸차림을 한—청교도보다도 엄숙하고 굳건한 표정을 짓고 구경꾼들에게서 좀 떨어져 서 있었다. 물감칠을 한 토인들은 물론 야만인들이지만 그렇다고 그들의 얼굴이 이 장터에 나타난 사람들 가운데서 가장 야만스럽다는 것은 아니었다. 야만스럽다는 명예는 선거날의 재미있는 행사를 구경하려고 상륙한 스패니쉬 메인에서 온 뱃사공들의 일부인 몇몇 뱃사람들이 당연히 차지할 수 있었다. 그들은 얼굴이 햇볕에 그은데다 수염이 텁수룩한 우악스럽게 보이는 부랑배들이었다. 통이 넓고

기장이 짤막한 바지 허리를 허리띠로 졸라맸고, 군데군
데 거친 황금판제의 고리로 잠그게 되어 있었다. 허리
띠엔 언제나 기다란 나이프를 매달았고 때로는 칼을 차
기도 했다. 종려잎 모자의 널따란 차양 밑에서 번쩍이
는 두 눈에는 기분이 좋아 기쁠 적에도 짐승 같은 사나
움이 엿보였다. 그들은 누구에게나 구속을 주는 예의범
절을 아무런 두려움도 염치도 없이 마구 어겼다. 간수
의 코 밑에서 담배를 피우기도 했다. 여느 사람이 그짓
을 했다면 한 모금을 피워도 영락없이 1실링의 벌금을
물어야 했었다. 제멋대로 휴대용 술병에서 포도주나 독
한 술을 따라 들이켜기도 하고, 어이가 없어 입을 쩍
벌린 채 바라다보는 구경꾼들에게 술을 함부로 권하기
도 했다. 뱃사람들은 육지에서 제멋대로 행세해도 그만
이요, 바다에 나가서는 더욱 심한 짓을 해도 눈감아 주
었다는 사실은, 이 당시의 도덕이 온전치 못했다는 것
을—우리는 엄격한 시대였다고들 하지만—뚜렷이 드러
낸 것이다. 이 당시의 뱃사람들은 요새 같으면 해적이
라고 고발당할 만한 짓을 예사로이 저질렀다. 예컨대
이 뱃사람들만 해도 뱃사람치고 그다지 좋지 못한 축은
아니었으나 스페인 무역에서 노략질을 했음이 분명했
다. 그네들이 요새 법정에 걸려든다면 사형을 받을지도
모를 노릇이다.
　그러나 옛날의 바다는 그야말로 제멋대로 굽이치고
물결치고 거품을 일고 하여 모진 비바람 앞에나 고개를
숙였지 인간이 만든 법률 따위의 단속을 받을 생각은

조금도 없었다. 파도와 더불어 사는 해적도 노략질을 집어치우고 원하기만 한다면 당장에 육지에서 성실하고 경건한 위인이 될 수도 있었다. 그리고 한창 무모한 생활을 하는 해적일지라도 서로 거래하거나 우연히 사귀기에 불명예스러운 위인이라고 여겨지지도 않았다. 그리하여 검정 외투에다 풀 먹인 띠를 두르고 고깔모자를 쓴 청교도 장로들도 이 즐거워하는 뱃사람들이 법석대는 버릇없는 행패를 보고도 인자한 미소를 띠었다. 그리고 의사 로저 칠링워드 노인과 같이 점잖은 위인이 수상쩍은 배의 선장과 무척 다정스럽게 이야길 나누며 장터로 들어서는 걸 보아도 아무도 놀라지도 비난하지도 않았다.

선장은 옷차림이 유달리 화려해서 구경꾼 사이 어디에 끼여도 유난스레 눈에 띄었다. 옷에는 리본을 달았고, 모자에는 금 레이스를 치장했고, 그 둘레에도 금 사슬을 둘렀고, 꼭대기에는 깃털을 꽂았다. 옆구리엔 칼을 찼고 이마엔 칼에 베인 자국이 보였다. 머리를 빗은 품이 상처를 가리기는커녕 오히려 보라는 듯이 드러내놓은 것 같았다. 육지 사람 같으면 이런 옷차림을 하고 그런 얼굴을 차마 남에게 보이지는 않았을 것이다. 만약 그 옷에 그 얼굴을 하고 신이 나서 나서면 십중팔구 법관한테서 준엄한 심문을 받고 벌금형이나 금고형 혹은 칼을 쓰고 구경꾼 앞에서 욕을 당하는 형을 받게 될 것이다. 그러나 이 선장의 경우에는 마치 번쩍이는 비늘이 물고기의 일부인 것처럼 그 모든 것이 그의 성격의 일부인 듯이 생각되었다.

의사와 헤어진 브리스틀 호 선장은 장터를 여기저기 거닐다가 우연히 헤스터 프린이 서 있는 데로 다가오더니 그녀를 알아보았는지 선뜻 이야기를 건넸다. 어디서거나 헤스터가 서는 둘레엔 으레 좁다란 빈터가—일종의 둥근 마력 지대가—생겼다. 그리하여 근처에서 뭇사람들이 서로 떠밀고 밀리고 하여 야단법석들이지만 누구 하나 감히 그 속에 발을 들여놓지도 들여놓을 생각도 안했다. 그것은 주홍글씨가 그의 숙명적인 임자를 휩싼 정신적인 고독을 역력히 나타낸 것이었다. 어쩌면 헤스터 자신이 겸허한 탓이기도 하고, 같은 읍내 사람들이 매정해서가 아니라 본능적으로 삼가기 때문이기도 했다.

그런데 전과는 달리 이번에는 그 덕택으로 헤스터와 선장의 이야기가 엿들릴 격정이 없어서 십상이었다. 게다가 헤스터 프린에 대한 세상 사람들의 평판도 퍽 달라졌기 때문에 그녀가 이처럼 사나이와 이야기를 한다 해도—읍내에서 품행이 단정하기로 이름난 아낙일지라도 그런 경우엔 으레 말썽이 나게 마련이지만—별로 남의 뒷손가락질을 받지는 않았을 것이다.

"그래서 아주머니……." 하고 선장은 말했다. "아주머니가 부탁하신 것보다 침실을 하나만 더 준비하라고 선실 계원에게 분부해야겠습니다! 이번 항해 때엔 괴혈병도 티푸스의 걱정도 없지요! 본래 있는 의사에다가 이번에 또 한 분이 타게 되었으니 말입니다. 격정이 있다면 약품이나 환약 때문이겠죠. 게다가 스페인 배에서 사들인 약재가 산더미같이 많답니다."

"무슨 말씀이신지요?" 어리둥절한 헤스터가 마음속으로 무척 놀라면서 물었다. "손님이 또 한 분 계신가요?"

"아, 아직 모르시는군요." 하고 선장이 외쳤다. "여기 사는 그 의사 말이죠. 제 말로 칠링워드라고 하는 그분이 당신네들과 같이 배를 타시겠다는군요. 잘 아실 텐데. 그분 말씀이 당신네들과는 동행이고 일전에 말씀하신 분과는 막역한 사이라더군요. 심술 사나운 이곳 늙은 청교 통치자들이 못 살게 군다는 그분과 말이죠!"

"물론 두 분이야 잘 아시는 사이죠." 하고 헤스터는 태연스레 대답했으나 속으로 소스라치게 놀랐다. "한 집에서 오래 사셨으니까요."

선장과 헤스터는 그 이상 더 이야기를 하진 않았다. 이때 마침 장터 저편 귀퉁이에 서서 그녀를 보고 빙그레 웃는 로저 칠링워드의 모습이 바라다보였다. 넓고 부산한 장터 네거리에서 갖가지 생각과 기분과 흥미에 잠긴 채 지껄이고 웃어대는 군중들 너머로 바라다보이는 그 웃음 속에는 남모를 무서운 뜻이 간직되어 있었다.

22. 행렬

헤스터 프린이 정신을 가다듬어 이 새롭고 놀라운 사태에서 취해야 할 길을 미처 생각하기도 전에 인접한

거리로 다가오는 군악 소리가 들렸다. 그 소리는 교회당으로 향하는 관원들과 읍민들의 행렬이 가까워 옴을 알리는 것이었다. 교회당에서는 일찍이 시작된 이래로 내내 지켜 온 관습에 따라 딤즈데일 목사가 선거 축하 연설을 하기로 되어 있었다. 이윽고 행렬의 선두가 느리고도 위엄 있게 나타나서 모퉁이를 돌아 장터를 횡단했다. 맨 먼저 악대가 눈에 띄었다. 갖가지 악기로 구성된 악대의 연주는 서로 음률이 잘 맞지도 않았고 그 솜씨도 그다지 훌륭하진 못했다. 그러나 북과 클라리온의 화음이 군중에게 호소하는 위대한 목적, 즉 그들 앞을 지나가는 이 인생의 한 장면에 한층 더 고귀하고 영웅적인 모습을 베풀어 준다는 목적을 다하고 있었다. 어린 펄은 처음엔 손뼉을 쳤으나 이내 그날 아침 나절 그녀를 흥분시켰던 초조한 마음의 동요를 잠시 잃어버렸다. 조용히 바라보는 펄은 물새처럼 길게 또는 드높게 굽이치는 군악의 물결을 타고 하늘로 끌려 올라가는 듯 싶었다. 그러나 악대의 뒤를 이어 영광스러운 행렬을 호위하는 군대의 무기와 으리으리한 갑옷이 햇빛에 번쩍이는 것을 보자 먼저와 같은 기분으로 되돌아갔다. 이 군대는 여전히 하나의 단체를 이룬 채 먼 과거로부터 유서 깊은 영예로운 명성을 지니고 오늘에 이른 것으로, 금전에 매수된 고용병으로 구성된 것은 아니었다. 그 대열은 상무(尙武) 정신의 자극을 받아 일종의 문장원(紋章院)을 설립하고자 하는 신사들로 채워져 있었다. 그들은 성당기사단(聖堂騎士團)13)의 경우처럼 그곳에서 학문을 닦으며 평상시의 연습이 그들에게 가르칠 수 있는 한 무술도 배우자는 것이었다. 이 당시에 군인들이 지극한 존경을 받았다는 사실은 군대 개개인의 거만스런 태도로 미루어보아 넉넉히 짐작할 수 있다. 그들 가운데엔 실제로 네덜란드나 그밖의 유럽의 여러 싸움터에서 종군하여 군인이란 칭호와 영예를 지닐 만한 권리를 당당히 얻은 사람들도 있었다. 게다가 번들거리는 갑옷을 입고 번쩍이는 투구 위에 나풀거리는 새 깃을 단 군대 전체의 차림새는 현대의 장식도 감히 따르지 못할 만큼 휘황찬란했다.

그러나 분별 있는 구경꾼들의 눈에는 호위대 바로 뒤를 따라오는 훌륭한 고관대작들이 한층 가치 있게 보였다. 이들은 그 거동에까지도 위엄이 나타나 있었으므로 군인들의 거만스런 걸음걸이가 우스꽝스럽진 않아도 야비하게 보일 지경이었다. 당시는 이른바 재능이란 것이 오늘날에 비하여 훨씬 중요치 않았던 반면에, 성격의 안정과 위엄을 갖추게 하는 무게 있는 요소들이 더 많은 중요성을 지녔던 시대였다. 백성들은 조상들에게서 당연히 존경심이란 것을 물려받았으나 그것이 자손들에게 이르러서는 남아 있었댔자 미미한 정도였고, 공직자를 평가·선출함에 있어서는 더욱더 그 힘이 미약해졌다. 이런 변화는 이롭기도 하고 해롭기도 하겠으나, 아마 어느 정도는 양쪽을 겸했는지도 모른다. 그 옛날 이 황량한 해안에 자리잡은 영국 이주민들은—왕과 귀족과

---

13) 1118년경 성당과 순례자를 보호하고자 예루살렘에 조직된 기사단.

그 밖에 모든 두려운 계급을 등지고 왔으나 존경하는
능력과 필요성은 여전히 강했으므로—노인의 백발과 거
룩한 이마며, 오랜 시련을 겪은 성실이며, 견실한 지혜
와 착실한 경험이며, 항상 영구적이란 느낌을 주는 동
시에 존경할 만하다고 일반적으로 여겨지는 엄숙하고도
무게 있는 성질을 존경하였다. 그러므로 브래드스트리
트나 엔디코트나 더드레이나 벨링엄 등은 그들의 동료
들과 같이—백성들의 초기 선거에 의하여 권력을 얻게
되었던 초기 정치가들은—별로 재간이 뛰어난 축들은
아니었고 지능의 활동보다도 무게 있는 근엄성으로 말
미암아 두각을 나타냈었다. 그들은 불요불굴의 정신과
자립심이 강하여, 곤경이나 위기를 당하면 거센 노도를
막아내는 한 줄기 절벽과도 같이 굳세게 국가의 안보를
지켜왔었다. 여기서 말한 성격의 특징은 새 식민지의
관원들의 네모진 얼굴과 크게 발육된 몸체 속에 역력히
나타나 있었다. 타고난 권위 있는 태도에 관해서 말한
다면, 민주주의를 실천하는 선구자들이 상원에 한 자리
를 차지한다거나 추밀원(樞密院) 고문관에 뽑히는 것을
보더라도 모국 잉글랜드는 추호도 부끄러워할 필요가
없었을 것이다.

　관원들의 뒤에는 고명한 청년 목사가 뒤따랐는데, 실
은 이 목사가 경축일의 설교를 하기로 되어 있었다. 당
시에는 정치생활에서보다도 그와 같은 직업에서 더욱더
지적 능력을 발휘할 수 있었다. 왜냐하면—고상한 동기
는 도외시하고—목사란 직업은 사회에서 거의 숭배에

가까운 존경을 받았으므로 굉장한 야심가일지라도 능히 목사직으로 이끌어 들일 만한 강력한 유혹을 지녔던 까닭이다. 정치적 세력까지도—인크리스 메더의 경우처럼—성공한 목사의 손아귀에 쥐어져 있었던 것이다.

지금 그 목사를 바라본 사람들의 관찰에 의하면 딤즈데일 목사가 뉴잉글랜드 해안에 처음으로 발을 들여놓은 이후로 이 행렬에서 발을 맞춰 따라가는 걸음걸이와 태도 속에 나타낸 따위의 정력을 일찍이 보인 적은 없었다 한다. 그 걸음걸이는 여느 때처럼 연약하진 않았다. 몸체도 꾸부정하진 않았고 그 손도 불길하게 가슴 위에 놓여 있지 않았다. 그러나 목사를 올바르게 관찰해 보면 그 힘은 육체의 힘이 아니라 정신의 힘으로, 천사의 조력으로 그에게 주어졌을지도 모른다. 그 힘은 열렬하게 오래 계속된 사색이란 용광로의 불길 속에서만 증류되는 강렬한 흥분제가 돋우어 주는 환희였는지도 모른다. 혹은 하늘 드높이 치솟는 우렁차고 날카로운 음악으로 인해 그의 기질이 활기를 띠었음인지도 모른다. 그러나 그 얼굴이 하도 멍해 보이므로 딤즈데일 목사가 과연 음악을 듣고 있는지조차 의심스러울 정도였다. 그의 몸뚱이는 비상한 기운으로 자꾸만 앞으로 걸어갔으나 그의 마음은 제 자신의 세계, 으슥한 곳에 깊숙이 붙박혀서 얼마 후에 장엄스럽게 출발할 사상의 행렬을 지휘하느라고 비상한 활동을 하기에 바빴다. 따라서 주변에서 벌어진 일은 보이지도 들리지도 않아 아무것도 몰랐다. 그러나 정신적인 요소가 그의 가냘픈 체구를 일으켜 무거운 줄도 모르고 이끌어 나가면서 그 자체와 같은 정신으로 변하게 했다. 지력이 비상한 사람들은 병적인 상태에 빠지면 이따금 이렇듯 굉장한 노력을 할 만한 힘을 갖게 마련인데, 그들은 흔히 이런 노력에다 며칠 분의 생명을 기울이기 때문에 그후의 며칠 동안은 맥이 빠져 있곤 했다.

한결같이 목사를 지켜보던 헤스터 프린은 쓸쓸한 무엇이 제게로 덮쳐오는 것을 느꼈으나 그게 무엇 때문이며 어디서 오는 것인진 알 수 없었다. 다만 목사가 그녀 자신의 세계에서 너무나 멀리 떨어져서 도저히 제 손길이 미치지 못하는 곳에 있는 것만 같았다. 둘 사이에 인사의 눈길이 한 번쯤은 마주치려니 헤스터는 생각했었다. 그녀는 고적한 작은 골짜기며 사랑이며 고민이며 이끼긴 나무를 간직한 어둠침침한 그 숲속에서의 일을 생각했다. 거기서 둘은 서로 손을 마주잡고 앉아서 우울한 시냇물의 속삭임을 반주삼아 슬프고도 정열에 넘친 이야기를 나누었었다. 그때 둘은 얼마나 깊이 서로의 심정을 이해할 수 있었던가? 그런데 저 사람이 바로 그이란 말인가? 지금 심정으론 전혀 모르는 사람만 같으니! 그는 화려한 음악에 휩싸인 양 위엄 있고 거룩한 교부들의 행렬 속에 끼여 자랑스레 지나가는 것이었다! 사회적인 지위로 보더라도 따를 수 없거니와 지금처럼 동정할 줄 모르는 마음의 세계에서 그를 먼발로 바라다보면 더욱 손아귀에 넣을 수 없는 목사였다! 모두 한갓 망상이었고 목사와 자기 사이엔 자기가 생생하게 꿈꾸었던 따위의 진정한 인연이 도저히 있을 수 없다는 생각이 들자 헤스터는 낙심을 금치 못했다. 헤스터에게는 여인다운 성품이 이만큼은 남아 있었으므로 도저히 목사를 용서할 순 없었다. 적어도 둘의 운명의 무거운 발소리가 차츰 가깝게 들려오는 이 마당에선 둘의 세계에서 깨끗이 물러서는 목사를 용서할 수 없었다. 헤스터가 어둠 속을 더듬으며 차가운 두 손을 내밀어도 목사를 찾아낼 순 없었다.

펄도 어머니의 심정을 알아차리고 이내 반응을 보였다. 아니면 아득하고도 붙잡을 수 없을 것 같은 기분이 목사의 둘레에 감돌고 있음을 느꼈는지도 모른다. 행렬이 지나가는 동안 펄은 불안스러운지 마치 금세 날아가려는 새처럼 사뭇 펄떡이었다. 행렬이 모두 지나가자 펄은 헤스터의 얼굴을 쳐다보았다.

"엄마, 저분이 냇가에서 내게 입맞췄던 바로 그 목사셔?" 하고 물었다.

"잠자코 있거라, 애야." 하고 어머니가 속삭였다. "언제나 숲속에서의 일이랑 장거리서의 일은 말해서 안 돼."

"난 암만해도 그분 같지가 않았어, 참 이상하게 보였어." 하고 펄이 말을 이었다. "그렇지 않았다면 그분에게로 달려가 여러 사람들 앞에서 입맞춰 달라고 했을걸. 저 침침한 고목 숲에서 해주신 것처럼 말이야. 그랬더라면 목사님은 뭐라고 하셨을까, 엄마? 가슴에다 손을 얹고 날 흘겨보면서 가라고 하셨을까?"

"글쎄, 뭐라고 하셨을까, 펄?" 하고 헤스터가 대답했다. "지금은 입맞출 때가 아냐. 그리고 장거리에선 입맞추는 게 아니란다 하셨겠지. 그따위 소리는 안 하길 잘했지. 바보 같으니!"

딤즈데일 목사에 대한 이와 비슷한 감정을 또 하나 나타낸 사람이 있었다. 그녀는 괴벽 내지 광증 같은 것이 있어서 거리의 사람들이 엄두도 못 낼 일, 즉 서슴지 않고 주홍글씨를 단 여인과 버젓이 이야기를 시작했다. 바로 히빈즈 마님이었다. 세 겹으로 된 주름깃이며 수놓은 가슴옷에다 훌륭한 벨벳 겉옷을 입고 손에 금손잡이의 지팡이를 든 굉장한 차림새로 행렬을 구경하러 왔던 참이었다. 이 노파는 그 당시에도 여전히 활개치고 있던 마술의 주역이라고 널리 알려져 있었으므로—그 때문에 마침내는 목숨까지 잃었지만—군중들은 길을 피하고 그 화려한 주름 새에 무슨 역병이라도 들어 있는 양 닿을까 두려워했다. 그녀가 헤스터 프린과 함께 있는 것을 보자, 이제는 많은 사람들이 헤스터 프린에게 친절해졌지만, 히빈즈 노파로 해서 갑절이나 무서워진 군중들은 너나없이 두 여인이 서 있는 데서 모두 물러갔다.

"글쎄, 사람의 상상력으로 어떻게 그런 일을 생각할 수 있을까!" 하고 노파는 헤스터에게 은근히 속삭였다. "저기 저 성스러운 분은 말이죠! 사람들이 지상의 성자라고들 우러러보고 나도 그렇게 말할 수밖에 없지만, 어쨌든 참말로 성자답게 보이지요! 행렬 속에 끼여 지나가는 목사를 보고 얼마 전에 저분이 서재를 빠져나와서 분명히 히브리 성경의 구절을 중얼거리면서 숲속을 산보했다고 누가 생각할 수 있겠어요. 하하! 헤스터 프린, 우리는 그 이유를 알고 있잖우! 그런데 참말로 저이가 그 목사라군 생각할 수 없구려. 난 악대 뒤를 따라가는 교인들도 많이 보았는데, 이들이 실은 '어떤 분'이 바이올린을 켜고 토인 마술쟁이나 래프랜드의 요술쟁이가 우리들과 함께 손에 손을 잡고 춤추었을 때 곡조에 맞춰 함께 춤을 추었던 사람들이라오. 그러나 세상사를 잘 아는 여자에겐 그런 것쯤은 별것이 아니지. 그런데 저 목사가 말이지! 헤스터, 저이가 당신이 숲속 오솔길에서 만났던 바로 그분이라고 장담할 수 있소?"

"마나님, 저는 무슨 말씀이신지 모르겠어요." 하고 헤스터 프린이 대답했다. 히빈즈 마님이 제정신이 아니려니 생각하면서도 그녀가 많은 사람들과—그 중엔 제 자신도 포함되었고—악마 사이에 개인적인 관계가 있음을 장담하는 자신만만한 태도를 보고 이상하리만큼 놀라웠고 두렵기도 했다. "저는 딤즈데일 목사님처럼 유식하고 경건하신 분을 두고 이러니저러니 말할 순 없어요."

"흥 여봐, 왜 이래." 하고 노파는 헤스터에게 삿대질을 하면서 외쳤다. "번번이 숲속을 드나든 내가 그래. 누가 거길 다녀왔는지도 알아낼 재주가 없는 줄 알았수? 숲속에서 춤출 때 머리에 썼던 들꽃 화환 잎새가 남아 있지 않더라도 난 다 알 수 있어! 헤스터가 숲속에 갔던 것도 죄다 알고 있지. 그 표적을 보았으니까 말이야. 햇빛이 비치는 곳에선 물론 누구에게나 잘 보이지.

그런데 어두운 곳에서도 그놈은 새빨간 불길처럼 타오르거든. 당신은 버젓이 달고 있으니까 별문제지만. 하지만 저 목사는 말이야! 귀를 좀 가까이 대구려! 마왕께선 딤즈데일 목사처럼 부하가 되기로 서명 날인을 하고도 그 약조를 밝히기를 꺼리는 부하를 보시면, 그 표적이 백주에 온 세상 사람들 눈앞에 드러나게시리 일을 꾸미는 방법이 있으시거든! 저 목사가 늘 가슴 위에 손을 얹고 감추려는 게 도대체 뭘까? 응? 헤스터 프린!"

"히빈즈 마님, 그게 정말 무엇일까요?" 하고 어린 펄이 정색하며 물었다. "할머닌 그걸 보신 적이 있으세요?"

"별것이 아냐, 아가." 하고 히빈즈 노파는 펄에게 정중히 절을 하면서 대답했다.

"언제고 네 눈으로 보게 되겠지. 그런데 아가, 너는 마왕의 피를 받았다고들 하더구나. 언제고 맑은 날 밤에 나랑 말타고 네 아버질 뵈러 가련? 그러면 목사님이 뭣 때문에 가슴에 손을 얹고 계신지 알게 될 거야."

늙은 마녀는 온 장거리의 사람들에게 들릴 만큼 요란스럽게 웃으며 가버렸다.

이때 이미 교회당에선 개회 기도가 끝나고 설교를 시작하는 딤즈데일 목사의 음성이 들렸다. 억누를 길 없는 심정에서 헤스터는 교회당 가까이로 갔다. 성당 안은 입추의 여지도 없이 청중으로 가득 차서 한 사람도 더 들어갈 수가 없었으므로 그녀는 처형대 바로 옆에 자리를 잡았다. 그곳은 설교가 잘 들릴 만큼 가까워서 남다른 특징이 있는 목사의 음성이 분명친 않아도 갖가지 억양을 타고 시냇물이 흐르듯 들려왔다.

목사의 음성은 그 자체가 훌륭하게 타고난 하나의 재능이었다. 따라서 청중들은 설교의 뜻은 이해하지 못하더라도 그 음조와 억양만을 듣고 넋을 잃어 몸을 부르르 떨 지경이었다. 모든 음악이나 마찬가지로 목사의 음성은 어디서 교육받은 청중이든 간에 그들의 마음에도 통하는 언어로써 정열과 애수와 고상하고 혹은 부드러운 정서를 내뿜었다. 교회당 벽을 거쳐 들려오는 목사의 말 소리는 분명치 않았다. 그러나 헤스터 프린이 온 신경을 기울여 듣고 충심으로 공명해선지, 말은 분명치 않았으나 그 설교 전체는 그녀에게 하나의 뚜렷한 의미로 다가들었다. 그의 말이 좀더 분명히 들렸더라면 오히려 불순한 매개물이 되어서 정신적인 의미를 전달하는 데 방해가 되었을지도 모른다.

차차 숨이 죽어 가며 가라앉는 바람처럼 약한 저음이 들리다가, 차츰 감미롭고도 힘찬 고음으로 변함에 따라 그녀의 몸도 함께 떠올라가서 마침내는 그 음량의 엄숙하고도 장엄한 분위기에 휩싸이는 것 같았다. 그러나 때때로 장엄하게 들리는 그 음성 속에는 언제나 뿌리 깊은 슬픔이 사무쳐 있었다. 드높게 혹은 나직이 번민을 나타내는 소리, 그것은 모든 사람의 폐부를 찌르는 고민하는 인간의 속삭임과도 같았고 부르짖음과도 같았다. 때로는 적막한 침묵 속에서 한숨을 짓는 애처로운 소리만이 겨우 들릴 따름이었다. 목사의 음성이 우렁차게 높아져 갈 때에도, 억누를 길 없이 자꾸만 솟구쳐 나올 때에도,

음성이 힘과 양을 온통 기울인 나머지 튼튼한 벽을 꿰뚫고 대기 속으로 퍼져나갈 만큼 교회당 안에 충만할 때에도, 청중이 골똘히 귀를 기울이기만 한다면 역시 똑같이 고통스러운 외침을 들을 수 있었을 것이다. 도대체 그게 무엇이었을까? 아마도 죄를 저지른 인간의 마음이 슬픔에 짓눌린 채 죄와 슬픔을 인류의 너그러운 가슴에다 호소하려는 넋두리요, 순간마다 말 마디마디마다 동정과 용서를 애걸해서 헛되지 않을 부르짖음이었다. 이처럼 끊임없이 나직이 흘러나오는 심각한 음성이야말로 목사에게 가장 알맞은 힘을 주었던 것이다.

그동안 내내 헤스터는 입상(立像)처럼 처형대 아래에서 있었다. 목사의 음성이 그녀를 그곳에 얽매어 놓지 않았다면, 그녀의 치욕의 생애 첫 시간을 기록한 그 장소에 거역할 수 없는 무슨 인력이 있었기 때문인지도 모른다. 그녀의 심중엔 하나의 느낌—너무나 막연해서 뚜렷한 생각이라곤 할 수 없으면서도 그녀의 마음을 무겁게 억누르는—이 있었으니, 그것은 그때를 전후한 그녀의 생애에 통일을 준 그 일점(一點) 모양 이 장소와도 관련을 가졌다는 것이었다.

그동안 펄은 어머니의 곁을 떠나 장터를 돌아다니며 제멋대로 뛰놀고 있었다. 펄은 그 기묘하고도 눈부신 빛으로 음산한 군중들을 명랑하게 했다. 마치 빛나는 깃털을 가진 새가 우거진 나뭇잎 사이 희뿌연 어둠 속에서 보일락말락 이리저리 날아다니면서 잎새가 침침한 나무를 온통 밝게 하는 경우나 매한가지였다. 물결처럼 때로는 날카롭게 그리고 아무렇게나 움직이는 품은 그녀의 정신이 펑퍼짐하게 약동하고 있음을 말하는 것이었다. 펄의 정신이 어머니의 초조한 마음과 더불어 움직이고 흔들렸기 때문에 오늘따라 유달리 지칠 줄 모르고 발끝으로 깡충거렸다. 펄은 항상 줄기차게 움직이는 호기심을 자극하는 대상이 눈에 띄기만 하면 이내 달려가서, 마음이 내키면 마치 자기의 소유물인 양 사람이건 물건이건 가리지 않고 붙잡으려 했다. 그러면서도 그 대가로 자기의 행동을 억제하려는 기색은 조금도 보이지 않았다. 청교도들은 펄을 보고 미소를 지었다가도 그 조그마한 몸이 내뿜는 형용할 수 없는 매력과 괴벽이 그의 동작과 더불어 반짝이는 것을 볼 때엔 그녀를 마귀의 새끼라고 말하곤 했다. 펄이 달려가서 야만스런 인디언의 얼굴을 쳐다볼 양이면, 그 인디언은 저보다도 한층 야만스런 애가 있다는 것을 깨닫게 되었다. 그리고 대담하면서도 주저하는 데가 있는 펄은 인디언이 육지의 야만인인 것처럼 바다의 야만인격인 얼굴이 거무스름한 뱃사람들 가운데도 뛰어들어갔다. 그러면 그들은 마치 한 조각 물거품이 어린 소녀의 몸체를 갖추고 밤새 뱃머리 밑에서 번쩍이는 바닷물의 정(精)을 지니고 나타난 것이 아닌가고 놀라면서도 감탄하며 펄을 바라다보았다.

이 바닷사람들 중의 하나—실은 헤스터 프린과 이야기하던 선장이었다—가 펄의 모습에 적이 매혹되어 두 손을 벌려 입맞춰 주려 했다. 그러나 공중을 나는 새를

잡는 것과 마찬가지로 펄을 잡을 수 없음을 알아차리
자, 모자에 감겼던 금 사슬을 풀어 펄을 향해 던졌다.
펄은 이내 그것을 목과 허리에 감았는데, 어찌나 묘한
솜씨로 감았던지 그 사슬이 마치 그 몸체의 일부인 양
보여서 사슬 없는 펄을 상상할 수도 없을 정도였다.

"저기 저 주홍글씰 단 아주머니가 네 엄마지?" 하고
그 선원이 말했다. "내 말 좀 엄마한테 전해 주련?"

"내 맘에 드는 말이라면 전해 드리죠." 하고 펄이 대
답했다.

"그럼 이렇게 전해 다오." 하고 그거 말했다. "저 얼굴
이 검은 곱사등이 노 의사하고 다시 의논했더니, 네 엄
마도 잘 아는 친구분을 모시고 함께 배를 타겠다고 약
속하셨어. 그러니까 네 엄만 엄마하고 네 걱정만 하시
라고 전해 주렴, 꼬마 마녀야."

"히빈즈 할머니가 그러는데 우리 아버진 마왕이래요."
하고 펄이 짓궂은 미소를 띠며 외쳤다. "아저씨가 날 그
따위 나쁜 이름으로 부르면 우리 아버지한테 이를 테야.
그러면 아저씨가 탄 배를 폭풍으로 괴롭혀 줄 거야."

펄이 갈짓자 걸음으로 장터를 건너 어머니에게로 돌
아와서 선장이 하던 말을 전했다.

억세고 침착하며 꿋꿋이 버티어 오던 헤스터의 정신
도 이 피할 수 없는 암담하고 냉혹한 운명을 마주보게
되자 맥이 풀릴 지경이었다. 운명은, 목사와 그녀 자신
이 비참한 미로에서 벗어날 수 있는 길이 막 열리려는
순간에 잔인한 비웃음을 띠고 그들의 앞길 한복판에 나

타났던 것이다.

헤스터는 선장의 전갈로 해서 휩쓸려 든 무서운 난관 때문에 마음이 괴로운 터에 또 하나의 시련을 겪어야 했다. 근처 고을에서 모여든 뭇사람들은 주홍글씨에 대해선 그릇 과장된 소문을 자주 들어서, 그 글씨가 무섭다는 건 진작부터 알고 있었지만 직접 제 눈으로 보지는 못했던 터였다. 이들이 갖가지 오락에 싫증이 나자 무례하게도 거침없이 헤스터 프린의 둘레에 몰려들 왔던 것이다. 이들은 무례하긴 했으나 헤스터의 둘레에 직경 몇 미터의 원을 그리고 그 안으로는 좀처럼 들어서질 않았다. 따라서 그들은 그만큼 거리를 두고 서서 그 신비한 표적이 일으키는 혐오의 원심력으로 말미암아 그 자리에 꼼짝도 않고 있었다. 선원들 역시 주홍글씨의 뜻을 들어서 알았음인지 몰려선 구경꾼들을 보고 우르르 몰려와서, 햇볕에 탄 악당 같은 얼굴을 구경꾼들 틈에 들이밀었다. 토인들도 차디찬 그림자와도 같은 백인들의 호기심에 영향을 받았음인지 군중 사이를 빠져나와 뱀 같은 새까만 눈으로 헤스터의 가슴을 뚫어지게 바라보았다. 아마도 휘황찬란하게 수놓은 표적을 단 여인은 틀림없이 백인 가운데서도 높은 지위에 있는 여인일 게라고들 생각하는 모양이었다. 맨 나중에 이 읍내 사람들—다른 사람들이 흥미를 느끼는 걸 보고 전염이 되어서 이 시들해진 것에 대한 흥미가 은근히 되살아났음인지—도 어슬렁어슬렁 이곳으로 걸어와서 헤스터 프린을 괴롭혔다. 읍내 사람들은 눈에 익은 치욕의

표적을 낮익은 냉담한 시선으로 바라봄으로써 다른 고
장 사람들보다도 더욱 그녀를 괴롭혔다. 헤스터는 7년
전에 옥문을 나오는 자기를 기다리고 섰던 아낙네들 가
운데 몇 사람의 얼굴을 이들 가운데서 보았다. 다만 그
중 단 한 사람의 얼굴만이 보이질 않았는데, 그것은 아
낙네들 가운데서도 가장 젊고 유일한 동정자였던 여인
으로, 그후에 헤스터가 손수 그녀의 수의를 지어 주었
었다. 헤스터가 얼마 후에 떼어 버리기로 작정한 불타
는 주홍글씨 A자는 마지막 순간에 이상하게도 더욱 큰
흥분과 구경의 대상이 되어, 그 표적을 달게 된 뒤의
어느 때보다도 그녀의 가슴을 아프게 불태웠다.

자기에게 내려진 교활하고도 잔인한 판결로 말미암아
영원히 물러날 수 없게 된 듯한 치욕의 마술권 내에 헤
스터가 서 있는 동안, 그 훌륭한 설교자는 성스러운 강
단에서 깊은 마음속까지도 자기에게 내맡기고 있는 청
중들을 내려다보고 있었다. 교회당 안의 성자와도 같은
목사! 장터의 주홍글씨를 단 여인! 아무리 불경스런 상
상력을 지닌 사람일지라도 그 누가 이 두 사람 위에 똑
같이 불타는 치욕의 낙인이 찍혔으리라고 감히 추측할
수 있었으랴!

23. 드러난 주홍글씨

거세게 굽이치는 바다의 물결처럼 청중들의 넋을 드높이 치올렸던 목사의 웅변은 마침내 멎었다. 하느님의 말씀이 끝난 바로 뒤처럼 일순간 물을 끼얹은 듯이 고요해졌다. 뒤이어 속삭임과 조심스레 웅성거리는 소리가 들렸다. 마치 그들은 타인의 마음속 세계로 이끌어가던 굉장한 주문에서 풀려나왔으나 여전히 가슴을 억누르는 두려움과 놀라움을 지닌 채 제정신으로 되돌아가는 것 같기도 했다. 이윽고 그들은 교회 문에서 밀려나오기 시작했다. 이제 설교도 끝나고 보니, 여태까지 목사의 불길 같은 설교와 그윽한 사상의 향기로 가득 찼던 교회당 안의 공기가 아니라, 그들이 지금 막 풀려나온 추잡한 세상의 삶을 살기에 알맞는 공기가 필요했다.

문 밖으로 나서자 황홀했던 감정은 말로써 쏟아져 나왔다. 온 거리와 장터는 목사에 대한 칭찬 소리로 와글와글 들끓었다. 설교를 들은 사람들은 정작 전할 수 있고 또한 전해 들을 수 있었던 이상의 것을 서로 이야기해 버려야만 속이 시원했다. 그들의 일치된 말을 빌린다면, 이날 설교한 목사만큼 현명하고 고귀하고 성스러운 정신으로 설교한 사람은 여태껏 없었고, 인간의 입을 빌려 나타난 하느님의 계시치고 이 목사의 입을 통한 것처럼 뚜렷하게 나타난 것은 일찍이 없었다는 것이다. 이를테면 하느님의 영감이 목사한테로 옮아와서 그

를 사로잡아, 그 앞에 놓인 설교원부터 끌어올려 청중
은 물론 목사 자신에게도 놀라운 사상으로 가득 채웠던
것이다. 설교의 주제는 신과 인간사회의 관계로서, 특
히 그들이 황무지에 건설중인 뉴잉글랜드와 관련이 있
었다. 그리고 설교가 끝부분에 이르자 예언과도 같은
성신이 내려서 이스라엘의 옛 예언자들의 경우처럼 예
언의 목적을 향해 줄기차게 그를 마구 이끌어 갔던 것
이다. 한갓 다른 점은 유태의 예언자들이 자기 나라에
대한 하느님의 심판과 멸망을 예언한 데 비하여, 그의
사명은 새로이 모여든 주님의 백성들에게 고귀하고 영
광스런 운명을 예언해 주는 것이었다. 그러나 설교하는
내내 어딘지 깊고도 애틋한 비애의 저음이 흐르고 있었
으니, 숨을 거두려는 사람의 입에서 자연스레 흘러나오
는 비탄의 소리로밖에는 달리 해석할 수가 없었다. 그
렇다! 그들이 그다지도 사랑하는 목사는—그리고 목사
역시 그들을 무한히 사랑했으므로 승천할 때엔 한숨을
짓지 않을 수 없었다—자기 앞에 다가오는 불시의 죽음
을 미리 느꼈으며, 얼마 후에는 그들을 저버리고 떠나
버려 그들로 하여금 슬픈 눈물을 흘리게 할 것이다. 그
가 지상엔 잠시밖에 머무르지 못하리라는 생각이 목사
가 빚어낸 효과를 마지막으로 북돋우었다. 그것은 마치
승천하는 천사가 잠시 그들 머리 위에서 황금빛 날개를
퍼덕이어—그것은 그늘이자 광채였다—황금빛의 진리를
소나기처럼 내리쏟는 격이었다.

　이리하여 딤즈데일 목사에게는—제각기 훨씬 뒤에 가

서나 겨우 깨닫는 뭇사람들의 경우나 마찬가지로—전에
도 없었고 후에도 없을 찬란하고도 승리에 가득 찬, 인
생의 획기적인 시기가 마침내 닥쳐왔다. 이 순간 목사
는 가장 자랑스럽고 출중한 자리에 서 있었다. 목사라
는 직업만으로도 높은 지위를 누렸던 뉴잉글랜드의 초
기에 딤즈데일 목사는, 천부의 지성이며 풍부한 학식이
며 감동적인 웅변이며 청렴결백한 명성 등으로 능히 이
러한 지위에 오를 수 있었다. 목사가 선거연설을 마치
고 강단 위 쿠션에 기대어 머리를 숙였을 때 그가 차지
했던 지위는 바로 이러한 것이었다. 그동안 헤스터 프
린은 여전히 불타는 주홍글씨를 가슴에 달고 처형대 옆
에 서 있었다.

　다시금 요란스런 음악 소리와 교회 문을 나오는 호위
대의 정연한 발소리가 들렸다. 여기서부터 시작되는 행
렬은 공회당으로 향하여, 그곳에서 엄숙한 만찬회를 베
풀어 이날의 의식을 끝마칠 예정이었다.

　그리하여 다시 한 번 존귀하고도 위엄 있는 교부들의
행렬이 늘어선 군중들 사이의 넓은 길을 따라 행진하는
것이 보였다. 장관을 비롯해서 관원들이며 어진 노인들
이며 성스러운 목사들이며 뛰어나게 고명한 위인들이
군중들 가운데로 행진하여 오자, 그들은 공손히 길을
마련해 주었다. 행렬이 바로 장터에 다다랐을 즈음 군
중들은 환호성을 올리며 반겨 맞았다. 환호성은—당시
에는 백성들이 통치자들에게 천진한 충성을 바쳤으니까
그 소리는 필요 이상의 힘과 음량을 가졌을 것이다—아

직도 귓전에 쟁쟁히 울리는 극히 긴장된 웅변으로 말미암아 청중들의 마음속에 불붙은 열의가 억제할 길 없이 폭발된 것이려니 생각되었다. 너나없이 모두 그런 충동을 제 마음속에 느꼈고, 동시에 이웃 사람들에게서도 느꼈다. 교회당 안에선 억눌렸던 충동이 널따란 하늘 아래로 나오자 하늘을 찌를 듯이 치솟았다. 사람도 많았거니와 극도로 흥분하여 교향악이라도 꾸밀 만한 감정이 충만해 있었으므로, 거센 바람이나 우레나 혹은 바다의 울부짖는 파도 소리를 내는 풍금 소리보다도 더욱 인상적인 소리를 만들어 낼 수 있었다. 그리고 여러 심정을 합해서 하나의 커다란 심정을 이루게 하는 보편적인 충동으로 말미암아, 거창한 물결과도 같은 뭇사람들의 목소리마저 위대한 하나의 목소리가 되어 울렸다. 일찍이 뉴잉글랜드에서 그러한 환호성이 일어난 적은 없었다. 뉴잉글랜드의 땅 위에 이 목사만큼 사람들에게 존경받은 사람도 나타난 적이 없었다.

이때 목사의 상태는 과연 어떠했을까? 눈부신 후광이 그의 머리를 둘러싸고 공중에 떠 있지나 않았을까? 이처럼 성령으로 해서 영화되고, 숭배하는 사람들로 해서 신성화된 목사의 발은 과연 행렬 속에서 지상의 먼지를 밟고 있었던가?

군인들과 고관대작들의 대열이 지나갈 때 모든 사람들은 목사가 대열 속에 끼여서 다가오는 쪽으로 눈길을 돌렸다. 그러나 그의 모습을 보게 된 군중들의 환호성은 속삭임으로 변했다. 영광의 절정에 다다른 목사가 어쩌면 저렇게 힘없이 파리해 보였을까! 그의 근력, 근력이라기보다도 하늘의 힘을 빌려 신성한 신의 계시를 말할 만큼 그를 떠받쳐 준 영감은 그 임무를 충실하게 다하자 가시고 말았다. 조금 전까지도 그의 얼굴을 불그레하게 물들였던 홍조도 사그라져 가는 잿더미 속에서 맥없이 꺼지는 불꽃처럼 가셨다. 핏기 없이 창백한 그의 얼굴은 도무지 산 사람 같지 않았다. 그렇게도 힘없이 비틀거리면서 좀처럼 넘어지지 않은 채 걸어가는 그의 모습은 생명있는 사람 같지가 않았다.

그의 동료 목사 가운데 한 사람—그는 존 윌슨 목사였다—이 지성과 감각의 물결이 가신 뒤의 딤즈데일 목사의 상태를 보고 부축할 양으로 황급히 그의 곁으로 다가섰다. 딤즈데일 목사는 떨면서도 단호히 늙은이의 팔을 뿌리쳤다. 목사는 여전히 앞으로 앞으로 걸어갔다. 그러한 동작을 걸음이라고 말할 수 있을는지 모르나, 사실인즉 그 모양은 걸음마를 시키려고 내민 어머니의 팔을 바라보면서 비틀거리며 애써 걸어가려는 어린아기의 동작과도 흡사했다. 그리하여 나중에는 어떻게 걷는지도 모르게 걸어서 모진 비바람에 우중충하게 더럽혀진, 못내 잊지 못할 처형대 맞은편에 이르렀다. 그동안 퍽 지루한 세월이 흘렀으나 실은 오래 전에 바로 이 처형대에서 헤스터 프린은 세상 사람들에게서 치욕의 응시를 받았던 것이다. 그곳에서 헤스터는 어린 펄의 손을 붙잡고 서 있었다! 그리고 그녀의 가슴에는 주홍글씨가 달려 있었다. 이윽고 목사는 거기에서 걸음을 멈췄다. 그러나 웅장하고도 환희에 넘친 행진곡에 발을 맞춰 행렬은 여전히 움직였다. 그 소리는 그에게 앞으로 나아가라고 했다. 하지만 그는 여기에서 발길을 멈췄다.

벨링엄 장관은 조금 전부터 걱정스러운 눈초리로 그를 지켜보더니, 마침내 행렬을 떠나 그를 부축하려고 했다. 딤즈데일 목사의 모습을 보니 부축하지 않으면 별수없이 쓰러지리라고 생각되었기 때문이었다. 장관은 마음에서 마음으로 통하는 막연한 암시 따위는 쉽사리 따르지 않는 위인이었으나, 목사의 표정에는 장관을 물리치는 무엇인가가 엿보였다. 그동안 군중들은 두렵고 놀란 얼굴로 그들을 바라보았다. 그들의 생각으로는 목사가 이처럼 육체적으로 허약해짐은 결국 정신적인 힘이 생김을 뜻하는 또 하나의 모습인가도 싶었다. 그리고 그들의 눈앞에서 목사가 승천하여 점점 멀어지면서 밝아져 마침내는 하늘의 광명 속으로 사라져 버린다 해도, 그처럼 성스러운 사람을 위해선 그다지 신기한 기적으로 생각되지도 않았을 것이다.

목사는 처형대를 향해 두 팔을 벌렸다.

"헤스터! 이리 와요! 귀여운 펄도 이리 온."

두 모녀를 바라보는 그의 얼굴은 처참하면서도 어딘지 부드럽고도 이상한 승리의 빛이 감돌고 있었다. 어린 펄은 그의 특징인 새처럼 날쌘 동작으로 목사에게 달려가서 두 팔로 그의 무릎을 끌어안았다. 헤스터 프린 역시 어쩔 수 없는 운명에 이끌린 듯이 그리고 억센 의지를 무릅쓰고 천천히 다가갔으나, 목사 옆에 다다르기 전에 걸음을 멈췄다. 마침 이때 로저 칠링워드 노인이 군중 속에서 뛰쳐나와—그 얼굴이 어찌나 검고 불안스러웠고 흉측했던지 마치 지옥에서 솟아나온 듯싶었다—목사의 행동을 막으려 했다! 여하간 이 늙은이는 달려나와서 목사의 팔을 움켜잡았다.

"그만두시오, 미친 사람 같으니! 어쩌자는 거요?" 하고 나직이 말했다.

"저 여인을 쫓아 버리시오. 아이도 물리쳐요! 그러면 모든 게 잘될 거요! 명예를 더럽히고 불명예스럽게 죽어선 안 되오! 나는 아직 당신을 구할 수 있소! 그래, 성직을 더럽힐 작정이시오?"

"흥, 악마 같으니! 이미 늦은 것 같소." 하고 목사는 겁나는 듯 그러나 단호히 그의 눈을 쏘아보면서 말했다. "네 힘도 이제는 전과 같지 않아. 하느님의 도우심으로 나는 이제 네 손아귀에서 벗어났단 말이야."

목사는 또다시 주홍글씨의 여인에게 손을 내밀었다.

"헤스터 프린." 그는 폐부를 찌를 듯이 간곡히 부르짖었다. "두렵고 자비로우신 하느님, 7년 전에 차마 하지 못했던 일을 이 마지막 순간에—내 자신의 죄와 비참한 고민을 위해서—감행할 은혜를 베풀어 주신 하느님의 이름으로 부탁하오. 자, 어서 이리 와서 당신의 힘을 내게 휘감아 주오! 헤스터, 당신의 힘을 주오. 하지만 하느님께서 내게 허락하신 뜻을 순종해야 하오! 이 가엾고 그릇된 노인은 전력을 기울여 그 뜻을 어기고 있소.

자신의 힘과 악마의 힘까지 합쳐서! 자, 헤스터, 오시오, 나를 부축해서 저 처형대에 오르게 해주오."

군중들은 술렁거렸다. 목사 가까이에 서 있던 고관대작들은 눈앞에 벌어진 사건에 아연실색하여 무슨 영문인지 갈피를 잡을 수가 없어서—이미 밝혀진 목사의 말을 그대로 받아들일 수도 달리 상상할 수도 없어서—가만히 선 채 하느님께서 행하시려는 듯한 심판의 구경꾼이 되었다. 그들은 목사가 헤스터 프린의 어깨에 기대어 두 팔에 안긴 채 부축을 받으며 처형대로 가서 계단을 오르는 것을 보았다. 그동안도 목사는 죄악 속에서 태어난 어린애의 조그만 손을 붙잡고 있었다. 그 세 사람이 제각기 배우로서 등장했던 이 죄악과 비애가 빚어낸 연극에 밀접한 관계를 가졌고, 따라서 그 마지막 장면에도 나타날 자격을 가진 인물이라는 듯이 로저 칠링워드 노인도 그들 뒤를 따랐다.

"네가 제아무리 온 세상을 찾아다녔더라도……." 하고 그는 흉측하게 목사를 노려보며 말했다. "아무도 모르는 장소라곤 하나도 없지. 높은 곳이건 낮은 곳이건 네가 내 눈을 피할 수 있는 곳은 없을걸. 이 처형대를 빼놓고는!"

"나를 이곳으로 인도하신 하느님께 감사할 뿐이오." 하고 목사가 대답했다.

그러나 목사는 떨고 있었다. 입술에는 가냘픈 미소를 띠었으나 눈에는 의혹과 불안의 빛이 역력히 어린 채 헤스터를 향해 몸을 돌렸다.

"우리가 숲속에서 꿈꾸었던 것보다도 차라리 이게 더 낫지 않소?" 하고 그가 소곤거렸다.

"전 모르겠어요! 정말 모르겠어요!" 하고 그녀는 황급히 대답했다.

"더 낫다고요? 그럼, 이렇게 우리가 함께 죽는군요. 그리고 귀여운 펄도!"

"당신과 펄은 하느님께서 명하시는 대로 해요." 하고 목사가 말했다. "하느님은 자비로우셔! 이제 내 눈앞에 나타내신 뜻을 순종케 해주오. 헤스터, 나는 곧 죽을 사람이야, 그러니까 속히 내 가슴 위에 수치의 표적을 달게 해주구려."

헤스터 프린에게 한쪽을 의지한 채 펄의 한 손을 잡고서, 딤즈데일 목사는 위엄 있고 훌륭한 통치자들이며 그의 동료였던 성스러운 목사들이며 주민들에게로 몸을 돌렸다. 백성들의 크나큰 가슴은 심각한 인생사—죄로 가득 찼지만 또한 고뇌와 참회로도 찼었다—가 바야흐로 눈앞에서 드러나려는 걸 알아차리자 몹시 놀라면서도 눈물겨운 동정에 사로잡혔다. 대낮의 태양은 하느님의 심판의 자리에서 자기의 죄를 밝히려고 땅 위에 우뚝 선 목사에게로 내리쬐어 그의 모습을 뚜렷이 드러내었다.

"뉴잉글랜드 주민 여러분." 하고 그가 외쳤다. 엄숙하고도 장엄한 목소리는 사람들 머리 위로 우렁차게 울렸다. 그러나 그 목소리는 사뭇 떨렸고, 때로는 헤아릴 수 없이 깊은 참회와 고뇌의 심연에서 들리는 듯싶은 비명이 섞여 있었다. "나를 아껴 주시던 여러분! 이 사람을 보십시오, 이 세상의 유일한 죄인을! 마침내 나는, 7년 전에 마땅히 섰어야 할 이곳에, 이 여인과 더불어 섰어야 할 이곳에 섰습니다. 내가 이곳에 기어오른 그 약한 힘보다도 더 굳센 이 여인의 팔이 무서운 이 순간에도 쓰러지지 않도록 나를 부축해 줍니다. 보십시오! 헤스터가 달고 있는 주홍글씨를! 여러분은 모두 그것을 보고 몸서리치셨지요. 그녀가 가는 곳마다 비참한 멍에를 멘 그녀가 안식을 구하고자 하는 곳마다, 주홍글씨는 그녀의 둘레에 몸서리치는 공포와 무서운 증오의 붉은 빛을 던졌습니다. 그러나 여러분들 가운데 서 있는 또 한 사람의 죄와 치욕의 표적을 보고서는 몸서리치지 않았습니다."

여기까지 말한 목사는 기진해서 그 비밀의 나머지를 밝히지 못한 채 내버려둘 수밖에 없는 듯싶었다. 그러나 그를 사로잡으려고 덤벼드는 육체의 쇠약을, 더욱이 정신의 연약함을 그는 단연코 물리쳤다. 그는 모든 사람의 부축을 뿌리치고 힘차게 두 모녀 앞으로 한 걸음 다가섰다.

"그 표적은 그 사나이에게도 있었지요!" 하고 그는 적이 매섭게 말을 이었다. 이를테면 그는 남김없이 말해 버리기로 결심했던 것이다. "하느님의 눈은 그것을 보셨습니다! 천사도 늘 그것을 손가락질했지요! 악마도 그것을 잘 알고 불타는 손가락으로 끊임없이 건드려 괴롭혔지요! 그러나 그는 세상 사람들 모르게 그것을 교묘하게 감추고 죄 많은 세상에서 저만이 성결하대서 마음이 괴롭다는 듯이, 그리고 천당의 형제들과 헤어져 있대서 마음이 슬프다는 듯이 여러분과 더불어 거닐었지요! 하지만 죽음을 앞두고 그 사나이는 여러분 앞에 서 있습니다! 그는 여러분께 다시 한 번 헤스터의 주홍글씨를 바라보라고 청합니다! 헤스터의 주홍글씨는 신비롭고도 무섭지만 실은 사나이가 가슴에 지닌 낙인의 그림자에 불과하며, 그 낙인 자체도 깊은 가슴속을 불태우는 표적을 본딴 것에 불과합니다! 죄에 대한 하느님의 심판을 의심하는 분이 이 자리에 계신가요? 보십시오! 무서운 그 증거를!"

그는 미친 듯이 목사용의 폭넓은 타이를 앞가슴에서 떼어 버렸다. 이윽고 표적은 나타났다! 그것을 여기에서 묘사한다는 것은 불경스러운 노릇이다. 그 순간 공포에 질린 군중들의 시선은 끔찍스런 이 기적 위에 쏠렸다. 그동안 목사는 극심한 고통의 절정에서 승리를 얻은 사람처럼 얼굴에 승리의 빛을 불그레 띠더니 이내 처형대 위에 힘없이 쓰러졌다!

헤스터는 목사를 반쯤 일으켜 그의 머리를 자기의 가슴으로 부축했다. 로저 칠링워드 노인은 마치 넋을 잃은 사람처럼 멍청하고도 얼빠진 표정으로 목사 옆에 무릎을 꿇었다.

"기어이 내게서 도망쳤군!" 하고 그는 몇 번이나 뇌까렸다. "기어이 내게서 도망쳤어!"

"하느님 이 사람을 용서하옵소서!" 하고 목사가 말했

다. "당신도 큰 죄를 지었소."

목사는 죽음이 깃든 눈을 노인에게서 돌려 두 모녀를 지켜보았다.

"귀여운 펄." 하고 그는 힘없이 말했다. 그 얼굴에는 깊은 안식 속에 포근히 잠기는 영혼처럼 아늑하고도 부드러운 미소가 어렸다. 아니 죄의 멍에를 벗어 버리고 나니 흡사 어린아이와 더불어 희롱이라도 할 듯싶은 심정이었다. "귀여운 펄, 이젠 내게 입맞춰 주련? 저 숲속에선 안해줬지만! 이젠 해주겠지?"

펄은 그의 입술에 입맞추었다. 마침내 주문이 풀렸다. 이 야성적인 어린애마저 한몫 끼였던 이 커다란 비애의 장면은 그애의 동정심을 싹트게 했다. 뒤이어 아버지의 뺨에 떨어진 펄의 눈물은 이애가 인간의 기쁨과 슬픔 속에서 자라서, 앞으로는 영원히 세상과 싸우는 일 없이 어엿한 여인이 되겠다는 맹세였다. 그리고 어머니에게 괴로움을 끼치는 자로서의 펄의 임무도 이젠 끝났다.

"헤스터." 하고 목사는 말했다. "부디 잘 있어요!"

"다시는 만나지 못할까요?" 헤스터는 허리를 굽혀 제 얼굴을 목사의 얼굴에 바짝 대고 속삭였다. "함께 영생을 누리진 못할까요, 정말로? 정말이지 우리는 이 모든 고통으로써 서로 속죄한 셈이에요. 그 빛나는 임종의 눈길로 당신은 멀리 영원한 세계를 바라보시는군요! 무엇이 보이는지 말씀해 보세요!"

"조용해요, 헤스터, 조용히!" 하고 그는 떨리는 목소리로 엄숙하게 말했다. "우리들이 범한 율법! 이렇게도 무섭게 여기 드러난 죄, 이것만을 생각해요. 두렵소! 나는 두렵소! 우리가 하느님을 잊었을 때, 서로의 영혼에 대한 존경심을 잃었을 때, 그때부터 우리가 내세에서 영원하고도 순결한 결합을 이루길 희망했댔자 아무 소용이 없게 되었던 거요. 하느님께서는 다 아시지. 자비로우신 하느님께서는 무엇보다도 내가 괴로움을 받을 때 그 자비심을 베풀어 주셨어. 이 불타는 가책을 내 가슴속에 간직하게 함으로써! 저 음침하고 무서운 노인을 보내어 그 가책을 늘 이글이글 불타게 함으로써! 또한 나를 이곳으로 이끌어 군중들 앞에 수치스러우나마 승리에 빛나는 죽음을 당하게 함으로써 하느님은 그 자비심을 나타내셨어. 아마도 이러한 고통 가운데 어느 것 하나라도 빠졌더라면 나는 영원히 구원받지 못했을 거야! 하느님의 이름을 찬양할지어다! 하느님의 뜻이 이루어지이다! 그럼 잘 있어요."

그 마지막 말이 목사의 끊어지려는 숨결에 섞여 흘러나왔다. 그때까지 잠잠했던 군중들은 두렵고 놀라워서 별안간 이상하게도 가라앉은 소리를 내었다. 이렇듯 두렵고 놀라운 감정은 세상을 떠난 영혼의 뒤를 따라 무겁게 굴러나오는 이런 속삭임으로밖엔 달리 표현할 길이 없었다.

24. 종국

　며칠 후 사람들이 앞서 이야기한 장면에 대해서 넉넉
히 생각을 정리할 만한 시일이 지났을 무렵, 처형대에
서 벌어졌던 일에 대한 설명은 구구했다.
　구경꾼들은 대개 이 불행한 목사의 가슴팍에 주홍글
씨—헤스터 프린이 달았던 것과 똑같은 것이—가 아로
새겨진 것을 보았다고 증언했다. 그 원인에 대해선 설
명이 가지각색이었으나 결국은 모두 한갓 억측에 지나
지 않았다. 개중에는 헤스터 프린이 처음으로 치욕의
표적을 달았던 바로 그날 딤즈데일 목사는 제 자신에게
끔찍스런 고통을 가함으로써 일련의 속죄—그후로도 그
는 여러 가지 부질없는 방법으로 속죄를 계속했던 것이
다—를 시작했었다고 말하는 사람도 있었다. 혹은 그
낙인은 오랜 세월이 지난 뒤까지도 나타나지 않았으나
유능한 마술사인 로저 칠링워드 노인이 마술과 독약의
힘으로 그것을 밖으로 나타나게 했노라고 주장하는 자
도 있었다. 그리고 목사의 독특한 감수성과 육체에 미
치는 정신의 놀라운 작용을 가장 잘 이해하는 사람들은
이 무서운 상징은 끊임없이 움직이는 참회라는 날카로
운 이가 가슴속 깊은 데서 밖을 향해 살을 쏠며 나오다
가 마침내 눈에 띄게 주홍글씨를 나타냄으로써 하느님
의 무서운 심판을 증명한 결과라고도 했다. 독자들은
이러한 설명 가운데서 어느 것이나 마음대로 택할 수

있을 것이다. 우리는 이 이상스런 것을 힘 자라는 대로 밝혔으므로, 그것이 제 구실을 다한 차제에 우리들 뇌리에 아로새겨진 흔적을 기꺼이 지워 버리고자 한다. 그것을 두고두고 생각하는 통에 그 흔적이 우리의 머릿속에 반갑지도 않게 뚜렷이 새겨지고 말았다.

그러나 한갓 이상한 것은 그 광경을 끝까지 보았고 딤즈데일 목사에게서 한 번도 시선을 돌린 적이 없노라고 장담하는 축들이, 목사의 가슴에는 갓난아이의 가슴같이 아무런 표적도 없었다고 말한 사실이다. 그들이 전하는 말엔, 목사가 숨을 거둘 때 한 말은 헤스터 프린이 그처럼 오랫동안 주홍글씨를 달아야 했던 죄와 목사 사이에 아무런 관계도, 조금치의 관계도 인정하지 않았을 뿐더러 막연하게 비추지도 않았다는 것이다. 지극히 존경할 만한 이 증인들의 말을 빌리면 목사는 임종이 가까움을 깨닫고—군중들이 자기를 존경하는 나머지 성자와 천사 가운데 하나로 여기고 있다는 걸 깨닫자—그 타락한 여인의 두 팔에 안겨 숨을 거둠으로써 인간의 정의라는 것이 제아무리 훌륭하더라도 전혀 무가치하다는 것을 세상 사람들에게 알리고자 하였다는 것이다. 인간의 정신적인 선(善)을 위하여 노력하느라고 생애를 바친 끝에, 자기의 죽음의 모습을 하나의 우화로 삼아, 무한의 순결이란 견지에서 볼 때 인간은 모두 똑같은 죄인이라는 위대하고도 가슴 아픈 교훈을 자기의 찬양자들 가슴속에 인상 깊게 아로새겨 주고자 하였다는 것이다. 우리가 이렇듯 중요한 진리를 이러니저러니 논의할 건 없고, 단지 딤즈데일 목사 사건에 대한 이런 견해를, 인간의 벗들—특히 목사의 벗들—이 주홍 글씨를 비추는 대낮의 햇빛 모양 명백한 증거가 그를 가리켜 거짓과 죄에 물든 진개(塵芥) 같은 인간이라고 증명함에도 불구하고, 여전히 그의 인품을 우러러보려는 뿌리 깊은 의리의 한 본보기에 불과하다고 생각할 수 있길 바란다.

우리가 여태까지 주로 더듬어 온 근거, 즉 헤스터 프린을 직접 아는 사람들이나 혹은 그녀를 본 사람들에게서 이야기를 전해 들었던 사람들의 구두 증언을 재료삼아 쓰인 오래된 문서는 앞장에서 이야기한 견해를 확증하고도 남음이 있다. 이 가엾은 목사의 비참한 경험이 우리에게 깊은 감명을 주는 몇 가지 교훈 가운데 다만 아래와 같은 것만을 적어 보련다.

"참되거라! 참되거라! 참되거라! 최악의 죄는 아닐지라도 최악의 죄를 짐작할 수 있는 특징을 거침없이 세상에 밝히라!"

딤즈데일 목사가 숨을 거둔 바로 뒤에 로저 칠링워드로 알려진 노인의 모습과 태도에 나타난 변화만큼 현저한 것은 없었다. 그의 근력과 기력이며, 생명과 지능의 힘이 남김없이 일시에 그에게서 사라져 버린 것 같았다. 마치 햇볕에 시든 뿌리 뽑힌 잡풀과도 같이 확실히 그는 오그라들고 말라서 인간의 시야에서 거의 꺼지다시피 되었다. 이 불행한 사나이는 원수를 쫓아 빈틈 없이 앙갚음을 하는 데에 필생의 원칙을 두었던 것이다.

그러므로 그 복수가 완전한 승리를 거둠으로써 사악한 원칙을 더 지탱할 재료가 없어졌을 경우에, 이를테면 그가 맡을 만한 악마의 사업이 이미 지상에 존재하지 않을 경우에 이 인간답지 않은 인간에게 남은 일이라곤, 상전인 사탄이 충분한 일거리와 적당한 보수를 마련해 주는 곳으로 간다는 것뿐이었다. 그러나 그동안 오래도록 우리의 가까운 친구였던 이들 그림자와 같은 인간들에게—목사나 헤스터에게처럼 로저 칠링워드에게도—우리는 기꺼이 자비를 베풀고 싶다. 미움과 사랑의 근본이 서로 같은 것이냐 아니냐 하는 것은 관찰하고 연구하기에 흥미 있는 문제다. 애증(愛憎)이 극도에 다다르면 극진한 친밀감과 마음의 이해가 생기고 사랑과 정신생활의 양식을 서로 의존하게 된다. 그리고 정열적인 애인이나 또는 그에 못지않게 극성스러운 원수는 사랑과 미움의 대상이 사라지면 외롭고 슬퍼지게 마련인 것이다. 따라서 철학적으로 생각해 볼 때 이 두 가지 정열은 그 근본이 같으며, 다만 하나는 천국의 빛 속에 그리고 다른 하나는 희끄무레하고도 무서운 지옥의 불꽃 속에서 보인다는 것이 다를 뿐이다. 정신의 세계에서는 노 의사와 목사도—사실 그들은 서로의 희생자였지만—이 세상에서의 증오와 반감이 황금 빛깔의 사랑으로 변한 것을 무심결에 알게 되었을지도 모른다.

　이따위 논의는 그만하고 여기 독자들에게 알릴 일이 한 가지 있다. 로저 칠링워드 노인은 세상을 떠날 때 (그로부터 1년이 못 되어서) 마지막 유언—벨링엄 장관과 윌슨 목사가 그 유언의 집행자였다—을 하여 뉴잉글랜드와 잉글랜드에 있는 꽤 많은 재산을 헤스터 프린의 딸 귀여운 펄에게 물려 주었던 것이다.

그리하여 펄—그때까지도 일부 사람들이 짓궂게도 꼬마 요정이니 마귀의 씨니 했던—는 뉴잉글랜드에서 으뜸가는 갑부 상속자가 되었다. 이러한 사정 때문에 두 모녀를 보는 세상 사람들의 눈이 몹시 달라졌다는 것은 있을 법도 한 일이다. 그리고 이 모녀가 이곳에 그냥 머물렀더라면 어린 펄도 혼기에 다다라서 그녀의 야성적인 혈통에다 가장 경건한 청교도의 피를 섞었을지도 모른다.

의사가 죽은 지 얼마 뒤에 주홍글씨의 여인은 펄과 더불어 사라져 버렸다. 하기야 이따금씩 막연한 소문이 바다 건너 들려오긴 했으나, 마치 어떤 이름이 적힌 볼품없는 널조각이 해변에 밀려오듯 오랫동안 확실한, 근거 있는 소식이라곤 들려오지 않았다. 주홍글씨의 이야기는 차츰 하나의 전설이 되고 말았다. 그러나 그의 마력은 여전했으므로 가엾은 목사가 죽은 처형대는 헤스터 프린이 살았던 해변의 오막살이와 마찬가지로 무서운 존재였다. 어느 날 오후 이 오막살이 가까이서 아이들이 놀고 있을 때, 회색 옷을 입은 키가 늘씬한 여인 하나가 그 문 가까이로 가는 것이 보였다. 그동안 이 문은 한 번도 열린 적이 없었다. 그러나 그 여인이 자물쇠를 열었는지, 썩은 나무와 쇠붙이가 그녀의 손으로 부수어졌는지, 혹은 그림자처럼 이런 장애물을 뚫고 미끄러져 들어갔는지 여하간 그 여인은 안으로 들어갔다.
문턱에서 그녀는 발을 멈추고 뒤를 돌아다보았다. 아
마도 저 혼자서, 더구나 전혀 달라진 모습으로 지난날
의 삶과 밀접한 인연이 맺어진 그 집으로 들어간다는
생각이 견딜 수 없이 슬프고 처량했기 때문인지도 모른
다. 그러나 그녀의 주저도 이내 가셨다. 하긴 그 사이에
도 가슴 위의 주홍글씨는 실컷 볼 수 있었다.
이리하여 헤스터 프린은 되돌아와서 오랫동안 저버렸
던 치욕의 표를 다시 달았다! 그런데 귀여운 펄은 어디
에 있었을까? 아직도 살아 있다면 지금쯤은 피어나는
꽃과 같은 아리따운 처녀일 게 분명했다. 그 꼬마 요정
이 처녀의 몸으로 때아닌 죽음을 당했는지 혹은 그 야
성적이고도 풍요한 성질이 부드럽게 가라앉아서 여인으
로서의 아늑한 행복을 누릴 수 있게 되었는지는 아무도
몰랐고, 또한 확실한 소식도 듣지 못했다. 그러나 주홍
글씨를 달고 세상을 버린 헤스터는 여생을 통하여 다른
고장에 사는 누군가의 사랑과 관심의 대상이었다는 것
이 드러났다. 영국의 문장학(紋章學)에서는, 알려지지
않은 것이지만 어쨌든 문장의 봉인이 찍힌 편지가 왔었
기에 말이다. 오두막집에는 헤스터가 전혀 쓰려고도 않
았던 안락과 호강을 위한 물건들이 있었는데, 그것은
부자들만이 사들일 수 있고 그녀에게 애정을 품은 사람
만이 그녀를 위해서 생각할 수 있는 물건들이었다. 그
밖에 자질구레한 것들이며 조그만 장식품이며 깊이 추
억 속에 남겨 두려는 아름다운 기념품들이 있었는데,

이것은 사랑하는 마음이 치솟을 적에 섬세한 손가락으로 만들어 냈음이 분명하다. 그리고 언젠가는 헤스터가 휘황한 공상력을 아낌없이 쏟아 아기 옷에 수를 놓고 있었는데, 어떤 아기고 그런 옷을 차려입고 수수한 빛깔에 물든 이 사회에 나타났더라면 사회에 물의를 일으켰을 것이다.

요컨대 남의 말 하기를 좋아하는 당시의 사람들이 믿었고, 1세기 후에 조사를 한 검사관 퓨 씨도 믿었고, 또 그의 최근의 후임자 중의 한 사람도 충실히 믿는 바에 의하면, 펄은 살아 있을 뿐더러 결혼해서 행복하게 살며 어머니를 극진히 생각하는 나머지 슬프고 외로운 어머니를 제 집에 모시고 위로해 드린다면 얼마나 기쁠까라고 했었다는 것이다.

그러나 헤스터로서는 펄이 가정을 꾸민 낯선 고장보다도 이곳 뉴잉글랜드에서 더 진실한 생활을 누릴 수 있었다. 그녀는 여기서 죄를 저질렀고 여기서 슬픔을 당했고 여기서 또한 속죄를 해야만 했다. 그리하여 헤스터는 되돌아와서—제아무리 냉혹한, 이 당시의 매정한 재판관일지라도 강요하진 않았을 터이니 온전히 제 자신의 자유 의사에서—우리가 여태껏 적어 온 암담한 이야기의 상징인 주홍글씨를 다시금 몸에 달았다. 그후로 그 표적이 그녀의 가슴을 떠난 적은 없었다. 괴롭고 수심에 잠긴 헤스터의 헌신적인 생애가 이어나감에 따라, 주홍글씨는 세상 사람들의 조소와 멸시를 받는 낙인이 아니라, 더불어 슬퍼하고 두려워하면서도 존경하는 마음을 갖게 하는 상징이 되었다. 게다가 헤스터 프린은 이기적인 목적도 없었고 조금도 제 자신의 이익이나 쾌락을 위해서 살진 않았으므로, 모두 슬프고 난처한 일들을 가지고 와서 직접 커다란 시련을 겪은 사람인 그녀에게 의논했다. 특히 아낙네들이 상처받은 사랑이니 버림받은 사랑이니 불의의 사랑이니 하는 것 때문에 끊임없이 되풀이되는 시련을 이기지 못해, 혹은 아무도 아껴 주지도 찾아 주지도 않아서 풀 길 없는 쓸쓸한 심정을 부둥켜안은 채―헤스터의 오두막을 찾아와서 그들이 불행한 까닭과 그 속에서 헤어날 도리를 묻는 것이었다! 헤스터는 힘 자라는 데까지 그들을 위로하고 의논의 상대가 되어 주었다. 그녀는 또한 제 자신의 굳은 신념에서 좀더 밝은 시대가 와서 이 세상이 무르익어 하느님의 뜻이 이루어지면, 새로운 진리가 나타나 남녀간의 모든 관계는 서로의 행복이란 좀더 굳건한 토대 위에 놓이게 되리라고 하면서 그녀들을 납득시키기도 했다. 젊었을 적에 헤스터는 제 자신이 하느님이 정하신 예언자일지도 모른다는 부질없는 상상도 해보았으나, 퍽 오래 전부터 성스럽고 신비로운 진리의 사명이, 죄를 지어 부끄러워서 고개도 못 들고 평생 슬픔의 멍에를 짊어져야 할 여인에겐 맡겨질 수 없다는 것을 깨달았다. 장차 하느님의 계시를 전할 천사나 사도는 모름지기 여인이라야 하되, 고귀하고 순결하고 아름다워야 할 것이다. 게다가 암담한 슬픔을 거쳐서가 아니라 영적인 기쁨을 통해서 슬기로워져야 하겠고, 그러한 결

과를 거둘 수 있는 인생의 참다운 시련으로 해서 신성
한 사랑이 얼마나 우리를 행복하게 할 수 있는지를 보
여 주는 여인이라야만 하겠다.

헤스터 프린은 이렇게 말하고 나서 슬픔어린 눈으로
주홍글씨를 내려다보았다. 그로부터 여러 해가 지난 뒤
에, 나중에 킹스 채플이 세워진 곳과 가까운 묘지 안,
오래되어 나직이 내려앉은 무덤 옆에 새로운 무덤 하나
가 마련되었다. 그 무덤은 오래되어 나직이 내려앉은
무덤에 가까웠으나, 고이 잠든 두 유해는 서로 합칠 권
리가 없다는 듯이 두 무덤 사이엔 공간이 있었다. 그러
나 비석 하나가 두 무덤을 지키고 있었다. 그 둘레엔
문장이 새겨진 기념비가 촘촘히 둘러섰으나 초라한 석
판 한 장으로 된 이 비석 위에는—지금도 호기심 많은
조사자들이 그것을 발견하고 그 뜻을 몰라서 어리둥절
해 하겠지만—조각된 방패꼴의 문장 같은 것이 보였다.
거기엔 비명(碑銘)이 새겨져 있었는데, 그 명구는 격언
의 구실도 하고 또 우리가 지금 막 끝마친 전설의 짤막
한 서술 구실을 했을지도 모른다. 음침하기 이를 데 없
는 그 비명은 검은 바탕보다도 음침하게 영원히 불타는
주홍글씨의 빛으로 말미암아 조금 변화가 있어 보일 따
름이었다. 그 문구는,

'검은 바탕 위에 주홍글씨 A'.

— 끝 —

옮긴이 약력

일본 오사카외국어학교 영문학부 졸업
미국 펜실베이니아 대학교 대학원에서 영미문학 연구
숙명여자대학교 교수 역임

역   서
토머스 하디 ≪테스≫ 外
펄벅 ≪싸우는 천사, 어머니의 초상≫

주홍글씨　　　　　　　〈서문문고 8〉

초판 발행 / 1972년 3월 15일
개정판 1쇄 / 1997년 4월 15일
옮긴이 / 이 장 환
펴낸이 / 최 석 로
펴낸곳 / 서 문 당
주 소 / 서울시 마포구 성산동 103-7호
전 화 / 322—4916~8 팩스 / 322-9154
등록일자 / 1973. 10. 10
등록번호 / 제13-16

* 잘못된 책은 바꾸어 드립니다

서문문고 목록

001~303
◆ 번호 1의 단위는 국학
◆ 번호 홀수는 명저
◆ 번호 짝수는 문학

225 민족주의와 국제체제 / 힌슬리
226 이상 단편집 / 김해경
227 삼략신강 / 강무학 역주
228 굿바이 미스터 칩스 (외) / 힐튼
229 도연명 시전집 (상) /우현민 역주
230 도연명 시전집 (하) /우현민 역주
231 한국 현대 문학사 (상) / 전규태
232 한국 현대 문학사 (하) / 전규태
233 말테의 수기 / R.H. 릴케
234 박경리 단편선 / 박경리
235 대학과 학문 / 최호진
236 김유정 단편선 / 김유정
237 고려 인물 열전 / 이민수 역주
238 에밀리 디킨슨 시선 / 디킨슨
239 역사와 문명 / 스트로스
240 인형의 집 / 입센
241 한국 골동 입문 / 유병서
242 토마스 울프 단편선/ 토마스 울프
243 철학자들과의 대화 / 김준섭
244 파리시절의 릴케 / 버틀러
245 변증법이란 무엇인가 / 하이스
246 한용운 시전집 / 한용운
247 중론송 / 나아가르쥬나
248 알퐁스도데 단편선 / 알퐁스 도데
249 엘리트와 사회 / 보트모어
250 O. 헨리 단편선 / O. 헨리
251 한국 고전문학사 / 전규태
252 정을병 단편집 / 정을병
253 악의 꽃들 / 보들레르
254 포우 걸작 단편선 / 포우
255 양명학이란 무엇인가 / 이민수
256 이육사 시문집 / 이원록
257 고시 십구수 연구 / 이계주
258 안도라 / 막스프리시
259 병자남한일기 / 나만갑
260 행복을 찾아서 / 파울 하이제
261 한국의 효사상 / 김익수
262 갈매기 조나단 / 리처드 바크
263 세계의 사진사 / 버먼트 뉴홀
264 환영(幻影) / 리처드 바크

265 농업 문화의 기원 / C. 사우어
266 젊은 처녀들 / 몽테를랑
267 국가론 / 스피노자
268 임진록 / 김기동 편
269 근사록 (상) / 주희
270 근사록 (하) / 주희
271 (속)한국근대문학사상/ 김윤식
272 로렌스 단편선 / 로렌스
273 노천명 수필집 / 노천명
274 콜롱바 / 메리메
275 한국의 연정담 /박용구 편저
276 삼현학 / 황산덕
277 한국 명창 열전 / 박경수
278 메리메 단편집 / 메리메
279 예언자 /칼릴 지브란
280 충무공 일화 / 성동호
281 한국 사회풍속야사 / 임종국
282 행복한 죽음 / A. 까뮈
283 소학 신강 (내편) / 김종권
284 소학 신강 (외편) / 김종권
285 홍루몽 (1) / 우현민 역
286 홍루몽 (2) / 우현민 역
287 홍루몽 (3) / 우현민 역
288 홍루몽 (4) / 우현민 역
289 홍루몽 (5) / 우현민 역
290 홍루몽 (6) / 우현민 역
291 현대 한국시의 이해 / 김해성
292 이효석 단편집 / 이효석
293 현진건 단편집 / 현진건
294 채만식 단편집 / 채만식
295 삼국사기 (1) / 김종권 역
296 삼국사기 (2) / 김종권 역
297 삼국사기 (3) / 김종권 역
298 삼국사기 (4) / 김종권 역
299 삼국사기 (5) / 김종권 역
300 삼국사기 (6) / 김종권 역
301 민화란 무엇인가 / 임두빈 저
302 사랑 / 이광수
303 야스퍼스의 철학 사상
     / C.F. 윌레프